# RIBBY SALADUS

Cathy McGough

**Stratford Living Publishing**

# LUGEJATE ARVAMUSED

USA:

„Kogu lugu on kohati armas, kuid enamasti on see hirmutav. Autoril on huvitav viis lugu rääkida ja ta on teinud raamatust väga meelelahutusliku."

"Nagu Bernheimer, ei pruugi McGoughi jutustamisstiil kõigile sobida. Angela olemasolu ja mitmed sündmused ning olukorrad loo käigus nõuavad lugejalt suurt uskumise pingutust. Ma usun, et see pingutus on aja väärt. Ootan huviga selle autori teiste teoste avastamist.„

"Meeldiv ja häiriv raamat, mis täitis oma lubaduse olla psühholoogiline kodune põnevik.„

"Tume psühholoogiline põnevik, mis hoiab sind pingul ja ei lase raamatut käest panna enne, kui oled lõpuni jõudnud!„

"Vau! Mis teekond see oli! Selle loo jutustamisviis paneb sind mõtlema, mis just sinuga juhtus."

„See on täielik psühhopaatide naiste õudusjutt, mis on räägitud kuiva huumoriga.“
Suurbritannia

„Ribby peidab endas nii palju saladusi. Armas, kuid kurb lugu.“

„Ribby saladus on huvitav ja nauditav, kuid samas mitmel tasandil häiriv ja lugemist väärt.“

„Hästi kirjutatud, veenvad tegelased ja põnev teekond.“

# Sisukord

„Minu saladused hüüavad valjusti.

Ma ei vaja keelt.

Minu süda on avatud,

minu uksed on lahti."

*Theodore Roethk*

Kujuteldavatele sõpradele ja neile, kes neid vajavad.

# LUULETUS: PINNA PEAL



Peegel
Sa peegeldad mind liigselt
Kogu mu olemus
On lihavärvi ebakindlus.

Peegel
Sa pilkad täiuslikkust
Selle tagasihoidliku peegeldusega
Ja tulemus on alati sama

Su raamis: ma jään muutumatuks.
Ridade vahele kirjutatud
Poetiliselt varjatud
Vältimatud jooned
Voolavad ebaharmooniliselt.

Peegel: ma järgin seda, mida näen
Sest ma olen sina, läbi ja läbi
Aga mõnikord peegeldus
soovin, et ma sarnaneksin sinuga.

# PROLOOG

Kui ta tema poole tormas, läks võti, mida ta käes hoidis, otse tema silmakoopasse. Ta karjatas ja siis ulgus, kui tema kubemepiirkond puutus kokku tema põlvega. Ta võpatas, kui ta võtme tema silmast välja tõmbas, kuuldes selle limastavat heli. Kui veri voolas mööda tema nägu, nuuksus ta ja veeretas end kubemepiirkonnast kinni hoides. Ta torkas võtme tema kaela külje sisse, tabades arterit. Veri purskas nagu tuletõrjuja voolikust.

Ta astus paar sammu laibast eemale ja kastas varbad vette. Ta vaatas aeg-ajalt tema poole tagasi. Kuni ta enam ei liigutanud. Ta läks tagasi ja kuulas, kas ta on surnud: ta oli. Lõpuks. Ta veeretas teda nagu kartulikotti üha sügavamale vette. Iga tõukega tundus laip üha kergem ja kergem.

Archimedes oli õigus.

Kui ta oli nii kaugele jõudnud, kui suutis, ujus ta tagasi kaldale, korjas oma riided kokku ja riietus ümber.

Ta jättis tema asjad sinna, kuhu ta need oli kukutanud.

Kui uue päeva päike taevas tulipunaseks värvis, naasis ta vee äärde.

Ta vaatas rannajoont ja ei näinud temast märkigi. Ta kastas võtme vette, et veri maha loputada, ja jooksis koju. Pärast pikka duši all käimist magas ta nagu beebi.

# KAPITEL 1

See on lugu naisest, kes oli enda heaks liiga kena, kuni ta enam ei olnud.

Ribby Balustrade'i päev algas alati samamoodi: ema ähvardas talle hommikusöögi nende hundikoerale Scampile sööta, kui ta kiiresti üles ei tõuse.

Ribby, kelle garderoob piirdus ema vanade riietega, tõmbas lillemustrilise muumuu üle pea, astus Jeesuse sandaalidesse ja harjas juuksed, mis ei võtnud kaua aega. Siiski jõudis ta harva õigeks ajaks alla.

Martha Balustrade ei olnud selline ema, kes pidas kinni kindlast ajakavast. Hommikusöök oli valmis. Mis ja millal, otsustati samal päeval.

Selle lõputu köögikatkestuse võitja oli Scamp.

„Pole viga, ma pole niikuinii näljane," valetas Ribby, patsutas koera otsaesist ja lahkus majast.

Ribby ei mõelnud oma igapäevasele rutiinile. Selle asemel kiirustas ta pargi läbi peaväljakule.

Bussipeatus haises uriini ja kohvi järele. Sellisel päeval oli ta õnnelik, et oli hommikusöögi vahele jätnud, sest isegi praegu tekitas hais tal oksendamisrefleksi. Ta ei suutnud ära oodata, millal saab raamatukokku tööle minna.

Kui buss saabus, näitas ta oma Presto kaarti ja suundus oma tavalisele kohale tagaosas. Buss sõitis üle auklike teed ja peatus aeg-ajalt, et uusi reisijaid peale võtta, ning Ribby kõht korises. Torontos kesklinna jõudes väljus ta bussist ja kiirustas nurgapoodi, et osta kiiresti šokolaadibatoon, ning suundus seejärel raamatukokku.

Ribby oli uhke selle üle, et ta ei olnud kunagi hiljaks jäänud. Raamatukogus töötades ei saanudki hiljaks jääda. Kui sa hiljaks jäid, ummistus sissekäik kannatamatutest külastajatest. Nii oli ka seekord, kui ta sisse astus ja nägi erakordselt pikka järjekorda, mille eesotsas seisis härra Filchard.

„Tere hommikust, härra Filchard. Kuidas saan teid aidata?"

„Tere hommikust, kallis Ribby. Oh, mis ma sinuta teeksin? Kõik teised on alati nii hõivatud, hõivatud, hõivatud – aga sina, mu kallis, sina leiad alati aega, et vana meest aidata."

„Ma teen lihtsalt oma tööd," vastas Ribby. „Nüüd, mida te täna otsite?"

„Kas te võiksite lähemale tulla? See on üsna ebaviisakas raamat: Tropic of Cancer. Kas te teate seda?"

„Jah, härra Filchard. See on klassika."

„On see? Ma kuulsin, et see on, oh, pole tähtis; kui see on klassika, siis ma ei pea enam sosistama, eks?"

„Ei, on palju vastuolulisemaid raamatuid," naeratas ta, meenutades kära ümber „Viiskümmend halli varjundit".

"Probleem on selles, mu kallis, et ma ei tea, kes selle kirjutas. Te ju teate mind, ma olen pimedast keskajast ja ei oska neid neetud arvutiasju kasutada.„ Ta naeris. "Kas te oleksite nii kena ja otsiksite selle minu jaoks üles?„

"Selle on kirjutanud Henry Miller,„ ütles ta, klõpsates andmebaasi. "Jah, see on saadaval ülakorrusel ilukirjanduse riiulil.„

"Ma vaatan ise esmalt. Henry Miller, ütlesite. Pole kunagi temast kuulnud!"

„Ausalt öeldes ei olnud ma sellest eriti vaimustatud, kui seda lugesin. Kriitikud ja arvustajad pidasid seda oma ajast geniaalseks. Seal on mõned ebaviisakad kohad."

„Tänan, Ribby. Ilusat päeva."

„Palun väga," vastas naine, kui mees minema lonkis.

Ta teenindas ülejäänud kliente üksi. Kui viimane oli ära teenindatud, koristas ta leti.

Nüüd, kui oli vaikne, valas Ribby endale tassi kohvi ja läks tagasi oma laua juurde. Tagasi minnes peatus ta hetkeks, et kuulata vee vulinat. Raamatukogu arhitekt oli olnud nutikas, kasutades purskkaevu väliste mürade summutamiseks. Mõned linnad sulgesid oma raamatukogusid, aga Toronto oli teistsugune. Hoone ise oli ellujääja. Isegi 1812. aasta sõja järgne rüüstamine ei murdnud selle vaimu.

Ta võttis lonksu kohvi ja seisis hetke, vaadates treppe. Need nägid välja lahedad, inimesed käisid üles ja alla, aga lift oli kindlasti mugav, kui seda vaja oli.

Ülemisel trepikojas märkas ta härra Filchardi alla tulemas. Peaaegu all, oli tal üks käsi raamatul ja teine raamatukaardil. Ta peatus ja ootas teda. Ta oli veidi hingetõmbega.

„Järgmine kord võtan kindlasti lifti,"ütles härra Filchard.

Nad suundusid infoletti, kus Ribby tema kaardi templiga märgistas.

„Räpane vanamees!" sosistas Amanda, üks kolleeg, kui ta hoonest lahkus. „Ta teeb mulle tõesti judinad peale."

Ribby eiras tema kommentaare. Ta võttis kätega raamatuid, pani need kärule, lükkas selle lifti ja sõitis kolmanda korrusele. Ta liikus riiulist riiulisse ja pani raamatuid paika. Kui ta akna lähedal raamatut paika pani, püüdis tema pilku välgatus üle tänava. Noor mees, umbes kahekümneaastane, riietatud pealaest jalatallani teksasse, astus tema suunas. Päikesekiired peegeldusid tema ninasõrmustest ja neid kõrva külge kinnitavatest kettidest.

Ribby vaatas teda edasi, kui ta trepist üles läks. Uudishimulikult kiirustas ta alla esimesele korrusele.

Ainuüksi mõte temast teenindamisest pani tema südame kiiremini põksuma. Ta polnud kunagi varem olnud nii lähedal mehele, kellel oli nii palju auke peas. Ribby oli kindel, et teised olid augud varjanud – sügaval sisimas peituvad emotsionaalsed haavad. Nagu Vincent Van Gogh, kes kasutas oma valu emotsioonide väljendamiseks. Mõte kasutada oma keha kunstina hirmutas ja intrigeeris teda.

Ta jõudis tagasi laua juurde ja vaatas teda. Ta seisis ukse juures nagu eksinud väike poiss. „Milline on tema hääl?" mõtles ta.

Ta asus end koristama omandamisosakonna taha. Mees ei olnud paigast liikunud. Ta köhatas ja asus abi/info sildi alla. Nende pilgud kohtusid.

„Kas sa saan aidata?" küsis Ribby punastades ja higistades.

„Uh, jah, loodan küll," vastas ta valju häälega.

„Palun räägi vaiksemalt," ütles naine.

„Oh, olgu. Vabandust. Ma otsin ühte raamatut, aga ma ei tea selle nime."

„Kas sa tead, kes selle kirjutas?"

„Ei."

„Kas sa saad mulle öelda, millest raamat räägib?"

„Jah, jah, seda ma tean, seda ma tean kindlasti. See on tulevikust. Noh, kui see mees selle kirjutas, oli see tema tulevik. Meie jaoks on see minevik. Seal on Big Brother. Mitte telesaade, vaid teist tüüpi Big Brother." Ta naeris oma nutika viisi üle, kuidas ta mineviku ja oleviku omavahel seostas. Ribby naeris ka.

„Ah, sa mõtled George Orwelli ,1984'?"

„Jah, see kõlab õigesti. Orwell. Suurepärane. Kas see on olemas?"

„Hetke palun," ütles Ribby, kui ta raamatu arvutisse sisestas. See oli olemas ja Ribby läks seda otsima. Noormees järgnes talle.

Kui ta raamatu kätte sai, läksid nad tagasi laua juurde. Ribby kontrollis, et tal on vajalikud dokumendid, ja väljastas talle raamatukaardi.

Tehing oli lõpetatud, ja ta pistis kaardi oma kulunud rahakotti. Ta tänas Ribbyt ja suundus väljapääsu poole.

Tema rebitud sinised teksad rippusid – nagu Ribby meeleolu.

***

Vahetus oli lõpuks läbi ja Ribby tormas hoonest välja. Igal esmaspäeval töötas Ribby vabatahtlikuna lastehaiglas. Ta tantsis ja laulis. Ta tegi kõike, mis suutis, et tõsta laste tuju. Ta jumaldas lapsi ja need näisid tema tundeid jagavat. Igal nädalal valis ta ühe lapse, kes sai tähelepanu keskpunktiks. Täna oli Mikey Landersi kord ja ta ei tohtinud hiljaks jääda.

Vasakus käes kandis Ribby oma võlukotti. Lapsed olid alati elevil, kui ta lasi neil sinna käe pista. Kotis oli kostüüme, muusikariistu, näomaali, õhupalle, nipsasju ja meiki.

Kui ta lõpuks lasteosakonda jõudis, hüppas ta Mikey tuppa. Tema vanemad istusid voodi mõlemal pool, hoides poja käsi oma sõrmede ja peopesadega kokku. Nad pühkisid vabade kätega pisaraid. Mikey magas, nii et Ribby lahkus vaikselt.

Ribby püüdis mitte mõelda Mikey toas valitsevale kurbusele. Mikey ja tema pere olid nii palju läbi elanud.

Ta surus need mõtted peast välja. Ribby ülesanne oli lapsi ja nende peresid rõõmustada. Nad ootasid teda. Ta pani oma kõige rõõmsama näo ette.

Billy ja Janie Freeman karjatasid, kui nägid Ribby koridoris tulemas. „Ta on siin! Ta on siin!" hüüdsid nad. Koridori täitis rõõmulaine. Lapsed ja nende pered moodustasid ühistoas tema ümber ringi.

Ribby laulis enda loodud laulu „Jump Like A Caribou" ja mängis sobival hetkel kazoo:

HÜPPA HÜPPA HÜPPA

NAGU KARIBU!

Ribby alustas rongi ja lapsed, kes suutsid kõndida, järgnesid talle.

HÜPPA HÜPPA HÜPPA

NII NAGU KARIBU

Vanad rong lõppes ja Ribby moodustas ratastoolis või karkudel olevatest lastest rea. Lapsed laulsid, viipasid või trampisid jalaga. Nad tegid kõike, mis aitas neil laulu kaasa laulda ja müra teha.

HÜPPA HÜPPA HÜPPA

NII NAGU KARIBU!

Kui laul lõppes, hüüdsid nad: „Uuesti! Uuesti!"

Laul oli lastele tuttav, sest Ribby laulis seda sageli, kasutades erinevaid loomi, nagu känguru, kakadu, cockapoo, ja tal oli isegi versioon, mis sisaldas loomaaia külastust.

Ribby kummardas ja asus kohe teise laulu laulma. Talle meeldis asju segada. Lasta lastel mõistatada. Kui energia ruumis hakkas raugema, muutis ta tegevust ja küsis lastelt, milliseid kujundeid nad soovivad õhupallidest teha. Ta laulis, tõmmates ja keerates õhupalle loomakujunditeks. Kõige populaarsem soov oli emakariibu ja tema vasikas, mis hoidis teda hõivatuna, kuna see oli keeruline ülesanne.

Lapsed, kes soovisid õhupalle, said need kätte ja Ribby oli aeg minna. Ta hakkas oma kotti pakkima, kui Mikey Landers sisse astus, oma ratastooli rattaid klõpsutades. Tema ema jäi talle järele, püüdes temaga sammu pidada. Mikey oli vihane, seda nägi Ribby kohe. Ta läks tema juurde ja ulatas talle loomakujulise õhupalli.

„Ma peaaegu jäin sinust ilma, Ribby! Sa oleks pidanud mind äratama. Sa lubasid sel nädalal minu toas oma etteaste teha! See oli minu kord!" Pisarad voolasid tema põskedel, kui ta ristis käed ja keeldus tema lepitavast pakkumisest.

Ta langetas käe, põlvitas tema juurde ja ütles:„Vabandust, poiss. Ma olen nii rõõmus, et sa juba jalul oled," – ta vaatas tema vanemaid – „aga sa magasid veel, kui ma mööda läksin. Ma tean, kui palju sa oma iluund vajad! Sa oled järgmisel nädalal esimene, eks?"

„Lubad?" Ta avas käed.

„Ma vannun oma elu nimel." Ribby soovis, et ta saaks need sõnad tagasi võtta ja alla neelata. Kui oleks olnud võimalik vahetada oma elu tema elu vastu, oleks ta seda kohe ja kõhklematult teinud.

Mikey ei märganud seda vääratust ja ulatas lõpuks käe, et kingitus vastu võtta.

Pärast kingituse üleandmist ütles Ribby hüvasti. Ruumist väljudes ütles ta:„Näeme järgmisel nädalal, Rugrats!"

Ribby hoidis pisaraid tagasi, kuni oli hoonest väljas. Kuna tal polnud taskurätte, kasutas ta oma varrukat. Bussipeatusesse jõudes oli ta suutnud end rahustada.

Igal nädalal lubas ta endale, et ei nuta. Lapsed peaksid väljas mängima ja lõbutsema. Nad ei peaks muretsema haiguse või surma pärast. Kui ta saaks selle valu ära võtta... Isegi lühikeseks ajaks, siis oleks see emotsionaalne ameerika mägi sõit väärt.

∗∗∗

Buss pidi saabuma alles viieteistkümne minuti pärast. Ta kiirustas oma korisva kõhu peale nurgapoodi. Soolane või magus? mõtles ta. Leti taga märkas ta sigarettide valikut. Uudishimulikult küsis ta ühe pakki.

„Millist, proua?"

Ta heitis pilgu sigarettide nimedele. „Cools," vastas ta.

„Kas teil tulemasin on?" küsis müüja. Vastus ootamata pani ta Cools'i peale tikutoosi. „Tikud on maja kulul," ütles ta, kui Ribby raha ulatas. Ta andis vahetusraha tagasi.

Müüja äkiline irve, mis meenutas grimassi, häiris teda. Ta põgenes sealt kiiresti. Bussipeatuses rebis ta sigaretipaki lahti ja süütas ühe. Ta tõmbas sügavalt sisse, nagu näitlejanna oma rollis. Filmides nägi see nii lihtne välja. Tegelikult oli raske oksendama hakata. Pärast esimest mahvi puhkus ta suitsu välja ja lõõgastav tunne valdas teda.

Kui buss saabus, pistis ta pakendi käekotti ja võttis oma tavalise koha tagaosas. Ta mõtles, kui ulakas oleks suitsetada Stan the Mani bussis.

Stan the Man oli natuke natsistlik ja tuntud kiusaja. Ta oli seda ise näinud. Karjus lastele, kes panid jalad istmele. Visas nad bussist välja külmas, nagu oleksid nad mõrva sooritanud või midagi.

Kord oli ühe väikese vana daami kotid tema kõrval istmel. Stan nõudis, et ta need ära võtaks, kuigi keegi istet ei vajanud. Kui daam ei kuuletunud, viskas Stan ta bussist välja.

Ribby mäletas veel, kuidas daami ploomikujuline nägu üles vaatas, kui buss liikuma hakkas. Naine tõstis keskmise sõrme nii kõrgele, kui tema väike keha suutis, ja karjus: „Mine persse!"

Ribby oli sellest juhtumist nii šokeeritud, et alates sellest päevast istus ta alati bussi tagaosas. Seal oli ta nähtamatu. Ta sai vaadata nagu kärbes seinalt, ilma et keegi teda märganud oleks. Ta ei tahtnud midagi teha, mis Stan the Man'i vihastaks.

Aga Stan ei näinud kõike. Näiteks meest, kes nina kaevas ja selle istmele pühkis. Ribby nägi seda, aga Stan ei näinud. Ribby naeris. Stan the Man vaatas tagasi peeglist tema poole. Ribby lõpetas naermise. Kui ohutu oli Stani sõiduoskus? Ta oli nii oma sõitjatest lummatud, et ime, et ta õnnetusse ei sattunud.

Ribby sirutas käe käekotti. Kaalus sigareti võtmist. Kas Stan märkaks? Kas ta viskaks ta bussist välja? Oli pime ja koju oli liiga kaugel, et jalgsi minna. Ta sulges käekoti. Ta keskendus aknast paistvatele tähtedele.

Kodus avas ta ukse ja kohe kostis köögist naer. Tema emal käisid sageli härrad külas. See õhtu polnud erandiks.

Tom Mitchell istus tema ema vastas laua taga. Ribby noogutas Tomi suunas. Ta tundis, kuidas Tom teda riietest lahti riisus. Ta vaatas teda alati nii. Ema ei paistnud sellest hoolivat.

„Tere, Ribby," ütles Tom. „Tore sind jälle näha."

Ribby keeras kraani kinni, võttis sügavalt hinge ja pöördus laua poole.

Ema ootas vastust.

Nagu ka Tom.

„Noh, siis," ütles Tom, tõustes püsti. „Ma pean minema, Martha. Oli tore sind näha, nagu alati." Ta lükkas tooli tagasi ja kallutas oma pesapalli mütsi tema poole.

Tom astus Ribby poole. „Ja sulle ka, Ribby – kuigi sa arvad, et oled liiga ülev ja võimas, et oma ema kallimale tere öelda, ma ikkagi meeldid mulle."

Ribby ema naeris valjusti ja madalalt. „Oh Tom, meie Ribby kardab omaenda varju. Ära pane tähele. Ma olen kindel, et ta ka sind meeldib." Ta pöördus tütre poole. „Eks ole, Ribby? Sa oled alati minu kallimad meeldinud."

Ribby jõudis klaasi vee ära juua. Ta sirutas käe käekotti ja puudutas sigaretipakki. Saladuse teadmine andis talle võimu tunnet. Ta läks elutuppa.

Tom ja Martha sosistasid esikus, kui ta ajakirja lehitses. Varsti sai ta skandaalsetest pealkirjadest tüdinenud, võttis telekapuldi ja hakkas kanaleid vahetama. Uks löödi kinni.

„Oleksid võinud mu sõpradega kenam olla," ütles Martha, diivanile plumpsates. „Lõppude lõpuks vajame me selles elus sõpru ja Tom on alati meie vastu hea olnud."

„Mis õhtusöögiks on, ema?"

„Mul oli kogu pärastlõuna külalised. Õhtusööki teha ei olnud aega, tütar, ja ma olen näljane," Martha lakkus huuli. „Absoluutselt, täiesti ja täielikult kuradi näljane."

„Tellige siis midagi," ütles Ribby. „Võime tellida spetsiaalset praetud riisi, munarulle ja sidrunikanaga kana, mida jagada."

„Jah, see sobib mulle," ütles Martha, haarates telekapuldi Ribby käest. Ta osutas ja klõpsas kiiresti ja raevukalt.

„Ma lähen proua Engle juurde helistama."

„Tee seda, tütar, tee seda," ütles Martha, valades endale klaasi viskit. Ta lisas sinna veidi soodat. Ta sirutas käe minikülmkapist ja võttis välja jääkuubikute vormi. Ta viskas sinna kaks kuubikut, võttis lonksu ja ohkas.

Kui Ribby tagasi tuli, ütles Martha: „Sa oled hea tütar, enamasti." Martha võttis veel ühe pikema lonksu. „Ilma sinu palgata, millega me hüpoteeki maksame ja toidu lauale paneme, oleksime kodutud." Martha segas oma jooki sõrmega. Jääkuubikud kolksusid klaasi vastu.

Ribby oli veidi närviline. See vestlus tekitas tal alati ebamugavust.

Kui reklaamid algasid, küsis Martha: „Kas toit on juba tulemas? Viski närib mu kõhtu."

„Ta ütles, et pool tundi, ema."

„Pool tundi, jumal küll, pool tundi on liiga pikk aeg, et natukese riisi oodata!" Martha lõi vasaku rusikaga toolikäsipuu vastu. Parem käsi jäi õhku, et hoida viskiklaasi pühadust.

„Ma ei saa enam tühistada. Istu paigal ja vaata oma saadet, enne kui aru saad, on see juba siin."

Martha asus baarilettide juures tegutsema, lisades viskisse jääd. Diivanile tagasi jõudnud, leppis ta õhtusöögi ootamisega.

Vähemalt ei pea ta selle eest laulma, mõtles Ribby iroonilise naeratusega.

∗∗∗

Martha vahetas kanaleid. Ribby ootas ukse juures kullerit.

Ta sirutas käe käekotti ja võttis välja sigareti. Ta pani selle süütamata huulte vahele ja vaatas peeglist oma peegeldust. Kui tema juuksed poleks olnud nii neutraalsed ja nahk nii kahvatu, oleks tal olnud potentsiaali näida kogenud. Võib-olla.

Kui uksekell helises, ehmatas ta ja oleks peaaegu sigareti maha pillanud.

Martha karjus: „Ava, Ribby!"

Ta surus sigareti käekotti.

Jälle helises uksekell.

„Tütar? Tütar! Oled sa seal?"

„Jah, ema, ma toon raha." Ta avas ukse.

„Tere õhtust," ütles kuller.

Ta ei tundnud naist ära, aga naine tundis teda. See oli raamatukogu töötaja, kellel oli piercingud ja tätoveeringud.

„32,50 dollarit," ütles ta.

Ribby ulatas talle 35 dollarit. Ta nägi tema verandal seistes teistsugune välja. „Jää vahetusraha endale," ütles ta, sulgedes ukse ja mõeldes ikka veel tema peale.

„Ilm on kindlasti jahedaks läinud, Rib!" ütles Martha, tõmmates koti tema käest ja suundudes kööki.

Ribby pani käekoti tagasi konksule, meeles pidades, et peab selle enne magamaminekut üles viima. Martha ei tohi sigarette leida.

Tagasi elutoas sõid nad õhtusööki telerilaudade taga. Alguse sai nende lemmikmängusaade Jeopardy!

Ribby ja Martha võistlesid alati, kui seda vaatasid. Kes vastuse esimesena teadis, karjus selle välja.

„Mis on New York?" karjus Ribby.

„Mis on L.A.!" karjus Martha. Ta eksis.

„Ma ju ütlesin," ütles Ribby. „Kõik teavad seda, ema."

Martha sirutas käe üle laua ja lõi tütrele näkku. Löök oli nii tugev, et telerialus ja selle sisu lendasid õhku. Ribby tool kukkus tagasi ja tema pea põrkas kohvialusele tõugatusega. Siis kukkus ta põrandale kolksatusega.

„See õpetab sulle," ütles Martha, „et ei tohi olla lugupidamatu. See on minu maja. Kes sa oled, et mulle ütled, kas ma olen õige või vale!"

„Aga ema," sosistas Ribby. „Ta ütles..."

„Mulle on täiesti ükskõik, mida ta ütles. Ma lähen magama. Tee mulle tass teed - nagu alati - ja too üles."

„Olgu, ema," ütles Ribby.

Ribby läks baari juurde. Ta võttis pudeli, läks kööki ja pani veekeetja tulele. Ta viskas teepaki tassi ja valas kuuma vett veerandini. Kui tee oli tõmmanud, lisas ta pool tassi burbooni ja kaks teelusikatäit suhkrut.

Treppidele minnes otsustas ta teha midagi, mis ei olnud Ribbyle üldse omane.

Ta liigutas keelt suus, kogudes sülge ja lasi selle põskedele pritsida. Kui tal oli piisavalt, sülitas ta ema tassi.

Ta vaatas, kuidas sülg veepinnal liikus, segas seda veidi ja pani tassi öölauale. Ta naeratas, kui tõmbas pealise lina ja siis tekid maha, nagu ta seda iga õhtu tegi.

Martha tuli vannitoast välja. „Mõnikord oled sa hea tütar."

Ribby ei vastanud midagi. Ta aitas emal riided seljast ja öösärgi selga. Ema jalad olid külmad. Ribby masseeris neid õliga ja libistas vanadele jalgadele sussid.

Väljudes vaatas Ribby üle õla tagasi. Martha võttis lonksu ravimiga teed ja ohkas.

Ribby hoidis naeru tagasi, kuni oli oma tuppa jõudnud.

Siis naeris ta nii valjusti, et pidi häält padjaga summutama.

# KAPITEL 2

K ui Ribby ärkas, istus ta voodis ja mõtles eelmisele õhtule. Ta naeris, kuulates allkorrusel oma ema tavapärast trampimist.

„Hommikusöök on kümne minuti pärast valmis," hüüdis Martha.

Ribby suutis enamiku sellest välja blokeerida. Alati sama. Alati sama.

„Ma pole näljane, ema," hüüdis Ribby, harjates oma juukseid. „Pealegi pean täna varakult tööle minema."

Ribby kuulas, kuidas ema teda sõimas. Ta harjas juukseid ja peatus äkki, kui allkorruselt kostis naer. See naer oli häiriv. Martha naeris hommikuti harva, kui just mõni tema kallimadest külas ei olnud.

„Nägemist, ema!" ütles Ribby, kui ta köögist välja astus ja otse ukse poole suundus. Väljas märkas ta väikest kaubikut, milles istus ja ootas mees.

Auto küljel oli kirjas: „Attics-R-Us" (Pööningud-R-Us).

Sõna „pööning" äratas mälestuse viimasest korrast, kui ta sinna üles oli läinud. Pelk mõte sellest pani ta värisema ja värisema. Ta neutraliseeris mälestuse, lukustades selle oma kujutlusvõime raamatukogusse.

Ta suundus bussipeatusesse. Ta jõudis just õigel ajal. Ta ronis bussi ja vaatas aknast välja, kui maailm tema eest uduselt möödus. Tema kõht korises. Ta sai üha näljasemaks. Ta ignoreeris näljatunnet, sest tahtis säästa iga senti kaubanduskeskuse külastuseks. Täna oli päev, mil ta kavatses endale midagi head lubada.

Ta avas käekoti. Ainuüksi tubaka lõhn summutas tema kõhu korisemise.

Tööl riputas ta oma mantli üles ja pani käekoti kindlalt ära.

Kuigi tema kolleegid olid oma töökohtadel, ei aidanud keegi ootavaid kliente.

Ribby oli vanim raamatukogu assistent, kuid tal polnud mingit autoriteeti.

Taas kord teenindas Ribby ootavaid kliente üksi. Raamatukogu juhataja proua P. Wilkinson ei paistnud seda märkavat.

Lõunapausi ajal küsis Ribby oma kolleegidelt, kust nad oma riided ostsid. Enamik soovitas kaubamaja, kus oli kvaliteetseid bränditooteid taskukohaste hindadega.

Ribby oli üha rohkem põnevil, nüüd kui ta teadis, kust ta ostma hakkab. Ta ei suutnud oodata, et teha midagi, mida ta varem kunagi teinud ei olnud.

Ribby Balustrade kavatses endale uue kleidi osta.

✳✳✳

Kaubamajas seisis Ribby hetkeks väljas ja piilus akendesse. Autode, busside ja trammide müra kajus hoonete ümber. Sissepääsu lähedal hakkas tänavamuusik kitarri mängima ja laulma. Inimesed hakkasid kogunema, tõuklema ja trügima, mõned kandsid kuuma jooki ja suitsetasid sigarette. Oli nii lärmakas ja rahvarohke, et ta tahtis ainult sisse minna. Sisse, vaikuse sisse.

Ta astus pöördukse sisse ja hetkeks oli vaikne. Siis avanes tema kabiin ja ta astus välja teistsugusesse kaosesse. Kliendid käisid kotidega edasi-tagasi. Kaubamaja oli suur, mitmekorruseline. Escalatorid olid täis inimesi, kes sõitsid üles ja alla. Õhus oli praetud toidu, popkorni ja donutsite lõhn, mis põhjustas meelte ülekoormuse.

„Kas saan teid aidata?" küsis infolaua taga olev naine.

„Jah, naisterõivad, palun."

„Kolmas korrus," vastas naine.

Eskaalatoril oli vaikne. Reisijad vaatasid oma telefone. Ta hoidis kinni käsipuust.

Kui ta kolmandale korrusele jõudis, nägi ta seda – oma unistuste kleiti. Väike must kleit, nagu raamatukogu ajakirjades seda nimetati, ideaalne õhtuseks kokteilipidu ja eriliseks sündmuseks. Ta vaatas seda ja mõtles sõnadele ühest pesapalliga seotud filmist. Ta naeratas ja muutis sõnad järgmiseks: „Kui sa selle ostad, leiab see kindlasti kandmiseks sobiv võimalus."

„Kas sa saan teid aidata?" küsis naine elegantses kostüümis.

„Jah, palun. Ma tahan endale midagi ilusat osta. Arvasin, et must kleit, mis on lihtne kanda ja hooldada, sobiks hästi. Mulle meeldib see mannekeenil olev kleit. Kui teil on seda minu suurusega, tahaksin seda proovida."

„Suurepärane valik," ütles naine. „Las ma vaatan, mis suurus te olete? Kaksteist? Neliteist?"

„Ma, ma ei tea."

„Te olete 12. Ma olen tavaliselt üsna hea arvama, aga igaks juhuks võtke 10, 12 ja 14," soovitas müüja. „Oh, ja te vajate veel paari musti kingi, et look oleks täiuslik. Kas teie suurus on 7?"

Üllatunud Ribby vastas: „Need kingad on suurus 7."

„Siis on ideaalne. Ära karda välja tulla, kui valmis oled. Ma tean, kui raske võib olla üksi sisseoste teha."

„Ma tulen, aitäh," ütles Ribby ja sulges proovikabiini ukse.

Peeglitega ümbritsetuna nägi Ribby end esimest korda igast nurgast, kui Martha hall kleit maha kukkus.

Ribby proovis selga suurus 12 kleiti. Kleidi dekoltee ja plisseeritud puusad ja talje rõhutasid tema figuuri. Ta teadis juba, et tahab selle osta, kuid tahtis siiski teise arvamuse. Ta astus proovikabiinist välja.

„Vau!" hüüatas müüja. „Sa näed fantastiline välja! Aga oota, ma teen ühe asja."

Müüja kadus nurga taha, kuid tuli mõne sekundi pärast tagasi. „Las ma panen selle su juustesse ja need kunstpärlid kaela ümber. Ma vannun, sa näed välja nagu miljon dollarit!"

„Ma näen nii glamuurne välja!" Ribby vaevu tundis ennast ära.

„Sa näed tõesti sensatsiooniline välja!"

„Ma tahaksin veel paar riietust proovida." Ta läks riidepuuni, valis välja kaheosalise punase kostüümi, pluusi ja püksid. Ta naasis proovikabiinisse. Kostüüm nägi välja imeline, selle selge lõikega jakk ja sobiv seelik ning kleidiga proovitud kingad sobisid sellega ideaalselt. Pluus nägi parem välja riietult kui seljas ja püksid tõmbasid liiga palju tähelepanu tema tagumikule.

„Ma võtan kostüümi, kleidi, kingad ja pärlid," ütles Ribby. „Kui palju see maksab? Ma unustasin vaadata."

Müüja arvutas kokku. „Kokku maksab see enne makse 760 dollarit. Kas maksate sularahas või kaardiga?"

„Oh, see on rohkem, kui ma arvasin," tunnistas Ribby.

„Ärge muretsege, võtke kleit täna kaasa ja tulge hiljem kingade ja aksessuaaride järele. Või võite taotleda kaupluse krediiti. Ma kontrollin, kas teil on selleks õigus, ja siis saate kohe krediiti."

„Kas ma võin?" küsis Ribby. „See oleks väga abiks!"

Müüja esitas Ribbyle paar küsimust ja ta sai krediitkaardi. Ta ostis kogu komplekti. Müüja pakkis kõik kotti.

„Tänan teid väga. Olite väga abivalmis!"

„Pole tänu väärt."

Ribby tähistas oma ostu tassi kohviga ja kui hakkas hämarduma, suundus bussipeatusesse. Teel suitsetas ta sigaretti.

Kui ta nurga taha jõudis, seisis Attics-R-Us kaubik ikka veel tema maja ees.

# KAPITEL 3

Laupäeva hommik. Ribby hüppas voodist välja, põnevil eelseisva päeva pärast. Ta voltis kokku oma musta kleidi ja sukkpüksid ning pani need käekotti. Kontsad ei mahtunud sinna. Sandalid peavad ära aitama.

Martha istus köögilaua taga, pea käte vahel. Pohmelus. Kohvimasin puhus ja sisises tema selja taga. Kui ta Ribby nägi, oigas ta. Ribby oli oma ema liigse viski tarbimise märke varemgi mitu korda näinud. Ta valas endale tassi kohvi ja täitis ka ema tassi. Martha käed värisesid, kui ta lonksu võttis.

Ribby läks koridori mööda edasi ja välja veranda, kus ta võttis ajalehe. Ta naasis kööki ja luges ajalehte, rüübates oma nüüdseks jahtunud kohvi. Ajaleht ei suutnud summutada Martha oigamist ja slurpimist.

Ribby lehitses edasi üürikorterite rubriiki. Ta sõrmega nimekirja mööda ja leidis palju valikuid mereäärses piirkonnas, kus ta lootis elama asuda. Ta sulges ajalehe ja loputas tassi.

„Ma pean minema, ema. Näeme hiljem."

Martha lõi rusikaga lauale. „Ära siis tule tagasi, kui sa ei suuda oma vaesele emale isegi pisutki kaastunnet üles näidata."

„Võta paar Tylenoli ja kõik saab korda," ütles Ribby, avas välisukse ja lõi selle enda järel kinni. Eemaldudes märkas ta, et ema oli eesriided kinni tõmmanud. Täna ei tule ühtegi härrasmeest külla.

Ribby jõudis bussile ja pärast saabumist parimasse üürikorterite piirkonda ostis ta veel ühe ajalehe. Ta märkis paar võimalikku korterit ja otsustas minna mõnele avatud uste päevale. Üks korter asus suurepärases piirkonnas, mitte kaugel rannast, ja oli tema eelistuste nimekirjas esikohal.

Enne kui ta maju vaatama sai minna, pidi ta end sobivamalt riidesse vahetama. Avalik tualett sobis selleks hästi. Uues riietuses uuris ta piirkonda, võttes aega Ontario järve vaatamiseks. Ta kuulas, kuidas lained õrnalt kaldale loksutasid. Tema kohal karjusid tähelepanu pärast kajakad. Tema selja taga vilistasid autod, kui sõitjad ootasid foori muutumist. Kostis AC/DC tugev bass ja ta pöördus ümber, et näha, et süüdlane oli must auto avatud katusega. Ta jätkas jalutuskäiku promenaadil. Suu läks vett täis, kui ta jõudis hotdogikioski juurde, kus kõrval praeti sibulat. Ta vaatas poe aknal kella ja mõistis, et peab kiirustama, et jõuda esimese maja vaatamisele.

Väljastpoolt nägi hoone kutsuv välja. See ei olnud nagu mõned teised kõrghooned. See oli keskmise suurusega ja eraldi rõdudega. Rõdud olid kaunistatud isiklike asjadega, nagu jalgrattad ja taimed. Rõdud, kus üürnikud olid loonud oma väikese paradiisi. Kus nad olid uhked oma vara üle.

Ta märkas enda kohal silt „Üürile". Nagu kuulutuses lubatud, oli korteril vaade veele. Ta ei suutnud oodata, et üles minna ja lähemalt vaadata.

Sisse astudes kõndis ta fuajees ringi, et kohaga tutvuda. Postikastide juures luges ta kastidel olevaid nimesid, justkui lootes kedagi ära tunda. Ta ei tundnud kedagi. Ta vajutas lifti nuppu ja läks üles.

Korteri oli lihtne leida, sest see oli tähistatud viitadega. Uks oli lahti. Ta koputas ikkagi ja astus sisse. Seal oli teisi inimesi. Esmapilgul teadis ta, et peab selle korteri endale võtma. See oli just tema jaoks mõeldud.

Köögiagent rääkis noore paariga. Talle ütles ta: „Ma tulen kohe teie juurde. Vaadake rahulikult ringi."

Sisustus oli mahedat magnolia tooni. Köök oli hästi varustatud roostevabast terasest seadmetega, sealhulgas nõudepesumasin. Peamine eluruum oli avatud planeeringuga. Täiuslik. Ta kujutas ette, kuidas ta seal istub ja imetleb imelist vaadet lainetele. Kuulab lainete müha. Ta lükkas balkoniukse lahti ja astus välja. Lapsed mängisid lähedal. Ta läks tagasi sisse ja vaatas magamistuba. See oli suurem kui tema tuba kodus, seal oli oma vannituba ja rohkem kui piisavalt ruumi garderoobiks. Ta peaks ostma palju uusi kingi ja riideid, et see ruum täita. See oli imeline. Kõik oli imeline. Ta tahtis seda nii väga, et maitses seda suus.

„Vaade on hingematvalt ilus," ütles Ribby, kui maakler vabanes. „See on täpselt see, mida ma otsin."

„See on väga nõutud. Kui te seda tahate," ütles maakler. „Peate täna avalduse täitma. Kas olete varem üürinud?"

„Ei, olen kodus elanud."

Ta näperdas mõningaid paberitega. „Kas elate üksi? Kas töötate täiskohaga?"

„Jah ja jah. Ma töötan raamatukogus. Olen raamatukogu assistent ja olen seal töötanud seitse aastat."

„Omanik eelistab üürida ühele inimesele või noorpaarile... kui kõik paberid on korras."

Ribby silmad säratsid, kui ta avalduse vastu võttis. Agendi pakkus talle pliiatsit. Kui ta avaldust täitis, vestles agent edasi.

„Kui teie avaldus on heaks kiidetud, vajame tšeki esimese ja viimase kuu üüri katteks."

„Pole probleemi." Ta lõpetas vormi allkirjastamisega. „Millal ma saan teada, kas minu avaldus on heaks kiidetud?"

„Ma helistan teile. Teisipäevaks peaksime teadma."

„Mul, meil pole telefoni. Kui te annate mulle oma visiitkaardi, helistan teile. Kas teisipäeva hommik sobib?"

„Täiuslik," vaatas ta taotlust. „Uh, pr Balustrade, räägime siis, ja õnne," ütles agent, kui ta eemaldas avatud maja sildi. Ta saatis naise lifti ja välja hoonest. Kui nad jõudsid tänavale, küsis ta: „Kas ma saan teid kuhugi viia?"

„Ei, aitäh, ma lähen veepiiril jalutama ja siis võtan bussi koju."

Ribby jooksis rannale. Ta libistas sandaalid jalast ja lasi liival varvaste vahelt välja voolata. Siis kastas ta varbad vette. Ta korjas paar karpi, istus maha ja kuulas linna ja Ontario järve hääli.

Lähedale maandus kajakas. Siis veel üks.

„Mis te arvate?" küsis ta lindudelt. „Kas see on koht, kus Angela ja mina peaksime elama?"

Kajakad vaatasid teda, kuid vastasid ainult kraaksumisega.

✳ ✳ ✳

Oli veel vara – liiga vara koju minna. Ribby otsustas minna mööblit vaatama. Näitusesaalis oli hea valik. Kõik oli aga nii kallis, sest tal oli vaja kõike.

Hääl tema peas ütles: „Kasutatud. Elegantne. Rafineeritud. Shabby chic.

Ribby vaatas ringi. Kas keegi oli temaga rääkinud? Ta oli üksi. Ta libistas sõrmedega diivani seljatoe piki ja mõtles: „Shabby chic, mis? Täiuslik."

Hääl ütles: „Ära unusta – uus korter vajab uut garderoobi."

Ribby peatus. Kas ta oli hulluks läinud? Ta vestles iseendaga, aga hääl oli teine. See oli Angela hääl. Angela oli sündinud.

Sa ei saa ju oodata, et ma sünniks sellesse ellu Martha vanades riietes.

Ribby naeratas. Nõus. Aga kõigepealt tuleb teha olulisemad asjad. Korter. Mööbel. Sa vajad ilusaid asju. Me vajame ilusaid asju. Peame hoolitsema, et ema sellest teada ei saaks. Ta läheks hulluks.

Ta ongi hull.

Ribby naeris, kuni peaaegu püksid märjaks tegi.

Kuidas ma sinuta üldse hakkama sain?

Me ei saa kunagi teada. Hei, kas sa kunagi suitsetad? Mu kopsud karjuvad suitsu järele!

Ribby sirutas käe käekotti ja võttis sigareti. Ta libistas selle huulte vahele, süütas otsa ja võttis mahvi.

Ahhhhh, ohkas Angela, ma vajasin seda. Ribby, meil on vaja plaani.

Ma tean. Kui me selle korteri saame, kuidas me seda emalt salajas hoiame? Kuidas ma talle edasi maksan ja uue korteri eest maksan, pluss kõik muu? Ma tean, ma palun palgatõusu.

Ära palka palgatõusu, nõua seda. Ja sunni vana naine üüri alandama!

Mul on palgatõus juba ammu ülefällig. Selles oled sul õigus. Aga ema ei nõustu sellega kunagi, kuigi ta kaotaks ilma minuta oma maja.

See on tema probleem, mitte sinu, Rib. Ta on täiskasvanud naine ja kui sind pole, saab ta su toa välja üürida, eks?

Ribbyle tundus veider, et keegi oli kordki tema poolel.

Ma ei kavatse korterisse täiskohaga elama jääda. See ei läheks kunagi. Ta leiaks viisi, kuidas kõik ära rikkuda. Ei, ma elan nädalapäevadel kodus ja nädalavahetustel korteris.

Ta vaatab su pangakonto jälle läbi, Rib, ja kui ta näeb, et saldo väheneb, läheb ta katusele. Sa tead, milline ta on.

Ribby vaatas üllatunult. Kuidas Angela sellest teadis?

Sul on õigus, ma pean olema ettevaatlik, kuhu ma oma rahakoti jätan. Kuna seal on sigaretid, olen ma selle otse oma tuppa viinud. Ma jätkan nii ja ta ei saa midagi teada.

Ja kui ta sinult raha küsib, mida sa teed?

Ma ütlen talle ei.

Kas sa mäletad, kui sa pakkusid talle kogu oma teenistuse? Ta oleks pidanud ainult lõpetama härrade külastuste vastuvõtmise.

Ja kust ta sellest teab? Nagu ta oleks kogu aeg minuga koos olnud.

Jah, kuidas ma saaksin seda unustada? Ema naeris nii kõvasti, et ma arvasin, et ta lämbub. Ma üritasin talle õhku anda, lüües talle seljale, ja vastutasuks lõi ta mind nii kõvasti, et mul kukkus hammas välja.

See vana lehm hakkab sind igatsema, Ribby, aga sa väärid paremat elu ja mina olen siin, et sind aidata. Et sa selle ka saaksid. Nüüd on parem tagasi minna, enne kui vana mära ratsaväe välja kutsub!

Õnn oli käeulatuses, aga mõnikord tuli selle järele ulatuda ja see endale võtta.

# KAPITEL 4

Esmaspäeva hommikul oli Ribby väga vara üles tõusnud ja kodust välja läinud. Ta ei tahtnud Marthat näha. Tööle läks ta Marthat muumuu eritellimusel valmistatud kleidis, mille esiosal võitlesid tema rinnad volangidega. See riietus vastas raamatukogu riietumisreeglitele. Ta kiirustas bussi peale ja jõudis kohale tavapärasest varem.

„Tere hommikust, Ribby," tervitas raamatukogu püsikülastaja proua Pigeon. „Kui otsid midagi head lugeda, soovitan seda raamatut." Ta ulatas raamatu Ribbyle, kes võttis selle vastu.

„Minu elu taldrikul," luges Ribby. „Kas see on toidust?"

„Ei, mitte mingil juhul!" naeris proua Pigeon. „See on elust, naerust ja pisaratest." Ta peatus. „Lõpeta, Billy! Jason, tule siia tagasi." Lapsed tulid leti juurde tagasi. „Vabandust, et raamat on hiljaks jäänud."

„Te veensite mind. Tänan, proua Pigeon." Ta naeratas ja tembeldas raamatu tagastatud.

„Pole tänu, kullake. Järgmine kord, kui ma siia tulen, võid mulle rääkida, mis sa Clare Huttist arvasid. Poisid, öelge Ribbyle head aega. Jason, ära sülita oma venda. Kui koju jõuad, ootab sind suur karistus!" Proua Pigeon naeratas, kui ta Jasoni kõrva ja Billy käest kinni võttis. Kolmiku läks läbi pöördukse.

Ribby oli liiga põnevil, et lugeda. Pealegi oli jälle esmaspäev ja ta pidi haiglasse minema.

Kell 17 võttis Ribby oma asjad kapist ja jooksis bussile. Teel tundis ta kiusatust suitsetada, aga ta ei tahtnud, et lapsed tema pealt sigarettide lõhna tunneksid.

Ta läks kingipoodi, kus oli tellinud heeliumiga täidetud õhupallid kõigile osakonna lastele. Mõte oli suurepärane, aga nende kandmine oli teine asi.

Nagu lubatud, alustas Ribby Mikey Landersi toast. Teda ei olnud seal. Ta jätkas mööda koridori, pistis pea tubadesse. Tema järel järgnesid teised, moodustades laulva paraadi. Ratastoolid, kargud, kõik olid teretulnud. Isegi peaõde Alice liitus.

Ribby vaatas tema poole ja nende pilgud kohtusid. Midagi oli valesti, aga see võis oodata. Ta jätkas esinemist.

Ribby astus keskele. Ta vaatas lastele silma. Lucy May Monroe vajas juuksepaela, mille Ribby võttis oma võlukotist. See oli lilla pael, Lucy May lemmikvärv. Laps kiljatas rõõmust. Lucy ema sidus paela tema lühikese hobuse saba ümber.

Viimasel külaskäigul oli Benjamin Fish soovinud draakonikaisukaru, mille Ribby oli oma võlukotti peitnud. Ta lasi Benjaminil kottist kaisukaru võtta. Poiss pani selle oma süles ja otsis vanemaid, kuid neid polnud näha. Ta ei tahtnud kaisukaru ilma vanemateta avada ja hoidis seda ratastoolis süles.

Ootas veel mitu last. Ribby täitis ühekaupa nende soovid. Ta laulis jälle. Seekord tantsis ta ja esitas oma versiooni Elton Johni laulust „Crocodile Rock". Ta jagas välja ülejäänud õhupallid.Jäi alles ainult Mikey Landersi õhupall.

Ribby hüvasti lastele. Ta võttis Mikey punase õhupalli ja kõndis koridori mööda. Õde Alice ootas teda.

„Ribby, oota, mul on sulle midagi öelda."

Ribby ei tahtnud uudist kuulda. Ta jätkas kõndimist. Kui ta ei teadnud, siis ei olnud see tõsi.

Õde Alice haaras Ribby käest. „Ribby, Mikey oli suures valus ja nüüd on ta rahus."

Ribby tahtis karjuda. Ta jätkas kõndimist ja lahkus hoonest. Väljas lasi ta õhupalli lahti ja vaatas, kuni see kadus silmist.

Ta ei nutnud.

# KAPITEL 5

R ibby oli nii põnevil, kui ta makseautomaadist kinnisvaramaaklerile helistas ja sai teada, et korter on tema oma. Veidi üle nädala pärast kolib ta sinna. Aega on piisavalt, et osta vajalikud asjad ja mõelda välja, kuidas Martha eest eemale hoida.

Miks mitte mind kasutada? Me oleme ju sõbrad, eks?

Mõnikord oled sa nii paks kui telliskivi. Ütle vanale raevukale naisele, et külastad sõpra, kes elab linnas ja kelle nimi on Angela.

Mis siis, kui ta tahab sinuga kohtuda? Pealegi, ma ei oska valetada, mu nägu annaks mind ära.

Sa ei valeta. Sa veedad aega minuga. Sul on ideaalne alibi – mina!

Sel õhtul õhtusöögi ajal tõstatas Ribby teema. „Ma tahaksin reede õhtul oma sõbraga Angela välja minna."

„Tõesti?" küsis Martha üllatunult. „Sul on sõber?"

„Me loeme samu raamatuid ja saame hästi läbi."

„Tütar, ole selle uue sõbraga ettevaatlik. Vaata, et ta sind ära ei kasuta, sest sa oled maailma asjade suhtes väga naiivne."

„Kõik on hästi, ema. Me läheme kinno ja joome kohvi."

Päevad möödusid kiiremini, kuna tema elu oli tavapärasest rutiinist välja tulnud, ja varsti oli reede.

„Ma pean minema. Me kohtume kino ees."

„Enne kui lähed, kas sa annaksid oma vaesele vanale emale paar dollarit, et ma saaksin Jack Danielsi pudeli asendada?"

Ribby kõhkles. Kui ta emale raha ei anna, ei pruugi ta kodust välja pääseda. Ta pidi raha ära andma ja nii ta ka tegi.

„Ma jään hiljaks, ema, pole mõtet mind oodata."

„Head aega," ütles Martha, raha rinnahoidjasse surudes.

Teed mööda kõndides võttis Ribby mitu sügavat hingetõmmet. Ta ei suutnud seda uskuda. Reede õhtu ja ta läks linna kinno.

Ära unusta mind.

Kuidas ma saaksin? Ilma sinuta seisaksin ikka veel esikus!

Sa tegid õigesti, Ribby, et andsid talle täna raha. Aga enam mitte. Me vajame iga senti!

Filmi ajal naeris Angela pidevalt armastavate stseenide peale.

See on nii igav! Räägib täiesti ebareaalsetest asjadest. Läheme siit ära.

See on romantiline. Anna sellele võimalus.

Ribby pistis tükikese šokolaadi suhu.

Soovin, et siin saaks suitsetada.

Shhhh.

Pärast filmi oli Ribby liiga ärritunud, et kohvi jooma minna, ja läks koju.

Mida sa ütled, kui me tagasi jõuame ja sa tead, kes ärkvel on?

Ta ei ole ärkvel. Pärast Jack Danielsi on ta kindlasti magama jäänud.

Siis hommikul võid talle öelda, et sa jäid laupäeva ööks oma uue sõbra Angela juurde. Pühapäeva õhtul tuled tagasi. Sai aru?

Ta teab, et ma valetan. Ta teab alati.

Võib-olla, aga see oli enne, kui sa endale oma korteri võtsid. Topeltelu. Enne, kui mul oli sina. Pealegi on see tehniline detail. Sa jääd minu juurde ja ma olen su sõber. Niisiis... sa räägid tõtt.

Kui sa nii ütled, kõlab see üsna hästi.

Jah, nüüd süüta sigaret ja lähme tagasi.

# KAPITEL 6

O li kolimispäev ja Ribby oli valmis minema. Ta hiilis trepist alla, lootes märkamatult minema hiilida. See oli lühiajaline, sest Martha ootas teda köögis.

„Tassi kohvi?"

„Tänan, ema," ütles Ribby, istudes maha ja vaadates kella.

Ainus kuuldav heli oli Martha neelamine ja külmkapi sumin.

„Angela ja mina veetsime reede õhtul väga toredalt aega, ema, ja ta kutsus mind nädalavahetuseks enda juurde. Ma tahaksin minna."

Martha pistis nina tassi. Ta sõrmedega mängis laual laudlinaga, samal ajal kui teise käega silitas laua all Scampi.

Ema vaikimine oli häiriv. Ta oli harva nii vaikne olnud. Ribby tundis end süüdi ja tema käed värisesid, kui ta oma jooki rüüpas. Ta mõtles, kas ema teab.

Ribby mõtles midagi öelda, vaikimine oli kohutav, aga ta kartis. Ta joi kohvi lõpuni, tõusis püsti ja loputas tassi. Ta pani selle kuivama.

„Ma olen rõõmus, et sul on sõber, ja loodan, et sul on lõbus."

„Aitäh, ema," ütles Ribby, jooksis üles oma käekotti võtma ja läks välja. Ta jõudis bussile ja jõudis linna teisele poole enne kullerit.

„Tulge üles!" ütles ta sissehelistades. Mehed tõid sisse tagasihoidliku mööbli ja muud asjad, mis ta lõunaajal kokku oli kogunud.

Pärast nende lahkumist tegi ta end mugavaks ja kuulas rõdult lainete müha.

Keskpäeval jalutas Ribby veepiiril. Ta märkas mitmeid baare ja ööklubisid. Ta polnud kunagi varem üheski käinud, sest üksi minna ei tundunud huvitav, aga nüüd oli asi teisiti. Ta otsustas hiljem tagasi tulla.

Angela olemasolu tõttu ei tundnud ta end enam nii üksi.

✳✳✳

Hiljem õhtul ootas Ribby ööklubi ees kõnniteel.

Lõpeta ringi käimine, Ribby. Ma loen kümneni ja siis läheme sisse. Olgu, lähme! Valmis või mitte, me tuleme!

Ma kardan.

See on lihtne, Ribby, lihtne! Jälgi mind.

Nagu mul oleks mingi valik.

Trepp oli kitsas ja hämar. Ribby uued kõrged kontsad panid tema pahkluud värisema, kui ta trepist alla läks. Kui ta baariruumi nurga taha pööras, vilkusid stroboskoobid muusika rütmis.

Ära muretse kingade pärast. Paradiis ootab! Siiapoole. Ma istun siia toolile, et saaksin toimuvat jälgida. Rääkimata sellest, et nemad saavad meid vaadata!

Ma ei tea. Kas me ei paista meeleheitlikud?

Mitte meeleheitlikud – vabad. Vaata seda kohta, Rib. Siin on palju naeru ja muusikat, meil saab olema fantastiline õhtu. Miks sa meile joogid ei osta?

Mida ma peaksin tellima? Ma pole kunagi varem joogid tellinud.

Vaatame, Angela uuris joogikaarti. Üks neist oleks hea. Jah, telli vodka tonic – suur!

Ribby köhatas, lootes baarmeni tähelepanu äratada. Ta vestles mehega teisel pool baari. Ta köhatas, aga valju muusika ja vilkuvate tulede tõttu ei uskunud ta, et keegi teda märkaks.

Kas ma pean kõike ise tegema?, kurtis Angela. „Vabandage, baarmen, kas saaksite mulle suure V&T, kui teil on hetk aega?"

Baarmen vaatas Ribby poole ja naeratas. „Muidugi."

Ta liikus baarileti ääres edasi, segades jooki ja vaadates Ribby poole. „Sa pole tuttav. Oled siitkandist?"

„Ma kolisin siia nädalavahetusel. Mõtlesin, et vaatan, mis siin toimub," vastas Angela.

„Tere tulemast naabrusesse. See on maja kulul. Ma olen tervituskomitee," ütles baarmen silma pilgutades.

Angela pilgutas Ribbyle silma. Ta kummardus ette, nagu tahaks talle midagi kõrva sosistada. Tema rinnad langesid kleidis ettepoole, paljastades baarmenile Ribby dekoltee. „Tänan väga," ütles Angela. „Ma olen alati tahtnud tervituskomiteega kohtuda."

„Nüüd sa kohtusidki, lihas ja luus. Minu nimi on Jake, mis sinu nimi on?"

„Mina olen Angela, meeldiv tutvuda."

„Kui midagi vaja on, vilista lihtsalt. Sa oskad ju vilistada, eks?"

„Nagu suur näitlejanna Lauren Bacall kunagi ütles, lihtsalt pane huuled kokku ja puhka." Jake naeris ja Angela vilistas vaikselt.

See kommentaar üllatas Ribby, sest ta polnud kunagi vilistamise kunsti omandanud. Rääkimata sellest, et ta polnud kunagi näinud ühtegi Lauren Bacalli filmi.

Jake liikus baarileti ääres edasi ja teenindas teist klienti, kes oli nende vestlust jälginud.

„Jake, vana mees," ütles mees, astudes lähemale. „Kuidas oleks õllega?"

„Nigel. Mees. Pole sind nädalat näinud. Kuidas sul läheb? Ma arvasin, et sa kolisid ära?"

„Mina? Kolida? Kuhu sa võiksid kolida, kui oled peaaegu kogu elu rannas elanud? Siin pole võrreldavat kohta! Mind peab siit puusärgis välja viima," ütles Nigel naerdes, kui Jake õlut valas.

„Mis sa teinud oled?"

„Töö, töö, töö, piisavalt öeldud," vastas Nigel. Ta kutsus Jake'i lähemale ja sosistas: „Kes see beib on? Kas sa käid temaga või võin ma proovida?"

„Ta on uus. Kolis täna siia. Tema nimi on Angela. Suurepärased rinnad ja ka huumorimeel pole paha."

Näete, ta meeldib meile!

Ta ei tunne meid isegi.

Aga ta tahab meid tundma õppida.

„Vabandage, Jake," ütles Angela. „Ma tahaksin tellida suure Martini, raputatud, mitte segatud. Tee topelt."

„Üks topelt Martini, kohe tuleb," ütles Jake.

„Sa oled James Bondi fänn, eks?" küsis Jake, kui ta Martini tema ette pani.

Angela mängis oliiviga, keerutades seda klaasis, ja jõi siis kogu klaasi tühjaks.

Ribby värises. Nagu varemgi, polnud ta näinud ühtegi James Bondi filmi ega lugenud ühtegi Ian Flemingi romaani. Ta mõtles, kuidas Angela võis teada asju, mida tema ei teadnud.

Angela rääkis edasi. „Sean Connery oli minu lemmik Bond. Nad oleksid pidanud filmide tegemise lõpetama, kui ta lahkus." Ta lükkas klaasi üle baari. „Veel üks topelt martini, palun, Jake."

„Oi, see on päris kange kraam," Jake peatus. „Oled kindel, et tahad nii kiiresti veel ühe topeltdrinigi?"

„Ma olen ju klient ja sina oled tervituskomitee, nii et tee mulle meeldivaks. Ma luban, et olen tubli," ütles Angela.

Jake vaatas baari otsa, kus Nigel üksi istus. Kümme meest tulid trepist alla ja vaatasid Ribbyle. „Tahaksin sulle oma sõpra tutvustada. Nigel, see on Angela. Tal oleks ehk tore, kui tal oleks seltsilist. Nigel tunneb siin piirkonda hästi ja on hea poiss. Ma vastan tema eest."

„Väga meeldiv tutvuda," ütles Nigel, ulatades käe.

„Mulle ka on tore tutvuda," ütles Angela, astudes kõrvale, et vältida tuimast tagumikust. Ta segas värskes martinis oliivi ja torkas selle kokteiliklaasi. Ta pistis oliivi suhu ja valas teise joogi kurku.

„Kuulsin, et oled siin uus?" küsis Nigel, vaadates, kuidas Angela suunurgast tilkus veidi martinit.

Ribby võttis salvrätiku ja pühkis vedeliku ära. See maitses ikka veel kohutavalt. Nagu ta oli ette kujutanud, et küünelakieemaldaja maitseb. Kuidas Angela võis nautida midagi, mis talle endale ei maitsenud?

„Jah, me üürisime korteri. Siin on ilus," ütles Angela.

„Meie?"

Ribby võpatas.

Angela naeris. „Meie kuninglikus mõttes. Ma elan üksi."

„Kas tahad tantsida?" küsis Nigel.

Ribby polnud oma elus kunagi tantsinud.

Angela üritas toolilt maha tulla. Ta kaotas tasakaalu ja komistas.

Nigel haaras ta käest. „Oi, kas kõik on korras?"

„Ma olen korras," ütles Angela. „Või vähemalt siis, kui ma tüdrukute tualetti jõuan. Kas sa tead, kus see on?"

„See on seal, baari lõpus."

„Okei," ütles Angela. Ta haaras Nigeli kraest ja vaatas tema sügavsinistesse silmadesse. „Ära liiguta. Ma tulen kohe tagasi ja võtan su tantsuettepaneku vastu."

Ribby võttis sügavalt hinge, kui Nigel noogutas ja taganes.

Angela silitas oma kleiti.

Kui ta kabiini jõudis, toetas Ribby end metallukse vastu, mis tundus seljal jahe. Ta rebis tualettpaberit ja kattis sellega istme, enne kui istus.

Tuba keerles.

Ma arvan, et mul on halb.

„Ei, meile ei tee halb, Rib. Me istume siin veel paar sekundit. Siis läheme kraanikausi juurde ja pritsime veidi vett näkku.

Kõik saab korda. Ma luban.

Mõni hetk hiljem astus Angela Nigelile lähemale. Ta nägi murelik välja. Ta ei olnud ilus, aga ka mitte inetu. Ta oli üsna tavaline välimusega. Tal oli seljas mustad teksad, helesinine t-särk ja mustad saapad. Ribbyle meeldis tema väike habe.

„Tule siis," ütles Angela, võttes Nigeli käe oma kätte ja juhtides ta tantsupõrandale.

See oli aeglane laul.

Ribby ei osanud isegi, kuidas käest kinni hoida. Tema peopesad olid higist märjad.

Nigel hoidis teda käeulatuses.

„Lähemale," sosistas Angela, tõmmates teda enda poole, käed tema tagumikule asetades.

Kui Chris de Burgh laulis „Lady in Red", pani Angela pea Nigeli õlale ja lõdvestus. Ribby lõdvestus ka. Ta tundis, kuidas tema süda tema oma vastu põksus. Ta tundis tema hingust oma kaelal.

Angela tahtis ta koju viia.

Ribby ei tahtnud.

***

Pärast tantsu haaras Angela Nigeli käest ja tõmbas ta baari poole tagasi. Nad istusid toolidele, põlved puudutasid teineteist. Nigel näitas baarmenile kahe sõrmega ja ütles: „Tequila.“

Angela lükkas juuksed kõrva taha ja kummardus lähemale: „Kas sa tahad mind purju joota?“

„Ei, see pole minu stiil.“

Kui joogid kohale toodi, puudutas Angela tema põlve.

Nigel jõi oma joogi ühe sõõmuga ära. „Uh, mis sa teed? Ma mõtlen, millega sa elatist teenid. Ma arvan, et me liigume siin veidi liiga kiiresti edasi.“

Ma olen nõus!

Shhh Ribby. Mine tagasi magama. Siis Nigelile: „Natuke seda ja natuke teist.“ Ta jõi tequila ühe sõõmuga ära ja pani laimi oma hammaste vahele.

„Ah, salapärane naine, mis?“ Ta naeris. „Ma töötan suhtekorralduses.“

„Kui põnev! Oled alati samas firmas töötanud?“

„Jah. Üks kümnest parimast firmast värbas mind otse ülikoolist. Kui hakkad parimas firmas töötama, saab minna ainult allapoole."

„Mõistan. Mis sulle meeldib teha? Peale suhtekorralduse ja baarides käimise."

„Ma ei käi tavaliselt baarides."

„Muidugi, muidugi," ütles Angela.

„Ausalt," ütles Nigel, puudutades oma käega tema põlve.

Ribby tundis end ärevana. Ta oli liiga tuttavaks muutumas. Ta tahtis minna.

Angelaile meeldis see.

Nigel jätkas: „Ma tunnen Jake'i. Me oleme aastaid tuttavad, nii et ma tulen siia Cat's Eye'sse aeg-ajalt, et välja saada. Sa ei saa kogu aeg oma korteris Netflixit vaadata või Xboxi mängida. Parem on välja minna. Inimesi kohtuda, ja see piirkond on nii elav!"

„On küll, aga praegu tahaksin ma kohvi. Kas tahad minna kuhugi mujale, kus on vähem lärmi, ja tüdrukule kohvi osta? Ma kutsuksin sind enda juurde, aga seal on täielik segadus, sest ma kolisin alles täna sisse," ütles Ribby.

Ma ütlesin, et jäta see minu hooleks. Ära sega end vahele.

„Siin lähedal on väike kohvik, siis saadan su koju. Kas sobib, Angela?"

Üks tass kohvi sobib mulle hästi.

Rahune maha.

Ribby ja Nigel kõndisid käsikäes Night Owl Café kohvikusse, kus tellisid cappuccino. Nad vestlesid vabalt kuni kella 1-ni öösel, kui Ribby ütles, et tahab koju minna.

„Sa oled nii galantne, et pakud mulle koju saata. Ma olen rõõmus, et Jake meid tutvustas."

Kui nad Ribby koju jõudsid, küsis Nigel: „Kas ma saaksin su telefoninumbri? Ma tahaksin sind uuesti näha."

„Mul pole veel telefoni," vastas Angela, otsides oma käekotist võtmeid. Kui ta üles vaatas, kallistas Nigel teda. Kui tema huuled puudutasid Angela huuli, suudles naine teda vastu. Tema käed libisesid mehe õlgadele ja rinnale. Mehe käed uurisid omakorda naise keha.

Kui Ribby põlved hakkasid värisema, võttis ta juhtimise enda kätte. Liiga hingetuna, et rääkida, tõmbus ta eemale. „Ma lähen parem sisse." Ta puudutas oma huuli. Need olid ikka veel kipitavad.

„Loodan, et ma ei olnud liiga julge. Sa paistsid seda nautivat."

„Meeldis," vastas Angela.

„Ma pean minema," ütles Ribby. „See oli pikk päev, kolimine ja kõik." Ta avas ukse ja läks sisse.

Nigel järgnes talle avatud lifti. „Millal ma sind jälle näen?"

Kui lift uksed sulguma hakkasid, võttis Angela üle. „Järgmisel laupäeval, sama aeg, sama koht."

Kui uksed sulgusid, puudutas Ribby taas tema huuli. See oli tema esimene suudlus ja talle meeldis see väga.

Angela tahtis veel. Tema suudlus tegi ta kuumaks, palavaks.

Ta avas rõduukse. Nigel seisis all ja vaatas üles. Ta viipas.

„Head ööd, Nigel," ütles Ribby.

„Head ööd, Angela," vastas Nigel.

Me oleksime võinud ta üles kutsuda.

Ma alles kohtasin teda ja ma ei tea temast midagi. Pealegi on mul pea ja kõht veider.

Ta on täiesti ohutu.

Kui see on tõsi, siis ta tuleb tagasi.

Ribby läks tagasi sisse. Ta sulges ja lukustas rõdu uksed. Ta läks oma vannituppa ja vaatas tükk aega peeglisse, oodates, et Angela seal oleks. Ta ei leidnud temast mingit jälge.

Pärast kuuma duši all käimist langes Ribby voodisse. Ta oli oma magamistoa ukse sulgenud, nagu kodus. Siis tabas teda, et tal pole enam vaja seda teha. Ta tõusis üles, avas ukse lahti ja langes siis tagasi voodisse. Ta kandis flanellist öösärki, sest öine õhk oli talle külma tekitanud. Kui ta pea padjale langes, hakkas tuba pöörlema. Lae oli põrand ja põrand oli lae. Kui ta silmad sulges, tõusis kõht kurku. Ta hoidis kinni voodi servadest, nagu oleks ta päästepaadis triivimas, kuni ta enam pöörlemist taluda ei suutnud. Ta jooksis vannituppa ja oksendas. Ribby sõbrunes selle portselanist esemega, põlvitades selle ees nagu jumala ees.

Kui tema kõht oli tühi, komberdas ta tagasi voodisse ja üritas magama jääda. Tubagi ei keeranud enam. Ta ei tundnud end hästi oma peas kostva hääle tõttu. Angela näis teadvat asju. Olles kogenud asju. Erinevaid asju, mida tema ise polnud kogenud. Kuidas see oli võimalik? Miks ta oli tellinud kõik need martiinid?

Mõte martiinide ja tequila joomisest pani Ribby kõhu keerama. Seekord oli see kuiv oksendamine; tal polnud enam midagi portselanjumalale pakkuda.

Ta magas jumala jalge ees, otsaesise vastu jahedat portselani surudes.

# KAPITEL 7

R ibby avas silmad. Ta oli vannitoas, põrandal. Ta tõusis püsti, kasutades tualettpotti toetuseks. Kõikudes pani ta poti kaane kinni ja istus selle peale. Ta avas kraani enda kõrval asuvas valamus, lasi vee paar sekundit voolata, täitis klaasi ja võttis lonksu. Tema käed värisesid, kui vesi voolas alla kõhtu.

Kui Ribby suutis püsti seista, hoidis ta kinni kraanikausist, vaatas peeglist oma peegeldust ja vandus, et ei joo enam kunagi alkoholi.

Mis kergejooneline.

Ribby võttis duši, riietus ja läks jalutama, et pead selgeks saada. Ta peatus kohvikus ja tellis tugeva kohvi. Istudes ja kohvi rüübates otsustas ta, et on valmis koju minema, ja läks bussi peale.

See tähendab, Martha koju.

Kas eile juhtus tõesti? See oli nagu unenägu.

Oksendamine oli pigem õudusunenägu!

Nigeli suudlus oli unistuste suudlus.

Minu esimene suudlus oli parem kui pannkoogid võiga ja siirupiga.

Shh, sa teed mind näljaks.

Ribby astus bussist välja ja suundus kodu poole. Kui ta nurga taha pööras, istus seal Martha, kell oli kell 4 pärastlõunal, öösärgis ja õllepudelist lonksimas.

„Kuidas mu tütar elab?" küsis Martha.

„Meil oli väga lõbus, ema. Angela on väga lõbus. Ta kutsus mind järgmisel nädalavahetusel jälle külla."

„Hea. Kõik ütlevad, et sa oled liiga tõsine. Sa vajad omaealist sõpra, kellega lõbutseda."

„Kes on kõik, ema?"

Martha tõusis püsti. Ribby astus tagasi ja Martha komistas veidi. Õlle lõhn ja pesemata keha sundisid teda hingama pinnapealselt.

„Pole tähtis. Ma arvan, et sa vajad ka mehe seltsi."

„Ma kohtasin eile õhtul ühe mehe nimega Nigel. Ta saatis mind Angela juurde koju ja..."

„Sa oled ühe öö kodust eemal ja leiad endale mehe, kes sind koju saadab! Kõlab, nagu sa oleksid rohkem minu tüdruk, kui ma arvasin!"

„Midagi ei juhtunud."

„Sel korral mitte, tütar, aga minu veri voolab su veenides ja aeg näitab, et mul on õigus. Kui sa kord mehe kätte saad, kui ta hakkab sind puudutama, oh, neid kohti, siis sa ärkad ellu. Ta viib su sinna, kuhu sa oma keha kunagi minna ei osanud. Iga mees suudab seda teha, tütar, kas sa teda armastad või mitte. Iga mees suudab. Iga mees, kes oskab, suudab sind õpetada."

„Ma ei taha seda kuulda," ütles Ribby ja tormas trepist üles oma tuppa. Ta lõi ukse kinni ja lukustas selle. Ta lasi vanni täis, lisas palju vahut ja valis oma öölaualt raamatu. Ta leotas seal tunde, püüdes mitte mõelda sellele, mida Nigel talle õpetada võiks.

# KAPITEL 8

E smaspäeva hommik, tagasi tööl. Tavapärane klientide järjekord. Ribby teenindab neid, pearaamatukoguhoidja ei pööra neile tähelepanu. Hiljem oli Ribby teisel korrusel raamatuid riiulitele tagasi panemas. Ta vaatas aknast välja, et näha, kas midagi huvitavat toimub, aga midagi ei olnud. Kuni oli. Teisel pool tänavat seisis pikendatud limusiin. Mütsiga autojuht väljus ja avas ukse. Ribby vaatas, kuidas blond naine pikkade jalgade ja märkimisväärselt kõrgetel kontsadel autost välja astus. Autojuht sulges ukse ja naine läks raamatukogust eemale.

Ma tahaksin teistsugune olla.

Mina ka. Mis sul mõttes on?

Me võiksime juukseid muuta. Värvida. Blondidel on lõbusam.

Või ehk hoopis parukas? See pole nii püsiv.

Kõlab hästi. Ma ei saa oodata!

Kui raamatud olid oma kohtadele tagasi pandud, naasis Ribby oma laua juurde. Ta otsis lähedal parukapoodi. Wigs-R-Us oli mitu kvartali kaugusel. Ta vaatas kella ja nägi, et oli peaaegu lõunaaeg. Ta jõuaks sinna ja tagasi kergesti. Poest väljas vaatas ta aknal väljapanekul olevaid parukaid.

See meeldib mulle. Ja see ka.

Tõesti? Tahad nii lühikese?

Jah, kindlasti lühem.

Kui ta poodi sisse astus, helises kell. Seal oli märgatavalt vaikne, vaiksem kui raamatukogus.

„Tere," ütles Ribby.

Letist ilmus välja naine, kes sirutas käe: „Tere tulemast minu poodi. Kuidas saan teid aidata?" Isegi seistes oli ta Ribbyst palju lühem.

Ribby avas suu, et midagi öelda, kuid enne kui ta midagi öelda jõudis, rääkis naine jälle.

„Kui soovite siia istuda, toon parukad teile. Näidake lihtsalt, millised soovite proovida. Ma panen paruka teile pähe ja voila, saate peeglist oma uut välimust imetleda."

Naine pani käe Ribby seljale ja juhtis ta toolini. Ribby istus maha, naine aga keerutas tooli üha madalamale. Ribby nihkus veelgi allapoole, et end mugavamaks sättida.

„Mis te teete?" küsis naine, sõrmedega Ribby juukseid silitades. „Ma mõtlen, kuidas te elatist teenite? Te tahate ju paruka, mis sobib teie elustiiliga. Muide, teie juuksed on väga ilusad."

„Uh, aitäh. Ma töötan raamatukogus. Ma tahaksin blondi paruka. Lühikese, nagu see aknal. Seal."

„Oh, see on huvitav valik. See on meie kõige populaarsem blond parukas. Teate ju ütlust, blondidel on rohkem lõbu."

Naine tõi leti tagant kasti, mis oli täis aknal olevaga täpselt samasuguseid parukaid. Ta tõi need ja hakkas Ribby päris juukseid üles siduma.

„Ma muutsin meelt," ütles Angela. Ta osutas ülespoole: „Ma tahaksin seda proovida."

Mida? Mida sa teed?

Teine on tavaline. Ma tahan midagi erilist.

Olgu peale.

Parukas oli otsaesise juuksed ette pühitud ja taga alla keeratud. See oli õlgadeni pikk ja tundus üsna jäik.

Kindlasti mitte.

Nõus.

Mis sellest?

See oli märgatavalt lühike, vasakul pool jagatud, kuid kihiline. Otsatukk oli suletud, soeng kihiline ja juuksed lõppesid just kõrvalestade all. Hetkel, kui müüja selle pähe pani, armastasid nii Ribby kui ka Angela seda. See oli täielik kontrast Ribby igapäevase välimusega.

Ma ei suuda uskuda, ma olen ilus.

Muidugi oled, Angela.

„Täiuslik! Pakkige kokku!" ütles Ribby. „Ma pean tööle tagasi minema."

Nüüd vajame ainult uusi riideid!

Ribby veetis pärastlõuna arvutiga töötades. Ta saatis e-kirja esimestele raamatute tagastamisega hilinenud lugejatele. Korduvatele rikkujatele tuli helistada.

Pärast tööd läksid nad kaubanduskeskusesse ja ostsid mõned asjad. Oli juba hilja, nii et Ribby pidi võtma Uberi, et õigeks ajaks haiglasse jõuda.

Ta pühendus laste meelelahutusele. Mikey puudumine oli endiselt õhus, kuid sellest hoolimata suutsid lapsed naeratada ja isegi natuke naerda.

Koju bussis sõites puhus tuul Ribby jakki ja lükkas teda edasi.

„Miks me ei lähe oma päris koju?"

„On alles esmaspäev, me ei taha, et ema kahtlustama hakkaks."

„Olgu. Ma mängin kaasa."

„Shhh."

Ribby keerutas käepidet ja avas Martha maja ukse.

Mehe naerukõrin kostis.

Ribby kuulas hetke ja kuulis, kuidas söögiriistad taldrikute vastu klõbisesid. Tema kõht korises. Ta polnud kogu päeva midagi söönud.

Köögis kastas John MacGraw leiba oma pooltühja kaussi. Martha lusikas hautist Scampi kaussi ja too lakkus selle tühjaks.

Kui Ribby kööki astus, vaatas ta naeratavat Marthat. Kui John oli lähedal, tundus Martha mõnikord hoopis teine inimene. Kõigist ema koju toodud kosilastest oli John kõige korralikum. Ta tõi esile ema parimad küljed, kes näis tahtvat, et John arvaks, et nad on lähedased.

„Tere, ema. Tere ka sulle, John."

„Tule, istu," laulis Martha, patsutades oma kõrval olevat tooli. Enne kui Ribby istuda jõudis, hüppas Martha püsti. „Oota! Ma tahan sulle midagi näidata. See on Johnilt kingitus."

„See võib oodata pärast õhtusööki," ütles John, julgustades neid mõlemaid kindla häälega istuma.

„See lõhnab tõesti hästi," ütles Ribby, kui Martha tema käest võttis ja kööki välja tõmbas.

„Ta-daa!" ütles Martha. See oli uus kaasaskantav telefon väga pika juhtme ja mikrofoniga.

„Vau, see on lahe."

„Kindlasti on, nüüd lähme tagasi kööki. Me ei taha Johnit ootama jätta."

„Su ema on suurepärane kokk," ütles John niipea, kui nad istuma jäid.

„Aitäh telefoni eest."

„Pole probleemi, sul oli juba ammu aeg endale üks muretseda. Nüüd on mul sinuga lihtsam ühendust võtta," ütles John.

Martha valas Johnile veel natuke hautist. „Ma ei tea, kas ma sulle sellest rääkisin, John. Ribby veedab esmaspäeva õhtud haiglas haigeid lapsi lõbustades." Ta valas natuke Ribby kaussi. „Kuidas Mikeyl täna läks?" Ootamata vastust, jätkas ta: „Mikey on Ribby lemmik, ta..."

Ribby puhkes nutma. Ta polnud Mikey pärast varem nutnud. Nüüd ei suutnud ta nutmist peatada. Pisarad voolasid mööda põski, tilkudes hautisesse.

„Võta end kokku, tüdruk," ütles Martha kõrgendatud häälel. Ta vaatas Johnile, kas too märkas midagi.

Veendunud, et ta ei märganud, patsutas ta Ribby kätt ja laulis talle. „Mis viga on? Meil on külalised ja sina nutad nagu väike laps. Võta end kokku." Ta surus küüne Ribby käe tagaküljele ja sosistas: „Sa teed Johnile häbi."

„Ai," ütles Ribby, tõmbas käe ära ja jätkas nutmist.

„Ära minu pärast muretse," ütles John. „Hea nutmine ei tee kellelegi halba. See on sinu kodu, Ribby, ja sa võid nutta, kui tahad."

Ribby hakkas naerma. Mitte itsitama, vaid naerma. Tema peas mängis meloodia: See on minu kodu ja ma võin nutta, kui tahan, nutta, kui tahan, nutta, kui tahan. „Mikey on surnud."

# KAPITEL 9

Angela kutsus mind kogu nädalavahetuseks külla," ütles

**„** Ribby järgmisel hommikul hommikusöögi ajal.

„See on hea aeg, Ribby, hea aeg. John ja mina veedame nädalavahetuse koos. Meil on plaanid."

Ribby ohkas kergendatult.

„Veeda mõnusalt aega ja…" Ta haaras Ribby randmest. „Ma tahan öelda, kui kahju meil Johniga eile õhtul oli, kui kuulsime väikese Mikey kohta. Ma ei taha, et sa jälle pisarad silma ajad, aga ma olen sinu üle uhke. Loodan, et sul on mõnus nädalavahetus. Sa oled seda väärt."

Ribby, ema sõbralikest sõnadest üllatunud, viskas oma käed ema kaela ümber.

„Noh, siis," ütles ta, patsutades tütrele seljale.

Nad lahkusid teineteisest ja Ribby suundus bussipeatusesse. Tema päev muutus üha vähem Groundhog Day sarnaseks.

Mis jama. Kuidas sa võisid teda kallistada pärast kõike, mida ta sulle öelnud ja teinud on? Kuidas sa võisid? Mul läks nahk judinasse.

Ta oli siiras.

Sa oled niiiiii naiivne!

$$* * *$$

Uue paruka ja tumedate päikeseprillidega otsustas Angela minna osturetkele.

Aga meil pole selleks raha.

Selleks ongi krediit.

Ma pean selle ikkagi tagasi maksma.

Rahune, kõik saab korda.

Angela proovis selga kõige Ribby-le ebatüüpilisemaid riideid ja kasutas krediitkaardi limiidi täielikult ära.

Ausalt, enam ei kuluta.

Olgu, olgu, aga kas me ei näe fantastilised välja?!

Ribby tunnistas, et ei tunne ennast enam ära.

Sa oled seal. Sa oled aken ja mina olen raam.

Kui ta promenaadil kõndis, pöörasid kõik pead tema poole. Kuulda oli vilistamist ja hüüdeid.

Ta astus sisse teise ööklubisse, mis asus veepiiril. Uksehoidja kontrollis Ribby ID-kaarti. Ta vaatas pilti kaks korda.

„Oled kindel, et see oled sina?" küsis ta.

„Muidugi," vastas Ribby. „See on parukas."

„Vabandust, ma ei tahtnud sind solvata. Siin on kupong tasuta joogiks."

„Tänan."

Mulle ei meeldinud, kuidas see mees meid vaatas.

Jah, see oli nagu tal oleks röntgennägemine ja ta näeks otse kleidi läbi.

Mis jube tüüp.

Võtame tasuta joogi ja läheme siis Cat's Eye'sse.

✳ ✳ ✳

Mõni aeg hiljem jõudis ta Cat's Eye'i ja märkas Nigelit üksi istumas.

Ma ei usu, et ta meid ära tunneb.

Miks peaks ta seda tegema? Me kanname tumedaid prille ja blondi parukat.

Angela tellis Martini.

Ainult alkoholist mõtlemine tekitas Ribbyle iiveldust.

Nigel vaatas Angela poole. Angela tunnustas teda silmapilgutusega ja jõi Martini ära. Ta tellis veel ühe.

„Kas tahad tantsida?" küsis ta.

Nigel pani oma käed Angela vöökoha ümber ja hoidis teda enda lähedal. Ta vaatas Angela tumedatesse päikeseprillidesse.

Angela libistas oma käe Nigelile paremale tagumikule. Ta kiigutas teda enda vastu edasi-tagasi. Nad keerlesid pimedas pulbitseva diskomuusika saatel. Enne kui laul lõppes, suudlesid nad teineteist. Nad unustasid, et olid avalikus kohas. Nigel võttis tema käest ja viis ta klubist välja.

Nad ei vahetanud sõnagi, sest nende kirg oli liiga suur. Nad kõndisid paar sammu ja siis surus Angela ta kiviseina vastu ja suudles teda uuesti.

Nad kõndisid edasi, möödudes 7-11 poest. Nad hoidsid teineteisest kinni, suudlesid, Angela huulepulgajälg oli tema krael ja näo küljel. Mõlemad nägid välja nagu oleksid nad lahingus olnud.

Kui nad Ribby juurde jõudsid, sai Nigel aru, kes Angela oli. Ta võttis tema käest kinni ja viis ta üles.

„Oota natuke," ütles Nigel. „Kas see on mingi mäng?"

„Muidugi mitte," ütles Angela, avades tema särgi nööbid ja suudeldes tema rinda. „Tule."

„Ma ei tea, mis sinuga lahti on," ütles Nigel. „Ma..."

„Oh, ole vait! Ja veel öeldakse, et naised räägivad liiga palju!" ütles ta, kui nad üksteise riided seljast rebisid ja voodile kukkusid.

Pärast seda korjas Nigel oma riided kokku ja hiilis välja, enne kui Angela ärkas.

Ribby ei mäletanud, kuidas ta ööklubist lahkus.

Angela mäletas iga detaili.

# KAPITEL 10

Ribby Balustrade'i lapsepõlv ei olnud õnnelik. Ta oli üksildane ainus laps, kes oleks vajanud kahe vanemaga kodu. Kuna ta ei tundnud oma isa, pidi ta teda ette kujutama. Ta nägi teda kui Atticus Finchi tegelase ja Gregory Pecki tegelase segu raamatust „To Kill A Mockingbird".

Kui Ribby isa kohta küsis, vahetas Martha teemat.

Ribby jätkas „To Kill A Mockingbird" lugemist. „Sa ei saa inimest kunagi tõeliselt mõista, enne kui vaatad asju tema vaatenurgast... enne kui ronid tema nahka ja kõnnid selles ringi."

Pärast arvukaid küsimusi isa kohta ja vastuste puudumist, mõtles Ribby välja plaani. Ta ronis üles sinna, mida ema nimetas „keelatud tsooniks" pööningule ja hakkas uurima nagu Nancy Drew. Kahjuks leidis ta seal ainult seinast seina ulatuvad jubedad roomajad, peamiselt ämblikud. Lisaks haises seal haige vana tolm ja hallituse lõhn, mis pärinesid isaga mitteseotud unustatud kastidest.

Tagasi alla hiilides kuulis ta ema kingade klõpsumist esiku uksel. Ribby pani paanikasse, kui taipas, et oli unustanud pööningu ukse sulgeda. Ta tõstis redel tagasi oma kohale, kavatsedes selle hiljem korda teha. Ta lootis, et ema ei märka midagi.

Kui nad istusid õhtusöögile, palus Ribby ikka ja jälle, et ema ei märkaks. Ta lubas Jumalale, et ei tee ega ütle enam kunagi midagi halba. Ta vandus, et loobub oma lemmikmänguasjast, blondist ja heledanahalise nukust nimega Anna.

Martha riputas oma mantli üles ja läks otse kööki. Ta istus maha. Ribby pani veekeetja tulele ja valas emale tassi kohvi. Martha rüüpas, et huulepulka määrida.

Ribby märkas seda nüanssi. Huulepulga puutumatus tähendas, et Martha läheb jälle välja. Ta tänas Jumalat, et ta teda kuulis, ja tema pulss aeglustus.

„Nii, mis sa täna tegid?" küsis Martha. „Kas sa kodutöö valmis said?"

„Peaaegu, ema, peaaegu," vastas Ribby, kummardudes ema kohvitassi täitma.

„Muide, mida sa keelatud tsoonis tegid, mu tüdruk?" küsis Martha, hoides Ribby värisevat kätt, kui ta kohvi valas.

Ribby ei vaadanud emale silma. Mõni sekund hiljem pritsis uriin tema jalgadele, kingadele ja põrandale ning ta hakkas nutma.

„Kurat võtaks, Ribby. Vaata, mis sa tegid! Kõik mu põrand on pissiga täis. Too mopp ja puhasta ära. Ära muretse enda koristamise pärast, puhasta see ära!

Mida peaks ema tegema tütrega, kes valetab? Mida peaks ema tegema tütrega, kes pissib kogu tema ilusa puhtad põrandad täis?"

Ribby pühkis meeletult. Edasi-tagasi liigutamine andis talle aega mõelda. Urini külm tunne nahal pani ta värisema. Kui põrand oli jälle puhas, pani Ribby moppi oma kohale ja läks üles riideid vahetama.

„Mitte nii kiiresti, tüdruk," ütles Martha, haarates tütre juustest ja tirides ta redelile. „Me ei saa seda ju kogu ööks lahti jätta, eks? Siis tulevad putukad. Nüüd mine üles," ütles Martha, lükates tütre ülespoole.

Ribby vehkis kätega. Ta kartis üles minna. Ta kartis alla kukkuda.

Kui ta üles jõudis, naeris Martha. „Kuna sulle seal nii palju meeldib, võiksid sa seal ööbida. Mine sisse, mu tüdruk." Martha ronis tema järel redelile. „Mõtle, mida tähendab keelatud ala," hüüdis Martha, kui ta luugi sulges. Redel kõikus Martha raskuse all. Kui tema kõrged kontsad puudutasid põrandat, kostis klõpsatus ja siis vaikuse. Ribby nuttis juba. „Ma panen ukse lukku ja kustutan tule. Kas sa kuuled?"

Ribby nuttis veel valjemini.

„Kui sa peaksid mõtlema, et seal üleval on ainult ämblikud, siis seal on ka väikesed karvased rotid!"

Ribby karjus ja lõi ukse pihta, paludes emal end välja lasta. Paludes. Lubades, et ei tee enam kunagi midagi valesti. Vastuseks ei tulnud midagi.

Väljas löödi autoukse kinni. Martha ja üks tema kallimatest kihutasid minema.

Midagi karvast puudutas tema jalga ja ta jooksis, komistas ja lõi pea ära. Ta hüüdis emale uuesti. Ikka ei tulnud vastust.

Kui Martha tagasi tuli, ütles ta: „Ära mine sinna enam kunagi. Ma mõtlen, mitte kunagi."

„Jah, ema," vastas Ribby ja ta ei läinudki enam kunagi sinna.

Mälestus sellest, kuidas ta oli pööningule lõksu jäänud. Alandav tunne, kui ta oma püksid märjaks tegi. Kõik süü ja häbi tulid kättemaksuga tagasi. Sama traumaatiline mälestus. Sundides Ribbyt seda ikka ja jälle läbi elama.

Su ema on täielik LEHM.

Ta tahtis head. See oli õppetund.

Minu jalg tahab head ja ma panen selle talle tagumikku, kui ta kunagi midagi sellist uuesti proovib.

Ma olen rõõmus, et sa oled nüüd minu poolel.

Ribby ei olnud enam üllatunud ega šokeeritud sellest, mida Angela teadis.

Ja ära kunagi seda unusta!

# KAPITEL 11

Angela oli Ribby lojaalsusest Martha suhtes täiesti hämmeldunud. Ribby mõtetes elamine ja Martha julmusest esmaallikast kuulmine oli piinav.

Angela kasutas oma sisemise dialoogi jõudu, et aidata Ribbyl minevikuga silmitsi seista. Ta julgustas Ribbyt rusikad kokku suruma. See aitas tal hetkel oma energia koondada. Alguses toimis see isegi siis, kui Ribby nägi halba unenägu või talle tulid meelde mälestused.

Hiljem üritas Angela halvad mälestused kokku koguda ja need eemale suruda. Nii kaugele Ribby mõtetesse, et need ei oleks enam kättesaadavad. Teoreetiliselt oli see hea idee, kuid tegelikult ei suutnud Angela neid blokeerida.

Ainus väljapääs tundus olevat ilmselge. Viia Ribby sellest olukorrast ükskord ja lõplikult ära. Kuskile kaugele, kus Martha ei saaks teda enam ära kasutada ega talle haiget teha. Angela arvas, et see peab olema puhas lõpp. Ta ootas hetke, mil aeg oleks õige.

Head asjad tulevad neile, kes ootavad.

Pärast veel ühte nädalat Martha majas oli Angela õnnelik, et sai peole minna. Tal oli peas blond parukas, tumedad päikeseprillid ja seljas punane varrukateta kleit. Uues riietuses tundis ta end võimsana, võitmatuna. Ta oli ka otsustanud, et miski ei takista tal lõbutsemast.

Ööklubisse jalutades vilistas ja hüüdis talle grupp teismelisi poisse. Nad olid vaid noored, kuid poisid, kes oleksid pidanud paremini teadma.

Angela tõmbas lähima poisi särgi eest enda poole. „Kui keegi teist veel minu lähedale tuleb, kõik teie, siis ma rebin teie munad ära ja söödan need teile hommikusöögiks. Selge?"

Poisid jooksid minema.

Angela naeris, silus kleidi esiosa ja kontrollis, et ta küüned poleks katki. Ta süütas sigareti ja jätkas jalutamist mööda randa pubisse.

Karm.

Vau, mis toimub? See oli rohkem kui lihtsalt veidi liialdatud.

Poisid saavad meesteks. Nad peaksid õppima austust.

Nad jooksid nagu sa oleksid Bellatrix Lestrange!

Mitte selles parukas!

Ööklubisse jõudes hiilis Ribby baari juurde ja tellis joogi. Ta jõi vastumeelselt. Angela võttis klaasi ja jõi Martini ühe sõõmuga ära. Ta tellis veel ühe ja püüdis pilguga ukse juures seisva väga heas vormis uksevalvuri tähelepanu.

Ootame veel paar minutit Nigeli järele.

Ta ei mäleta meid niikuinii.

Oh, mind ta mäletab küll.

Kaks Martinit hiljem.

Lähme, siin ei juhtu midagi.

Kannatust, mu kallis sõber, kannatust.

Uksemees lahutas noored, kes tulid trepist alla, ja suundus Ribby juurde.

„Kuidas läheb?" küsis ta, püüdes liiga seksikalt kõlada.

„Väga hästi, tänan," vastas Ribby.

„Ole vait, Rib, las ma tegelen sellega." „Tegelikult on siin täna igav."

„Jah, siin on natuke nagu Sesame Street, eks?" ütles uksehoidja enne, kui end tutvustas: „Ed, uksehoidja Ed."

„Mina olen Angela."

„Tore tutvuda, Angela," ütles Ed, üritades vaadata tema kleidi dekoltee. „Uh, kui sa tahad lõbutseda, jää siia kuni kella kaheni. Siis ma lõpetan töö. Võime kuhugi minna?"

„Uh, tänan pakkumise eest," ütles Ribby, „aga me peame...".

„Ma saan tagasi umbes kell 2:30," ütles Angela. „Kus me kohtume?"

Ed oli väga täpne, kui rääkis rannas asuvast üksildasest kohast.

Angela lootis, et ta on sama hea, kui välja paistab.

*** 

Ma ei suuda uskuda, et sa leppisid kokku selle lolliga. Me ei lähe sinna absoluutselt ja kindlasti.

Rib, ära muretse. Rahune. Mine magama. Ma räägin sulle hiljem. Mine nüüd, lapsuke, head ööd.

Kell 2:30 ootas Angela rannas. Ta oli vahetanud musta kleidi.

Ed, uksehoidja, astus uhkelt välja ja Angela hüüdis teda. Ta komberdas tema poole.

„Sa oled purjus.”

„Natuke, aga mitte piisavalt.” Ta lükkas Angela maha, rebis tema kleidi katki ja kukkus talle peale.

„Rahune, poiss, rahune,” ütles Angela, püüdes kontrolli saavutada.

„Tule, beib. Ma lubasin sulle head aega.” Ta surus oma suu tema omale.

„Ai,” ütles Angela, „ära ole nii karm, beib. Ma ei meeldi karm.”

Aga Edil ei paistnud see korda minevat. Tema käed rebisid ja kiskusid.

„Kas su ema ei õpetanud sulle kombeid?" ütles Angela, lükates ta laiali sõrmedega eemale. „Minu taolised naised tahavad, et mees oleks lahke, õrn." Ta lõi talle vastu rinda.

Ta haaras oma suurte kätega tema randmetest kinni ja istus tema peale. „Mõned naised tahavad, mõned ei taha." Ta naeris. „Ma sain sinust aru kohe, kui sind nägin. Istusid baaris oma kleidiga, mis oli üles tõmmatud. Vaatasid iga meest, kes uksest sisse astus. Ootasid seda meeleheitlikult. Ihaldasid seda."

„Oota natuke," ütles Angela, püüdes vabaneda. „Ma tahan sind küll, aga mitte siin. Ma tahaksin, et see oleks, tead küll, natuke romantilisem, kuna see on minu esimene kord."

Ed jäi liikumatuks.

Ta jätkas. „Oled sa kunagi näinud filmi „Siit igavikku" Burt Lancasteri ja Deborah Kerri osalusel? Tead küll, see, kus nad teevad seda, kui lained tulevad?"

Ta kummardus lähemale. „Muidugi, see on klassika." Ta kummardus ja suudles tema kaela. „Vähem juttu, eks, beib?"

„Tule vee äärde, nagu filmis, saad aru, mida ma mõtlen?" sosistas Angela. „Vii mind sinna, ma tahan sind seal."

Ed peatus. Ta lükkas ta eemale ja tõusis püsti.

Ta sirutas käe käekotti, siis lasi selle maha ja jooksis vee poole. Ta vaatas üle õla. Ta vaatas talle järele.

Veepiiril tõstis ta kleidiääre üles.

Ed rebis särgi seljast ja jooksis tema suunas, visates teel maha oma teksad.

Kui ta tema poole hüppas, tungis võti, mida ta käes hoidis, otse tema silmakoopasse. Ta karjatas ja siis ulgus, kui tema kubemepiirkond puutus kokku tema põlve. Ta võpatas, kui ta võtme tema silmast välja tõmbas. Kui veri voolas mööda tema nägu, nuuksus ta ja veeretas end, hoides kinni kubemest. Ta torkas võtme tema kaela külge, tabades arterit. Veri purskas nagu veest tuletõrjuja voolikust.

Ta astus paar sammu laibast eemale ja kastas varbad vette. Ta vaatas aeg-ajalt tema poole tagasi. Kuni ta enam ei liigutanud. Ta läks tagasi ja kuulas, kas ta on surnud: ta oli. Lõpuks. Ta veeretas teda nagu kartulikotti üha sügavamale vette. Iga tõukega tundus laip üha kergem ja kergem.

Archimedes oli õigus.

Kui ta oli nii kaugele jõudnud, kui suutis, ujus ta tagasi kaldale, korjas oma riided kokku ja riietus ümber.

Ta jättis tema asjad sinna, kuhu ta need oli kukutanud.

Kui uue päeva päike taeva tulipunaseks värvis, naasis Angela vette.

Ta vaatas rannajoont, kuid ei näinud temast märkigi. Ta kastas võtme vette, et veri maha loputada, ja hüppas koju. Pärast pikka duši magas ta nagu beebi.

# KAPITEL 12

R ibby avas silmad. Päikesekiired panid ta kokku tõmbuma. Tuttav déjà vu tunne pani ta istuma. Ta sirutas end ja haigutas, mõeldes, miks ta end nii halvasti tunneb. Ta ei suutnud meenutada midagi pärast baaris istumist.

Ta ronis voodist välja ja pani kohvi keema, ise duši alla minnes ja riietudes. Ta märkas oma kleiti põrandal, kortsus. Ta võttis selle üles ja liiv kukkus põrandale. Ta kehitas õlgu ja viskas kleidi pesukorvi.

Kohvi suhkrut segades mõtles ta kleidile ja liivale. Ta üritas eelmist õhtut meenutada, aga midagi ei tulnud meelde.

Ta vaatas ukse taga, kas ajaleht on tulnud. Ta võttis kohvi ja heitis pilgu pealkirjale. Ta pistis ajalehe kaenla alla, avas klaasukse ja teda tabas kaos. Politseiautod. Kiirabid. Tuletõrjeautod. Ajakirjanikud. Uudishimulik rahvahulk. Kaos ja see kõik mitte kaugel tema kodust. Politsei oli suurema osa ala liivabarjääridega sulgenud. Veepiiril oli teine ala lipudega piiratud.

Angela oli üsna hea aim, mis seal toimub.

Ma pean vaatama, mis seal toimub.

Võib-olla on see mõne tõsielusarja või filmi võtteplats.

Oh, see oleks põnev. Ma lähen vaatama.

Ribby riietus ja läks rannale. Ta pressis end rahvahulga sekka ja küsis ühelt vanemalt daamilt, mis juhtus.

„Surnud," vastas naine. „Leiti surnuna. Ilmselt said kilpkonnad ta kätte. Mis vaatepilt!" Ta pühkis otsaesise taskurätikuga.

Duuun dun duuun dun dun dun dun dun dun dun BOM BOM...

Jaw'i teema? Kas peab? Ta ütles, et see oli kilpkonn.

„Oh, jumal, vaene mees."

Ma tegin seda oma moodi.

Sina, shh. Palun.

Politseinikul oli megafon. Ta palus kõigil laiali minna, kui neil pole tõendeid esitada.

Duuun dun duuun dun dun dun dun dun dun dun, BOM BOM...

Hammustav kilpkonn.

✱✱✱

R ibby, kes oli hirmunud oma uue kodu ümber valitsevast kaosest, naasis oma vanasse koju.

Miks sa sinna tagasi lähed? Jää siia ja vaata, mis toimub.

Ei, ma tahan sellest lärmist eemale.

Mis siis, kui Martha ja üks tema kallimatest on veel lärmakamad oma hüppepallidega?

Jääg. Ma mõtlen selle peale siis, kui sinna jõuan.

Ta avas elutoa aknakatted. Väljas ei liigutanud midagi, isegi tuult ei olnud. Kell tikitas tema selja taga sama rütmis tema südamelöökidega. Oli vaikne, peaaegu liiga vaikne. Ta sulges aknakatted.

Ta võttis kaugjuhtimispuldi ja lülitas televiisori sisse. Ta klõpsas kanalite vahel, kuid ei leidnud midagi huvitavat. Ta lehitses ajakirja ja valis raamaturiiulilt raamatu. Kumbki neist ei püsinud tema tähelepanu. Ta läks kööki ja valmistas endale tassi teed.

Tagasi tulles helises uksekell. Ta avas ukse ja seisis silmitsi naabriga. Proua Engle oli relvastatud kahe pajaroaga.

„Tere, Ribby," ütles proua Engle, end sisse surudes. „Su ema ütles, et sul on külmkapis ruumi selle jaoks." Proua Engle pani pajaroa lauale, avas külmkapi ja kummardus, et vaba kohta otsida.

„Ma olin kogu nädalavahetuse ära. Ma pole isegi külmkappi vaadata jõudnud."

„Seal on palju ruumi. Ma pean..." Proua Engle ei lõpetanud. Ta nihutas kõik ümber ja pani oma asjad sisse. „Ma tulen paari päeva pärast järele, Rib. Mu vanavanaon Phil suri. Nad tulevad kõik minu juurde. Nad söövad palju. Su ema ütles, et kõik, mis ma sinna mahutan, sobib talle."

„Mul on kahju su onu pärast. Muidugi oled alati teretulnud." Ribby hakkas ukse poole minema, lootes, et naaber talle järgneb.

„Sa oled nii armas, Rib," proua Engle kõhkles ja jäi paigale. „Kas sa ikka veel meelelahutad neid armsaid pisikesi haiglas?"

„Muidugi. Igal esmaspäeval, ilma eranditeta."

Nad liikusid esiukseni.

„Muide, su ema ütles, et ta on ära kuni teisipäevani või kolmapäevani. Ta ja Tom või Jerry, ma ei tea täpselt, kes, läksid paariks päevaks rannikule. Ta on astmaatiline, kas sa ei tea? Arst soovitas tal linnast välja minna. Su ema läks talle seltsiks ja võttis Scampi ka kaasa."

Ribby ristis käed. „Ema läks pikale puhkusele. Oleks ma vaid teadnud, oleks ma saanud veidi kauem sõbranna Angela juures olla."

Proua Engle tõstis kulmud. „Noh, tal ei olnud su sõbranna telefoninumbrit."

„Tänan, et mulle ütlesite." Ribby avas ukse ja järgnes proua Engle'ile verandale.

Pimeduses suminad sääsed ja siristasid sirgid. Ristatud käed ei pakkunud palju kaitset öise õhu jaheduse vastu.

„Head ööd, Ribby, ja veel kord tänu."

„Head ööd, proua Engle." Ribby sulges ukse ja lukustas selle.

Ta on hull vana naine.

Ta on olnud meie naaber, alates sellest, kui ma väike tüdruk olin.

Oh, milliseid lugusid ta oskaks rääkida.

Ta ei ole kuulujuttude levitaja, nagu mõned teised naabrid.

Elu äärelinnas.

Jah, enamasti on siin väga igav.

Siin on liiga vaikne ja mul on janu. Ma mõtlen joogijanu. Päris joogijanu.

Ema on kindlasti Jack Danielsi, aga ta märkab, kui me tilka võtame.

Tule, elame ohtlikult.

Ribby nõustus, valas endale klaasi ja jõi selle ühe sõõmuga ära. See põles kõris. See oli hea põletus.

Veel palun.

Parem asendame selle enne, kui ema märkab.

Mõtle järele… kes selle eest maksis? Meie.

Jah, aga kogu pudeli. Mul on kõht valus ja pea käib ringi.

Aeg magama minna. Magage see välja.

Teel ülespoole hoidis Ribby end käsipuust kinni, et tasakaalu hoida. Oma toas viskas ta riided seljast ja kukkus voodisse. Ta istus üles, meenutades, et ei olnud ust lukustanud. Ta kõikus ukse poole, lukustas selle ja kukkus tagasi voodisse.

Parem karta kui kahetseda.

Varsti oli Ribby sügavas unes. Ta unes, et ta on Deborah Kerr, kes armastab Burt Lancasterit filmis „Siit igavikku".

Lained murdsid nende kehasid, kui viisid nad merele. Nad olid sügavas embuses üksteisega. Siis Lancaster vaatas talle otsa, aga ta ei olnud enam Burt Lancaster. Ta oli võõras. Tema silmast paistis võti. Tema käed olid verised.

Ribby ärkas karjates. Ta hüppas voodist välja ja jooksis vannituppa, et käed puhtaks pesta. Kui ta kraani lahti keeras, vaatas ta oma sõrmi. Veri oli kadunud. Angela unistas edasi.

# KAPITEL 13

V õta vaba päev.

Kas sa palud mul haigeks jääda? Ma ei jää haigeks.

Vähemalt jäta haigla töö ära. Ma ei suuda täna sinna minna.

Ma mõtlen selle üle.

Päeva jooksul oli Ribbyl ebamugav tunne.

Esimest korda elus helistas ta haiglasse ja tühistas oma esinemise. „Ma teen selle teisel nädalal kahe esinemisega tasa," ütles ta, et end paremini tunda.

Tänan, Rib.

Ma ei tee seda sellepärast, et sa palusid, ma tühistasin, sest ma pean koju minema.

Miks? Martha juurde? Ta pole isegi kodus.

Ma ei tea, miks. Ma lihtsalt tean, et pean minema.

Mis iganes!

Pärast tööd võttis ta bussi ja jõudis varsti koju. Seal istus verandal naine. Võõras naine. Kui ta lähemale astus, kuulis ta nuuksumist ja naine vaatas üles. See oli tema ema õde, tädi Tizzy, keda ta polnud aastaid näinud. Ribby ei teadnud, mis nende vahel oli juhtunud, aga ta teadis, et tädi Tizzy oli vandunud, et ei astu enam kunagi oma õe ukselävele. Ja ometi oli ta siin.

Mida ta siin teeb?

Pole aimugi. Kindlasti räägib ta ise, kui aeg on õige.

See saab huvitav olema. Ei.

Ribby meenutas nende viimast kohtumist. See oli tema seitsmendal sünnipäeval. Tädi Tizzy oli talle teinud spetsiaalse Barbie-nukukooki. Sellel oli roosa kleit, mis oli tehtud glasuurist, ja ümberringi olid maraschino kirssidest ja kookospähklist tehtud lehvid. Barbie keha oli kooki keskel. Kui kõik olid oma tüki saanud, sai sünnipäevalaps Ribby Barbie välja tõmmata. Ta sai selle endale. Tädi Tizzy oli Barbie jaoks ostnud mitu riietust. Ainus probleem oli selles, et tädi Tizzy oli unustanud Barbie enne kooki panemist sisse pakkida. Nädalate jooksul kukkusid glasuur, kookos ja kook nukust välja.

„Tule sisse, tädi Tizzy," ütles Ribby, vabanedes tädi raudse haardest. „Mis juhtus? Kas emaga on kõik korras?"

„See pole Martha süü," ütles ta ja hakkas uuesti nutma.

Meil pole seda vaja. Ütle talle, et ta läheks hotelli.

Ma ei saa seda teha, ta on perekond.

Ta on draamakuninganna.

Toas pakkus Ribby Tizzyle tassi teed. Tizzy keeldus.

„Võtame mõtted mujale ja vaatame telekat. Kas sul on kõht tühi? Ma võin midagi tellida või ise teha."

„Kui sa ei pahanda, tahaksin sulle õhtusöögi teha," pakkus tädi Tizzy. „See aitab mul mõtted mujale viia, rohkem kui telekat vaatamine." Ta läks kööki. „Põll?"

Ribby avas sahtli ja võttis välja ühe Martha põlle.

Tädi Tizzy sidus selle enda ümber. „Mida sa süüa tahad?"

„Üllata mind," ütles Ribby. „Kui midagi ei leia, hüüa lihtsalt."

„Olgu."

Isegi teler sisse lülitatuna kuulis Ribby, kuidas tädi köögis askeldas ja laulis.

Mõni aeg hiljem kuulis ta, kuidas lauale pandi taldrikud ja söögiriistad, ning läks sisse küsima, kas ta saab aidata.

„Ei, istu maha," ütles tädi Tizzy. „Spagetid bolognese ja küüslauguleib juustuga on kohe valmis. Mida sa juua tahad? Kas sul on veini?"

„Lihtsalt vett. Ma vaatan, kas veini on."

„Ei, pole vaja. Ma ei taha midagi. Arvasin lihtsalt, et sulle meeldiks."

Nad vestlesid ja nautisid mõnusat õhtusööki, seejärel koristasid laua.

„Ma olen väsinud," ütles tädi Tizzy. „Diivan sobib hästi. Ma ei taha sulle tüli teha."

„Pole mingit tüli, võid magada mu ema toas."

„Oled kindel, et tal pole midagi vastu?"

„Ei, ma arvan, et ta on rõõmus, et sa läbi astusid."

Ta oleks üllatunud, kui ta teda näeks.

Mitu tundi hiljem keerles Ribby voodis. Koridori teises otsas kostis tädi aeg-ajalt nuuksumist.

Ostunimekirja kirjutas ta ühe paari müra summutavad kõrvaklapid.

Hea mõte!

Sellepärast ma siin olen.

# KAPITEL 14

Unes hõljus Ribby kõrgel pilve peal. Kõik oli must ja valge, välja arvatud tema punane kleit. See oli nagu pulmakleit pika looriga, mis voogas üle pilve servade.

Ta hõljus oma korterisse ja vaatas, kuidas ta armatses kellegagi mitte üks, vaid kaks korda. Kui ta uinus, riietus mees ja lahkus majast.

Tänaval oli ta nüüd Angela. Ta kõndis kvartalite kaupa, siis merre. Ta läks üha sügavamale, vesi tõusis talle üle pea.

Ribby tahtis alla ulatuda ja teda päästa, aga ta ei suutnud. Ta hüüdis Angelale pilvest, viskas kleidi loori alla ja palus Angelal sellest kinni haarata. Aga Angela ei paistnud teda kuulvat.

Angela oli täielikult vee all. Ainult mullid tõusid pinnale.

Ribby sukeldus oma pilvest vette.

Kui ta Angela leidis, ujus ta nägu allapoole.

Ribby sai Angelaks, Angela sai Ribbyks ja koos murdsid nad veepinnale.

# KAPITEL 15

K ui Ribby ärkas, kostis trepist raadio hääli. Ta mõtles, kas ema on tagasi tulnud.

Ta riietus ja läks alla, kus tädi Tizzy istus köögilaua taga nagu surnu.

Kohvimasin mulises. Tädi Tizzy oli juba lauale pannud teraviljapudru, röstsaia ja moosi.

„Tere hommikust," ütles Ribby. „Kas magasid hästi?"

Tädi Tizzy noogutas sõnagi lausumata.

Ribby oleks küsinud, miks ta külla tuli, aga otsustas seda mitte teha. Ta ei tahtnud, et tädi jälle nutma hakkaks. Kui ta on valmis, räägib ta ise, miks ta tuli.

Ma soovin, et ta asuks asja kallale. Ta ei tulnud ju siia tühja.

Shhhh. Ära ole ebaviisakas.

Pärast mõningast vaikust läks Ribby esikule ajalehte tooma. Pealkirjad olid: „Lahkamine lõpetatud – mõrv!" Ta sirvis läbi loo Jason Edward Thompsonist, kelle surnukeha oli leitud tema korteri lähedalt. Ta peatus pildil ja tundis mehe ära: see oli Ed, uksehoidja. Ta oli suur mees ja Ribby mõtles, kuidas selline asi võis juhtuda tema naabruses. Oli kurb, et ta nii noorelt suri, ja kuigi ta teda ei tundnud, tundis ta kaasa tema perele.

Ribby pani ajalehe köögilauale ja valas endale tassi kohvi. Ta pööras tähelepanu tädile. „Kui oled valmis rääkima, olen siin sinu jaoks."

„Mul polnud kuhugi minna," ütles tädi Tizzy. „Mu mees jättis mu teise naise pärast. Mu tütar vihkab mind. Ta ütleb, et tema isa ei oleks kedagi teist otsinud, kui ma oleks olnud talle parem naine. Jenny on 25, ta pole kunagi kodust ära olnud ja nüüd on ta seal üksi, võib-olla isegi tänaval. Ma pidin tulema ja vaatama, kas ma suudan ta leida ja koju tuua. Tema sõbranna ütles, et ta on üsna kindel, et Jenny on siiapoole teel. Ma lootsin, et ta võtab sinuga ühendust. Oled sa temast midagi kuulnud?"

Oh, vend.

„Vabandust, aga ma olin kogu nädalavahetuse ära ja mu ema oli ka ära. Kas tal on meie aadress?"

„Ta võis selle minu telefonist võtta. Tal pole palju raha, isegi krediitkaarti pole. Mu abikaasa süüdistab mind. Ta on sama mures kui mina, aga tal on oma lohutus. Tema hääl värises.

Kõlab nagu seriaali „The Young and the Restless" üks osa.

Käitu korralikult.

„Sa pead nii mures olema. Vabandust, aga ma pean riietuma ja tööle minema. Kui soovid, võime lõunal kokku saada ja rohkem rääkida?" Ribby kiirustas trepist üles, jätkates: „Ma töötan raamatukogus. Ta võib tulla sinna tasuta wifi-t kasutama. Paljud inimesed teevad nii. Võid ka linna minna ja teda otsida."

„Ma eelistan siia jääda, aga tal on minu mobiilinumber."

„Oled politseiga ühendust võtnud?"

„Helistasin neile. Neil on minu ja Gordoni number. Mida ma veel teha saan?"

„Kas sul on Jenny hiljutist fotot?" Ta tõmbas kleidi üle pea ja lisas: „Ma teen mõned flaierid ja paneme need linna üles."

„Hea mõte. Ma olen nii rõõmus, et siia tulin," ütles tädi Tizzy.

Ribby kammas oma juukseid. Ta kiirustas tagasi kööki. Tädi Tizzy otsis oma käekotist välja tütre foto ja ulatas selle talle. Ta palus tädil end mugavalt tunda ja läks välja, peatudes hetkeks, et maja poole vaadata.

Tädi viipas talle avatud akna vahelt nagu kadunud laps.

# KAPITEL 16

R ibby ei läinud tööle, sest Angela oli haigeks jäänud.

Angela läks korterisse ja vahetas riided ujumistrikoo vastu. Kui päike paistis otse tema rõdule, võttis ta veidi päikest. Kui päike läks varju, viskas ta ujumistrikoo peale suvekleidi, pakkis koti ja suundus rannale. Angela armastas linna melu, suminat ja hääli. Tädi Tizzy pidev nutmine ja virisemine ajasid ta hulluks.

Kui ta kooliõuest mööda läks, märkas ta nutvat väikest tüdrukut. Laps vaatas üles ja siis jälle alla, nagu ei tahaks endale tähelepanu tõmmata.

„Mis viga?" küsis Angela.

„Ei midagi," vastas laps.

Koolikell helises, väike tüdruk pühkis pisarad ja silus kleiti.

Angela vaatas talle järele, lootes, et ta oli peatudes kuidagi aidanud.

Laps pöördus tema poole ja tegi talle keelt.

Julge väike proua.

Angela ostis rannas lugemiseks raamatu „Tuulest viidud".

„See paneb mind nutma," ütles kassapidaja.

„Rhett Butler võiks minu voodis igal ajal küpsiseid süüa,” vastas Angela.

Liiv oli kuum ja pigistas tema sandaalide servade vahelt. Ta armastas rannas olla, aga liiva kõikjal ei meeldinud talle eriti.

Ta laotas oma teki laiali, heitis kõhuli maha ja avas raamatu. Ta vaatas, kuidas paarid käest kinni hoides üksteisele armunult mööda kõndisid. Kajakad tiirlesid tema pea ümber, justkui oleks tema blond parukas nende sihtmärk.

Angela jäi magama, kuulates kajakate hääli ja lainete murdumist rannas. Kui ta ärkas, oli kell peaaegu 17. Ta kogus end ja oma asjad kokku ning pani need kotti. Päike ei andnud sooja. Tuul keerutas tema seelikut ümber jalgade.

See ei olnud tema tavaline õhtu haiglas esineda. See oli asendusettekanne.

Ribby tegi flaieri ja printis mõned koopiad, et need teel haiglasse ja haigla teadetetahvlile üles panna.

Miks me peame nende jõnglaste jaoks esinema?

1. Nad ei ole jõnglased. Nad on väikesed inglid, kellele on osaks saanud halb saatus. 2. Ma teen kõike, et nad naerataksid, et ma näeksin neid naermas. Et leevendada nende perede koormat. 3. Kui sulle ei meeldi, siis mine oma teed.

Nii ma ütlesin.

Täpselt.

Praegu.

✳ ✳ ✳

Pärast haiglas esinemist läks Ribby koju. Tema maja ees seisis valge Attics-R-Us kaubik. Ta heitis pilgu aknale, märkas, et aknakatted olid lahti, ja jooksis trepist üles. Kostis vere külmavärinaid tekitav karje.

Ribby süda lõi nii tugevasti, et ta arvas, et see hüppab rinnust välja. Ta jooksis mööda koridori kööki, kus leidis tädi Tizzy põrandal, kes lõi rusikaga Attics-R-Us'i mehe paksu keha.

Ribby ei kõhelnud, kui ta ulatas käe noahoolduslaekasse ja võttis sealt suure noa. Ta tormas mehe poole ja lõi noa talle selga.

Mees kukkus ettepoole, tehes kohutavat gurisevat häält. Ribby tõmbas noa välja ja veri voolas.

Tädi Tizzy, kes oli jäänud mehe raske keha alla, lükkas tema keha eemale.

Ribby aitas tal püsti tõusta ja nad astusid mõlemad tagasi, kui vere loik laienes.

Tädi Tizzy karjus.

Ribby karjus.

Nagu kaks peata kana jooksid nad köögis ringi, nuttes ja karjudes.

STOP.

Ribby kuulas sõna ja jäi seisma.

Tädi Tizzy jooksis edasi.

STOP. Sa paned mu pea ringi käima, tädi Tizzy.

Ta peatus. Ta vaatas laipa, vere loiku. Ta tõstis kleidi üles. Veel verd. Ta üritas seda ära pühkida.

„Ma pean..." Tizzy tädi läks kraanikausi juurde ja oksendas sinna.

Ribby kuulas oksendamise häält ja kella tiksumist. Ta trummeldas sõrmedega köögilaua peal.

Rahune. Ma olen rahulik.

Jumal, Ribby.

Ma pidin Tizzy tädi päästma. Ma pidin. Äkki ta pole surnud. Äkki ma peaksin kutsuma kiirabi?

Ei, kiirabi ei tohi kutsuda. Kontrolli pulssi.

Ribby võttis tema randme.

Kas selleks pole vaja kella?

Angela võttis üle.

Surm surnud.

Ma tapsin kellegi, ma tapsin kellegi!

Jah, sa tapsid. Sa üllatasid mind. Nüüd peame plaani tegema.

Ma pean kõigepealt tädi Tizzyga rääkima.

Ei, meil on vaja plaani. Tädi Tizzy võib oodata.

Tädi Tizzy üritas istuda, aga selle asemel karjatas ja jooksis üles.

Me peame ta ümber pöörama.

Mis noast saab?

Võta kraanikausi alt kummikindad. Siis otsi midagi, kuhu seda panna, näiteks ajaleht, tekk või rätik. Midagi, mida ei märgata.

Ribby leidis kindad ja tõmbas need kätte. Ta võttis prügikastist ajalehe, millesse mähkis noa, ning riidekapist teki ja rätiku.

Nüüd läks ta tagasi laiba juurde, kummardus ja tõukas seda. See põrkas kohe tagasi. Ta proovis uuesti, seekord tõukates laipa liikumise suunas ja hoides seda jalaga kinni. Tal tuli oksele, kuid ta suutis oma mao sisu sees hoida. Ta lükkas laiba ümber. Mehe peenis lõi lahti ja pea põrkas laua jala vastu tuhmalt. Ta viskas teki laiba peale, veendunud, et mees on nüüd surnud.

Ülakorruselt hüüdis tädi Tizzy: „Kes kurat see S.O.B. üldse oli?"

✳✳✳

Tädi Tizzy tuli kööki tagasi. „Me peaksime politsei kutsuma," ütles ta.

Mitte mingil juhul.

Tal on õigus, me peame politsei kutsuma.

Kas sa tahad vanglasse minna, et sa tapad selle vägistaja värdja?

Ma seletan. Ma päästsin tädi Tizzy.

Aga kuidas sa seletad, miks ta siin üldse oli?

„Uh, tädi Tizzy. Kuidas ta sisse sai? Miks sa ta sisse lasid?" küsis Ribby.

„Ta koputas uksele ja tuli otse sisse, nagu oleks ta oodatud. Ma arvasin, et ta on Martha sõber, ja pakkusin talle tassi kohvi. Hetkel, kui ma talle selja pöörasin, lükkas ta mind maha ja... ja..." Ta pani käed näo ette ja nuttis.

Ribby lohutas teda: „Kõik saab korda. Ma luban. Me leiame lahenduse."

Me peame laibast lahti saama.

Lahti saama! Kuidas? Miks?

Sest sa tapsid ta ja tema kaubik on ikka veel maja ees pargitud.

Kaubik. Ma unustasin kaubiku.

Me peame ta siit ära viima.

Ta on liiga raske, et teda tõsta. Meil on käru.

Hea mõte. Paneme ta kärule.

„Tädi Tizzy," Ribby patsutas tema kätt. „Miks sa ei tee meile head teed? Ma lähen korraks välja... sa saad meile teed teha, eks?"

„Sa jätad mind üksi... sellega?"

„Ma olen ainult paar minutit ära. Tee tee, mõtle muust. Ta ei saa sulle praegu midagi teha."

Väljas olles avas Ribby kuuri ja tõmbas käru välja. Ta lükkas seda, rattad kriiskasid muru peal. Ta üritas seda trepist üles tõsta, aga isegi tühi oli see liiga raske. Ta pööras end ja käru ümber. Tagasi astudes tõmbas ta seda, kuni see astmetele põrkas ja esiku ette jäi. Väsinuna avas ta välisukse ja jätkas käru mööda koridori kööki lükkamist.

Palu tal aidata. Ma mõtlen, et teda sinna panna.

Ma teen seda. Me peame tema laibast enne päikesetõusu lahti saama. „Aga tema kaubik?"

„Mis kaubik?" küsis tädi Tizzy.

Oops. Ma tegelikult ütlesin seda, eks?

Jah.

„Ta jättis oma kaubiku välja," ütles Ribby. Ta sulges enda järel välisukse.

„Vabaneme korraga nii laibast kui ka kaubikust," soovitas tädi Tizzy.

Nüüd on ta asja tuumani jõudnud.

Oh, vend.

Just kui nad olid valmis laiba käru peale tõstma, katkestas neid koputus esiuksele.

„Kes see võiks olla?" sosistas tädi Tizzy.

Ribby hiilis ukse juurde ja piilus võtmeaugust sisse. See oli proua Engle, kes kandis mõlemas käes suuri toidukorve. Ta pidi koputama küünarnukiga. Ribby vaatas endale alla – tema riided olid verised.

„Tere, Ribby. Mina siin, proua Engle. Mul on paar asja, mis tahaksin su külmkappi panna. Loodan, et sa ei pahanda."

Ribby võttis konksult oma mantli ja viskas selle selga, siis avas ukse. Ta pakkus, et paneb kandikud külmkappi. Ta üritas jalaga ukse kinni lükata.

„Tänan sind, kullake," ütles proua Engel.

„Oh, ja muide, ma lähen paariks päevaks ära, siis tulen tagasi matustele. Kui sa pole kodus, avan ukse varuvõtmega." Ta kummardus ette ja sosistas: „Pärast matuseid tulevad kõik siia sööma. Ma ei saa aru, miks matused sugulasi nii näljaks teevad. Arvan, et see on loomulik reaktsioon, kui silmitsi seisad oma lähedase surmaga. Minule avaldab see alati vastupidist mõju."

„Loodan, et kõik läheb hästi teie ja teie perega," ütles Ribby, üritades uuesti ust sulgeda.

„Aitäh, kullake." Proua Engel läks trepist alla ja välja murule.

Ribby hingas kergendatult, kuid jäi vaatama.

Proua Engel pöördus ümber: „Muide, kas sa oled Marthast midagi kuulnud?"

„Ei, ei, pole kuulnud," tunnistas Ribby.

„Oh, ma arvasin..." ütles proua Engel, vaadates valget kaubikut.

„Ma panen need parem teie jaoks külmkappi, proua Engel," ütles Ribby. „Need lõhnavad nii hästi ja ma olen nii näljane, et võiksin need kohe ise ära süüa!"

„Võid pärast kokkutulekut minu juurde jääke sööma tulla. Oleks patt toitu raisku lasta." Ta pöördus ümber ja läks koju.

„Uff!" ütles Ribby. Ta lõi ukse kinni ja läks kööki. Tädi Tizzy oli nurgas kükitamas ja väänas käsi nagu Lady Macbeth.

Ribby pani pajaroad ära, rebis mantli seljast ja viskas selle esikusse, siis hakkas tädi eest hoolitsema.

„Mida me teeme, Ribby?"

küsis tädi Tizzy. „Me peame ta siit ära viima. Mida me teeme? Mida? Mida? Mida?"

Ribby lõi Tizzyle vastu nägu. Esialgse šoki järel langesid nad üksteise embusse.

„Mul on plaan, tädi Tizzy. Ära muretse. Aga esmalt pean ma väljas kuurist paar asja tooma. Ma tulen kohe tagasi, ma luban."

Kui proua Engle ja tema õde olid silmist kadunud, läks Ribby välja, jättes tädi Tizzy diivanile kokku varisenuna.

Tädi Tizzy vaatas oma telefonist, kas on uusi sõnumeid. Tema telefon piiksus, kui ta sai SMSi oma abikaasalt. Jenny oli temaga koos. Ta oli terve ja terve.

Tizzy sulges silmad ja lasi end üle valada kergendustunne, et tema tütar oli terve. See oli olnud päris raske päev.

Viimaste päevade ülekaalukad emotsioonid paisusid temas nagu hiiglaslik laine. Iga emotsioon tõusis pinnale. Valus, kergendus, haav, kahetsus.

Tizzy üritas püsti tõusta, kuid põlved andsid järele. Ta värises ja värises, üritades end tõe eest peita ja sellega leppida.

# KAPITEL 17

R ibby naasis kööki. Ta oli kaasa võtnud mõned tööriistad, sealhulgas: kühvel, kirves, presenning, tööpüksid, aiakindad ja käärid. Ta hindas olukorda.

Milleks need asjad kõik?

Võtsin lihtsalt kaasa asjad, mis võiksid abiks olla.

See sa tõesti tegid.

Ribby pani käed puusadele. „Nüüd paneme ta käru peale."

„Oled kindel, et ta sinna mahub?" küsis tädi Tizzy.

Jah, ta mahub.

Ta peab mahuma, meil pole varuplaani.

„Kasutame tekki ja tirime ta selle peale," pakkus Ribby. „Me ei pea teda tõstma. Veereme ta tekile ja kohandame vastavalt vajadusele. Me peame ta ainult käru peale panema ja edasi on lihtne."

„Ribby, sa hirmutad mind! See on nagu sa oleksid seda varem teinud," ütles tädi Tizzy. „Uh, sa pole seda teinud, ega?"

„Jumal, ei, tädi Tizzy, aga ma olen raamatuid lugenud ja filme näinud. Nüüd hakkame pihta. Haara teki teine ots ja kui ma loen kolmeni, siis me mõlemad liigutame teda. Okei?"

Kui nad olid veidi hoogu saanud, oli teda kerge tekile veeretada. Nüüd tuli raske osa.

„Ja veel kord. Kolme peale."

„Olgu, Rib, nagu soovid."

„1, 2, 3 – tõstke!" ütles Ribby. Surnu pea tegi metallkonteineriga kokku puutudes õõnsa kolksu.

„Veel üks kord!" Ribby käskis: „1, 2, 3 – jah!" Ribby ütles, kui nad surnukeha kolm neljandikku käru peale panid.

„Nüüd panen ma ta püsti," ütles Ribby, „ja sina paned jalad ja ... tema osad sisse."

„Ma ei pane seda kuhugi sisse!" ütles tädi Tizzy. „See võib rippuda kuni maailma lõpuni!"

Ribby naeris hoolimata endast ja varsti hakkas ka tädi Tizzy naerma.

Mõlemad naised olid hüsteerilised.

Amatöörid.

Angela võttis mähitud noa ja viis selle üles. Ta pühkis vere ja sõrmejäljed ära ja mähkis noa uuesti sisse. Ta peitis noa Martha sokisahtli tagumisse nurka.

Angela läks tagasi alla ja pühkis köögis verega määrdunud kohad puhtaks.

Kui ta valmis oli, olid nii Ribby kui ka Tiz piisavalt rahunenud.

Jätka, Rib.

„Tule, tädi Tiz. Teeme ära."

„Ma olen sinuga."

Halleluja! Me oleme startinud.

*** 

O kei, nüüd peame leidma tema autos võtmed. Uuri tema taskud läbi, Tizzy.

„Ma ei tee seda!”

„Mine eest ära,” ütles Angela. Ta leidis võtmed tema mantli taskust.

„Nüüd veereme ta tagasi vani ja siis...”

„Sa mõtled, et viime ta välja, sellise ilmaga?” küsis tädi Tizzy.

„Jah. Meil pole valikut, Tiz. Me peame seda tegema, kuni on pime. Me peame ta vanasse panema.”

„Kuidas me ta sinna tõstame, Rib? See on võimatu.”

„Me peame. Meil pole valikut,” ütles Ribby.

Ribby viskas surnukeha peale presendi.

Ma ju ütlesin, et see tuleb kasuks.

Tarkpea.

Ribby ja tädi Tizzy pidid koos surnukeha vanasse tõstma. Ribby avas juhiukse ja vana tagaluugi. Ta vajutas sinist nuppu veoki kastis ja hüdrauliline tõstuk hakkas alla liikuma. Koos suutsid naised käru tõstukile tõsta ja varsti oli surnukeha vana kastis.

Ribby läks tagasi sisse ja vahetas verised riided ära, peites need kilekotti oma riidekapi tagaossa.

Mis noast sai?

Kõik on korras, ma tegin selle ära.

Uuesti väljas olles ütles Ribby: „Sina pead sõitma, tädi Tizzy, sest mina ei oska."

„Aga ma kardan liiga palju, et nii suures linnas sõita! Ma ei saa! Ma ei tee seda!"

„Kuule, meil pole aega sellise jama jaoks," sekkus Angela. „Sa kardad sõita, kui meil on siin suur paks surnud mees, kellest vabaneda! Rääkimata uudishimulikest naabritest! Me peame tema kaubiku ja laiba ära viima, kuni on pime."

„Või tahad sa, et ma helistan politseisse ja ütlen, et me mõrvasime ta, tädi Tizzy?"

Tädi Tizzy suu langes lahti.

Tehniliselt mõrvasid tema Rib. Lihtsalt ütlen.

Ma tean.

Tädi Tizzy, sulge see, muidu lendab ööliblik sisse.

„Me sõidame Bluffsi, kus saame laiba ja auto ära visata, tädi Tizzy, aga sa pead end kokku võtma. Sa pead meid sinna viima! Mida sa arvad?"

Tädi Tizzy noogutas.

„Olgu, siis lähme!" Ribby pani surnud mehe võtmed tädi värisevasse kätte.

# KAPITEL 18

Vaatamata kõigele oli tädi Tizzy hea autojuht, kuigi veidi närviline.

Teel peatusid nad bensiinijaamas, mitte kaugel Bluffsist, kus Ribby tellis takso, mis pidi nad tunni aja pärast peale võtma.

Kui nad sõitsid üksildasse piirkonda, ütles Ribby: „Lülita kaugtuled sisse, tädi Tizzy." Nad liikusid aeglaselt edasi, kui horisondil paistnud kuu neid lähemale meelitas.

„Peatu!" ütles Ribby. Kui auto täielikult peatus, väljusid ta ja tädi Tizzy autost.

„Vau!" hüüatas tädi Tizzy. „See on küll pikk tee alla!"

„Ära mine liiga lähedale," ütles Ribby, „kallak on murenemas."

Nad astusid paar sammu tagasi just siis, kui pilved hajusid ja tähed särama hakkasid. Nad seisisid külg külje kõrval, värisedes, tuul neid ümber keerutades. Tizzy tädi kallistas end.

„See on tõesti ilus," ütles Tizzy tädi.

„Ma pean sind siia päeval tooma, et sa saaksid selle ilu täielikult nautida."

„See oleks väga tore, Ribby. Muide, unustasin sulle öelda, et Jenny on oma isaga. Ta saatis mulle veidi aega tagasi sõnumi.”

„See on suurepärane uudis.”

OMG! Mis see on, „Noored ja rahutud”? Jätka, Rib!

Olgu, olgu. „Tädi Tizzy, sa pead ainult käiku sisse lükkama ja kui auto hakkab liikuma, hüppa välja. Auto kukub kaljult alla ja krokodillid söövad ta hommikusöögiks. Hüvasti, paks sitapea. Hüvasti, paksu sitapea auto. Hüvasti, mured. Lõpp! Siis saame oma elu edasi elada. See jääb meie väikseks saladuseks.”

„Jumal teab,” ütles tädi Tizzy.

Ja mina.

„Jumal mõistab, sest see oli enesekaitse. Ta vägistas sind, tädi Tizzy!”

Ta hakkab kartma, Ribby. Tee seda kohe.

„Jumal teab alati,” ütles tädi Tizzy, pöördudes ümber ja minema kõndides. Ta vaatas üle õla, avas kaubiku ukse ja ronis sisse. Ta tõmbas ukse kinni ja mootor käivitus. Ta andis gaasi üks, kaks, kolm korda. Siis suundus kalju serva poole.

„Hüppa, tädi Tizzy!”

Oli liiga hilja. Auto sõitis edasi. Üle.

Ribby jooksis kalju serva poole ja jõudis sinna just õigel ajal, et näha, kuidas auto vette kukkus.

Ta üritas karjuda, aga suust ei tulnud häältki.

Mitte midagi. Kuni hakkas oksendamine. Ta langes põlvili.

Loll naine.

Ta ei pidanud seda tegema. Ta ei pidanud surema.

See oli tema otsus. Tema valik.

Ma mäletan ikka veel Barbie-nukukooki, mille ta minu sünnipäevaks tegi.

Seda mälestust ei saa keegi minult ära võtta. Nüüd lähme siit minema.

See ei läinud plaanipäraselt. Aga miski ei lähe kunagi plaanipäraselt – isegi filmides mitte. Sa arvad, et Cary Grant jääb tüdruku pärast, aga ta ei jää. Sa arvad, et Humphrey Bogart takistab Ingrid Bergmani lennukile minemast, aga ta ei takista. Isegi kui sa seda tahad, ei lähe asjad nii, nagu sa tahad.

# KAPITEL 19

R ibby riputas oma mantli esikusse ja hüüdis: „Ma olen kodus, ema." Ta läks kööki, kus Martha istus laua kohal kummargil, käes mõrvavahend.

„Oled sigu tapnud, Rib?" küsis ta, noa üles tõstes. Martha tõusis püsti.

„Ma tapsin selle paksu värdja," ütles Angela. „Ma lõin ta maha, ta on surnud."

Martha avas suu, kuid ühtegi sõna ega häält ei tulnud, nii et Angela jätkas. „Ta oli vastik loom, lihtsalt siga, kelle riist ripnes pükstest välja."

„Ma pidin seda tegema, ema," sekkus Ribby. „Ta vägistas tädi Tizzy!"

Ta ei õpi kunagi. Ma olin sellega hakkama saanud.

Martha pani vasaku käe puusale. Parem käsi, milles oli nuga, jäi käeulatuses. „Mida sa räägid? Paks värdjas? Tizzy tädi?"

„See mees valges Attics-R-Us kaubikus. Ta on see paks värdjas," ütles Angela. „Ja su õde Tizzy oli sama kaitsetu kui kassipoeg, kui ta teda vägistas."

„Ma päästsin ta tema käest," ütles Ribby.

Martha pöördus ümber, nagu tahtes noa maha panna. Siis ilmselt muutis ta meelt ja astus tagasi. „Ja kus nad nüüd on? Kui sa ta tapsid, kus on tema laip?"

Ribby vaatas noa otsa. „Me panime ta oma vani, sõitsime kaljult alla."

„See oli täiuslik plaan," ütles Angela. „Kuni su hull õde keeldus kaubikust välja tulema ja kukkus ka üle serva." Angela kõndis Martha ümber ja istus pahaselt toolile.

Ribby hakkas rääkima, kuid muutis meelt, kui veekeetja vilistas. Martha pani noa köögilauale. Ta võttis külmikust piima ja kapist kaks kruusi. Lusikad olid juba laual, rivis nagu mängusõdurid. Piima valades ütles ta: „Las ma vaatan, kas ma sain õigesti aru, Rib. Minu õde tuli siia. Carl Wheeler arvas, et ma olen avatud äri ja proovis Tiziga. Sa pussitasid teda ja siis kaotasid ta. Sa ootad, et ma seda usuksin? Ta oli erakordselt suur mees."

„Muidugi oli ta suur," ütles Angela. „Rib – ma mõtlen meie – panime ta käru. Nii saime ta välja."

„Ah, ma saan aru," ütles Martha. „Ja siis kavatsesite laibast lahti saada, aga Tiz segas plaani, kui ta ka sinna tuli? Ja mida Tiz siin üldse tegi? Ma pole temast aastaid midagi kuulnud."

„Tema mees jättis ta maha noorema naise pärast," ütles Angela. „Siis jooksis tema tütar kodust ära. Ta oli täiesti segaduses."

Martha istus ja võttis paar lonksu teed. „Noh, me peame midagi selle noaga tegema. See ei saa siia minu majja jääda." Martha võttis noa ja vaatas Ribby poole, kes jõi teed oma parema käega. Tema vasak käsi oli lauale laiali laotatud. Martha tõstis noa ja lõi selle alla, raiudes Ribby käe randmest.

Teetass kukkus lauale ja põrkas tagasi. Ribby karjatas. Martha haaras tema parema käe ja surus selle lauale. „Räägi mulle, mis siin toimub ja kes sa oled," nõudis ta. „Sest ma tean, et sa ei ole minu tütar." Martha tõstis noa üles, nii et teravik puudutas peaaegu Ribby nina. „Võta mu tütrest oma käed ära, kes sa ka poleks. Vastasel juhul rebin ma ta tükkideks."

„Ema, ära tee seda. Palun, ära tee!"

„Ma olen Ribby. Lihtsalt Ribby," laulis Angela Ribby kõige nõrgema häälega.

Hetke jooksul arvas ta, et Martha usub teda. Veel üks lõik, teine käsi katkestati, muutes Ribby kaheharuliseks purskkaevuks.

„Sure. Me kõik sureme," laulis Angela, kui Ribby valust nuttes karjus. Angela ei tundnud mingit valu ega ka tõelist naudingut. Kõik, mida ta tegi, kõik, mida ta üritas teha – alati oli Ribby see, kes sellest kasu lõikas.

Aga seekord mitte. „Vaene Ribby," ütles Angela. „Kuidas ta nüüd haigeid lapsi haiglas hooldab?"

Ribby ärkas oma korteris karjatusega. Ta vaatas oma paremat kätt. Siis vasakut. Mõlemad olid alles. Liiga hirmul, et voodist välja tulla, hoidis ta enda käsi ja vaatas, kuidas päikesekiired laele mustreid joonistasid.

$$* * *$$

Kui ta oli täielikult ärganud, võttis Ribby duši ja riietus. Ta otsustas jalutada ja pead tuulutada. Ta oli tänulik, et oli pühapäev. Täna ei suutnud ta tööd ega lapsi taluda.

Väljas olles jäi halb unenägu ta mõtetest. Ta vältis rannikut ja lainete müra, sest see tõi meelde tädi Tizzy.

Enne koju minemist peatus ta kohvikus ja tellis cappuccino. See maitses nii hästi, et ta tahtis kohe veel ühe. Kui ta ootas järgmist tellimust, tuli Nigel mööda. Ta polnud teda nädalate jooksul näinud. Ta polnud isegi kindel, kas Nigel teda mäletab.

„Tere, Nigel!" hüüdis Angela, koputades aknale.

Nigel naeratas ja astus kohvikusse. Ta suudles Ribbyt põsele. Ribby arvas, et see oli liiga tuttavlik.

„Kuidas sul läinud on?" küsis Nigel.

„Tööd on palju," vastas Angela. „Vajan veidi puhkust. Tahad täna õhtul midagi teha?"

Nigel vaatas oma jalgu. „Mul on nüüd tüdruk, nii et kui ma välja lähen, tuleb ta kaasa."

„Vaene Nigel," kiusas Angela, „pole veel abielus ja juba naise poolt valitsetud!"

Nigel viskas pea tagasi ja naeris. Ta haaras Angela käest kinni ja patsutas seda vennalikult.

„Mis ta nimi on?" küsis Angela. „Või on see saladus?"

„Ei, jumal hoidku," vastas Nigel ja astus tagasi, et järjekorda tulnud inimene saaks sisse minna ja tellida. „Tema nimi on Anne-Marie."

Angela muutis meelt tellimuse osas ja suundus ukse poole. „Sa pead meid kunagi tutvustama."

Nigel liikus järjekorras edasi.

Angela oli kogu tee koju vihane.

# KAPITEL 20

Järgmisel õhtul pärast haiglast sõitis Ribby bussiga koju. Kui ta kohale jõudis, oli juba peaaegu pime. Esiuks oli lahti. Majast kostis tänavaliiklusega võistlev muusika. Ta astus ettevaatlikult esitreppidest üles, kui Scampi käpad tema poole astusid. Ta hüppas üles ja lükkas Ribby ümber. Martha tuli naerdes järele, kui koer Ribby nägu lakkus.

„Lase lahti, Scamp," ütles Martha, lükates koera tagant jalaga eemale. Ta sirutas käe, et Ribbyle aidata. Kui Ribby jalule sai, pühkis ta end puhtaks.

„Sa oled peaaegu luu ja nahk," ütles Martha. „Kas sa pole söönud?"

Ribby haaras ema kinni ja viskas talle kaela ümber. Martha kallistas teda vastu, lasi siis lahti ja küsis: „Tee?"

„Sa näed suurepärane välja, ema!" ütles Ribby, kui nad koos kööki kõndisid. „Sul on imeline päevitus."

Martha naeris. „Meil oli imeline aeg. Kui mul oleks raha, koliksin kohe sinna elama. Tom oli suurepärane peremees." Ta liikus köögis ringi, pani veekeetja tulele ja valmistas kruusid ette. „Mis sa tegid? Ja kelle asjad need minu toas on?"

„Tädi Tizzy omad."

Martha oleks peaaegu kruusi maha pillanud. „Mu õde on siin? Slummis, ma arvan. Kus ta on? Ostlemas?"

„Ei, mitte päris," vastas Ribby. „Ta tuli siia Jennyt otsima." Ribbyl oli kummaline déjà vu tunne. Ta värises ja surus mõlemad käed taskusse.

„Noh, see on küll veider, et ta siia nii kaugele tuli. Meil on kindlasti palju juttu ajada."

„Ma ei tea, kas ta tuleb tagasi," pomises Ribby. „Ma arvan, et ta pidi äkki koju minema. Ma mõtlen, äkki."

Martha segas suhkrut. „Ilma oma pagasita?" Ta võttis lonksu. „Oled sa teda täna näinud?"

„Ei, ma olin sõbranna Angela juures." Ta ei joonud teed ega isegi proovinud. Tema käed olid endiselt kindlalt taskutes.

Martha jõi oma teetassi tühjaks. Ta lükkas tooli tagasi ja haigutas nii laialt, et buss oleks võinud läbi sõita. „Ma lähen nüüd magama."

„Head ööd, ema," ütles Ribby. Ta koristas oma kruusi ja liikus köögis ringi, kuni kuulis Martha hüüdvat trepilt.

„Muide, Rib, ma leidsin selle," ta tõstis üles noa. „See oli mu sokisahtlisse mähitud."

„Võib-olla tädike Tizzy tappis sellega kellegi," ütles Angela, trepist üles tulles.

Martha ulatas talle noa ja purskas naerma. „Sul on küll kujutlusvõimet. Hommikul peseme selle ära. Head ööd."

Angela võttis Martha käest noa uue rätikuga.

Miks sa uue rätiku kasutasid?

See on minu asi, sina ei pea teadma.

Ribby peitis noa oma kapis veriste riiete taha.
Olgu, mine magama.
Ära räägi minuga, siis ma lähen.
Head ööd, Ribby.
Head ööd, Angela.

# KAPITEL 21

Ribby vajus sügavasse unne. Ta unes nägi end pilvede keskel istumas ja teisi pilvi mööda lendamas. Mõnikord olid pilvedel inimesed. Ta tundis mõnikord kedagi ära. Kuulsad inimesed, kes näisid ringi vaatavat, kas keegi neid ära tunneb.

Oli väga veider näha Cary Grantit naeratamas ja talle lehvitamas, kui ta oma pilvel mööda lendas.

Ribby hüüdis: „Härra Grant, oh härra Grant, te olete minu lemmiknäitleja!"

„Sa oled väga armas," ütles Cary, kui tema pilv edasi liikus.

Ribby silmad järgisid teda, kuni ta enam ei näinud, sest enamik pilvi oli ära veerenud. Kadunud.

Välja arvatud üks suur must pilv, mis tormas tema poole.

Ta ei teadnud, mida teha, kuidas end edasi liikuda. Ta lehvitas kätega, aga see ei aidanud. Ta võttis sügavalt hinge ja puhus pilve sisse, aga ka see ei aidanud. Ta ei osanud veel pilvel olla. Varem oli pilv liikunud tema soovi järgi, aga seekord ei liikunud see paigast.

Suur must pilv ujus lähemale. Ribby istus maha ja kallistas oma põlvi. Hakkas sadama ja seetõttu olid teised pilvelennukid varju otsima läinud. Ta tundis end väga üksi. Kui ta oleks ainult Cary Granti pilvele hüpanud, siis vähemalt ei oleks ta üksi olnud.

PUMM! Ta kukkus külili pehmesse pilve. Tühjas taevas kõlas äike.

KRAK.

Sissetunginud mustast pilvest välgatas välk Ribby pilve. Ta karjatas. See oli väga lähedal. Tema käsivarte karvad tõusid püsti staatilisest elektrist. Tema nahk kuumenes, üha kuumemaks.

„Lõpeta!"

„MA EI LÕPETA!" karjus vihane naisehääl.

Välk lõi jälle Ribby pilve, seekord lõhestades selle pooleks. Ta veeretas end ühele küljele ja võttis looteasendi. Ta vaatas üles ja nägi naist, kes oli tähelepanuväärselt sarnane tädi Tizzyga. Tal oli seljas laiad mustad riided, mis ei olnud päris kleit ega mantel, ja need lehvisid tema ümber.

„Sa oled mulle ülekohut teinud ja sa maksad selle eest. Sa ei saa igavesti peidus olla. Võta oma võimalus ja HÜPPA!"

„Aga tädi Tizzy," oigas Ribby, „ma päästsin su elu!"

„Sa võtsid mul elu ja saatsid mind põrgusse! Sa rumal, rumal tüdruk! Nüüd loobu oma elust ja HÜPPA!"

„Aga ma, ma ei taha surra."

„Mina ka ei tahtnud! Nüüd olen ma taevast välja heidetud. Jumalast. Mõistetud siin igavesti ringi hõljuma."

Veel üks välk rebis Ribby pilve neljaks.

Pilv hajus uduks ja siis ei jäänud midagi. Ribby hoidis nina kinni, nagu hüppaks ta jõkke, mitte surma. Ta karjus „Shiiiiiiiiittt!" nagu Redford ja Newman filmis „Butch Cassidy ja Sundance Kid", kui nad kaljult alla hüppasid.

Kukudes tühjusesse, kukkus Ribby voodist välja ja maandus põrandale.

# KAPITEL 22

Martha oli allkorrusel potte ja panne kokku löömas. Ribby kuulas pealt ja kuulis kahte häält. Ema oli külalised.

Oli reede hommik ja Ribby oli palunud tööl hiljem alustada. Ta tahtis enne nädalavahetuseks koju minemist kuulda ema reisist.

„Tere hommikust, ema," ütles Ribby, nurga tagant välja astudes. Ta märkas John MacGraw'd ajalehte lugemas.

Martha seisis tema selja taga ja luges üle tema õla.

„Tere hommikust, John," ütles Ribby, valades endale tassi teed ja seistes külmkapi juurde.

„Ma ei leia seda kuskilt. Kas sa võtsid selle, Ribby? Minu Jack Danielsi pudel? See oli siin ja oli täis."

„Tädi Tizzy jõi selle ära," ütles Angela. „Ta oli närvis ja jõi selle närvi rahustamiseks ära. Ma olen kindel, et ta kavatses selle asendada. Ma toon sulle hiljem uue."

„Vajame seda munade tegemiseks, Rib."

„Jah, pole midagi paremat kui pisut Jack Danielsi munadesse valada. Täiuslik ravim pohmeluse vastu," ütles John.

„Noh, täna hommikul peame ilma hakkama saama," ütles Martha.

„Siis ei mune mulle, kallis," ütles John. „Lihtsalt veel üks tass kohvi."

Martha tõi kannu lauale. „Istu maha, tütar. Meil on sulle midagi olulist rääkida."

Jumal, mis see kõik on?

Ribby vaatas Marthat ja Johnit, kui nad vahetasid pilke. Ta istus ema vastas ja ootas, et nad selgitaksid.

Oh, nad ei kavatse ju abielluda. Või kavatsevad? Jube.

„Homme õhtul tuleb sulle külla eriline külaline. Tema nimi on Edward Anglophone," ütles Martha.

„Mulle? Aga... kes ta on?"

„Lase mul lõpetada. Ma tean, et pead varsti tööle minema. See ei võta kaua aega."

Ribby noogutas ja Martha jätkas.

„Kui me olime rannas, ööbisime me armsas väikeses külalistemajas ja kohtasime Edwardit. Tema sõbrad kutsuvad teda Teddyks. Tal on seal oma raamatukogu. Me tutvusime temaga ja saime hästi läbi. Ta kutsus meid joogile. Ta mainis oma raamatukogu ja seda, et tal on vaja uut raamatukogu juhatajat."

„Ta teadis sinust, Ribby," tunnistas John.

# KAPITEL 23

Kui Ribby kohale jõudis, valitses raamatukogus kaos.

Raamatukogu juhataja proua P. Wilkinson oli juba mitu kuud planeerinud raamatuesitlust. See oli tema südameasi, kuna ta oli isiklik sõber bestselleri autoriga P.K. Schmidlapiga.

Kui Ribby sissepääsu poole liikus, hüüdsid kaks last: „Hei, kuhu sa lähed, proua? Me oleme siin juba tundide viisi oodanud. Sa ei saa siia trügida!”

„Ma töötan siin,” vastas ta, näidates oma raamatukogu töötaja märki.

Sisse astunud, läks ta proua Wilkinsoni otsima.

„Väljas on täielik kaos,” hüüatas Ribby. „Kus on proua Wilkinson?”

„Tema abikaasa helistas. Ta on haiglas, tal on lõhkenud pimesool. Me ei tea tema parooli, seega ei saa tema arvutist ajakava kätte. Me ootasime paar sada last, mitte tuhandeid!” Monica ütles väriseva häälega: „Ma ei tea, mida teha. P.K. on siin ainult veel pool tundi, sest tal on muud kohustused.” Ta puhkes nutma.

„Oh, sa oleksid pidanud mulle helistama. Ära muretse, ma räägin P.K.-ga ja vaatan, kas saame midagi välja mõelda."

„Sa ei saa tema ihukaitsjast mööda, või pigem tema naisest," ütles Monica. „Seal – pikk, blond ja ennast täis."

Proua Schmidlap kandis kallit disainerülikonda ja 15 cm kontsaga kingi. Ta vaatas mitu korda kella, kui Ribby tema poole astus.

„Vabandage, proua Schmidlap?"

„Jaaaaaaaaaa."

„Kas ma saaksin teiega rääkida? Meil on probleem."

„Meil pole mingit probleemi! Teil on probleem!" karjus proua Schmidlap, mille peale tema abikaasa pliiats maha kukkus ja lapsed hüppasid.

Ribby ümber tekkis pingeline õhkkond.

„Kõik on hästi, mu kullakesed," ütles proua Schmidlap, haarates Ribby vasakust käest ja tõmmates ta kõrvale. „Teie pole organiseeritud. Mu abikaasa kirjutab veel ühe tunni ja siis on meil aeg minna. Lapsed ei tohi pettuda, aga ta ei saa jääda. Tal on muud kohustused. Meil on muud kohustused," sosistas ta vihaselt.

Ribby pidi leidma lahenduse. Väljas oli vähemalt 1000 last ja sees veel 50–100. Ta pidi veenma P.K.-d kirjutama raamatutesse neile lastele, kes olid kõige kauem oodanud. Ta võis seda teha, kui kiirustas.

„Kuidas oleks kompromissiga?" küsis proua Schmidlap.

„Jah, hea mõte."

„Me peame täpselt kell 12 minema, ilma igasuguste „kui" ja „aga"ta. Meie, P.K., ei saa täna kõigile autogrammi anda. Mis oleks, kui need lapsed ostaksid raamatu täna või telliksid selle täna? P.K. kirjutab kõik tellimused alla ja need tuuakse siia nädala lõpuks, kas see sobib?"

„Me saame ainult proovida. Tänan soovituse eest. Ma vaatan, mida saan teha."

Ribby läks tagasi välja. Ta tõmbas ukse enda järel kinni.

„Hei, mida te teete, proua? Me pole P.K.-d veel näinud! P.K.! P.K.! P.K.!" karjusid nad, tungides ettepoole.

„Lõpetage kõik rääkimine! Palun olge vait, ma seletan!"

Lapsed vaikisid.

„Nii, parem!" ütles Ribby. Ta märkas, et politsei oli ettevaatusabinõuna kohale jõudnud. „P.K. peab siit täpselt kell 12 lahkuma, et täita varem võetud kohustus."

Rahvahulk vilistas ja naeris. Politsei astus vahele.

„P.K. kirjutab kõik teie raamatud autogrammi. Meil on siin teie tellimused. Kui teie andmetes on mingeid muudatusi, palun andke meile sellest kirjalikult teada enne kella viit täna pärastlõunal. Te saate raamatud järgmisel nädalal siit kätte," soovitas Ribby.

„Nädala pärast!? Siis on kõik juba oma raamatud läbi lugenud. Nad räägivad meile lõpu ära. Nad rikuvad meile kogu lugemise rõõmu."

„Võite oma raamatu täna kaasa võtta ja allkirjastamata lugeda või siia jätta, et P.K. kirjutaks alla, see on teie valik."

Kuulda oli mõningast nurinat ja Ribby teadis, et asi võib minna nii või teisiti.

Proua Schmidlap tuli välja appi ja sosistas talle soovituse kõrva.

Ribby edastas sõnumi lastele. „Kui jätate oma raamatu täna allkirjastamiseks, saate P.K.-lt tasuta eksklusiivse kingituse – piiratud tiraažiga raamatumärgi!"

Lapsed rõõmustasid. Ribby ja proua Schmidlap embasid teineteist. Politseinikud tõstsid mütsi. Kell täpselt keskpäeval lahkus P.K. limusiiniga.

Kui kõik oli möödas, lõdvestas Ribby õlad, kui pinge kadus. Ülejäänud päev möödus õnneks sündmuseta.

Teel koju mõtles Ribby salapärasele härra Anglophone'ile.

Võib-olla peaksin temaga lihtsalt kohtuma?

Peabibliograaf olla oleks lahe ja pärast tänast päeva oled sa seda väärt.

Jah, täna vastutuse võtmine andis mulle tunne, et ma suudan seda teha. Ma mõtlen, olla pearaamatukoguhoidja, millal ma veel sellise võimaluse saan?

Ta peab olema tõesti rikas, et tal on oma raamatukogu.

Jah. Aga miks mina? Ta võiks ju küsida kellelt tahes.

Ma poleks kunagi arvanud, et ma seda ütlen, aga Martha peab olema tema huvi taga.

Rääkimata sellest, et ta mind selle rolli jaoks kaalub.

Nii et kokku lepitud. Me läheme temaga kohtuma.

Jah, kokku lepitud.

# KAPITEL 24

Järgmisel õhtul kell 20:34 jõudis Ribby koju. Tal oli seljas must kleit ja kõrged kontsadega kingad.

Kõrval seisis limusiin.

Juhik kallutas mütsi. „Ilus õhtu," ütles ta.

„Jah, tõesti ilus," vastas Ribby.

„Nagu sina ka," ütles juhik silma pilgutades.

See võttis Ribby ootamatult.

Angela pilgutas talle vastu.

Ribby puhus endas, kuid pani kohe naeratuse näole, kui ta elutuppa astus. „Tere õhtust," ütles ta.

Anglophone tõusis püsti ja ulatas talle käe, et suudelda tema kätt. Ta oli umbes 145 cm pikk ja umbes kaheksakümne aastane. Ta seisis kepiga ja kandis kallit siniste triipudega ülikonda ja punast kaelasidet.

„Kas keegi soovib juua?" küsis Martha.

„Mina sooviksin," ütles härra Anglophone, „võtta Ribby oma autoga sõitma. See tähendab, kui talle sobib?" Ta vaatas Ribby poole ja siis oma kellale. „Meil on kell 9 broneering pöörlevas restoranis."

„Vabandust, et hiljaks jäin."

Oh jumal! Ta ei jõua ilmselt isegi õhtusöögile! Ta on täiesti ja täielikult vanur!

„Oh jah, ma mõistan, et ilu võtab aega," ütles Anglophone, tõustes püsti ja ulatades Ribbyle käe.

Ribby võttis selle vastu.

Ribby ja Anglophone suundusid ukse poole.

„Ära muretse, et ta varakult koju jõuab, Teddy. Me teame, et sa hoolitsed tema eest."

Oh jumal! Me kindlasti ei lähe sellega koju.

Ribby vaatas ema üle õla, kui nad autole lähenesid. Kui nad autosse istusid, ütles Anglophone: „Juht, võite meie sihtkohta sõita. Ma eeldan, et vaatasite kaardilt, kus see asub?"

„Jah, härra Anglophone, GPS on valmis."

„Hea, hea. Siis õpidki."

„Nüüd sulgege vahesein, et daam ja mina saaksime veidi privaatsust."

Räpane vana jobu.

Limusiini juht vaatas tagasipeeglist Ribby poole ja vajutas nuppu. Nende vahele kerkis klaasist vahesein. Punased sametkardinad langesid ette, muutes tagumise istme privaatseks ruumiks. Hr Anglophone vajutas nuppu, mis avas baari, kus oli jahutatud šampanja.

„Ribby, mu kallis, ma olen sinuga kohtumist väga oodanud."

Ribby, kes ei teadnud, mida muud öelda, vastas: „Tänan, härra Anglophone."

„Võid mind Teddyks kutsuda, minu nimi on Edward. Aga ütle mulle, kust sa oma nime said, Ribby? Kas see on lühend millestki? See on üsna unikaalne, aga armas nimi.”

Ribby naeris. „Kummaline. Keegi pole mulle seda varem küsinud.”

„Kui see on saladus, mida sa ei taha avaldada, mõistan ma täiesti, mu kallis.”

Ta on vana kavaler. Vaimustav. Seda ma pean talle tunnistama!

„Kui ma olin väike tüdruk, ei osanud ma oma eesnime hääldada. See kirjutatakse nagu Rebecca, aga hääldatakse Reee-becca. Teate, selle kohutavalt ülepingutatud pika „e"ga. Ma hääldasin seda alati Rib-ecca," naeris ta. „Ema ei tahtnud seda lühendada Beckyks. Ta arvas, et see kõlab liiga tavaliselt, nii et ta hakkas mind Ribbyks kutsuma. See jäi külge ja sellest saati on see olnud minu nimi."

„Hästi, siis ma kutsun sind Rebecca, kui sa soovid, aga ma eelistan sulle anda erilise nime."

„Mulle meeldib nimi Angela. Kas sa tahad mind Angelaks kutsuda?”

OMG! Miks sa seda mulle teed?

„Angela,” ütles Teddy, kui see sõna tema keelelt veeres. „Hästi, siis Angela." Teddy puudutas oma käega Ribby põlve.

Ribby otsustas, et see oli juhus.

Angela ei olnud selles nii kindel.

✳✳✳

Restoranis avas juht esmalt Teddy jaoks ukse ja seejärel Ribby jaoks.

„Meil läheb vähemalt kaks tundi," ütles Teddy. „Ma saadan teile sõnumi, kui oleme valmis minema."

„Jah, sir."

„Ta on enamasti kuradi loll," ütles Anglophone oma juhile viidates, „aga ustav nagu kuld."

# KAPITEL 25

Restoranis oli järjekord, kuid Anglophone'i kohalolek tegi teed vabaks.

Nagu tõeline härrasmees, pakkus ta Ribbyle oma käsivarre ja saatis ta läbi rahvarohke restorani.

See oli tema jaoks nagu kehast väljumise kogemus. Külalised pöörasid pead, tervitasid neid ja tõstsid isegi klaasid nende terviseks. Ta tundis end nagu kuulsus.

Paar jätkas teekonda eraruumi. Lae oli kõrge ja nende laua kohal ripus särav lühtri. Laual olid kaunid taldrikud, söögiriistad ja säravad kristallklaasid. Jääkülmas oli šampanjapudel.

Kui nad olid istet võtnud, tellis Anglophone mõlemale.

Ribby tundis end nagu Bella „Kaunitar ja koletis" suures ballisaalis.

Ta on vana, aga ta pole koletis.

Shhh.

Anglophone rääkis üsna palju oma äri ja rahast.

Ribby küsis, kas ta on kunagi abielus olnud.

„Ma oleksin peaaegu kaks korda abiellunud. Naised ei olnud need, kes nad paistsid olevat. Kulda ja raha ihkavad naised, tead küll." Ta peatus ja nihkus Ribbyle lähemale. „Ma lasin mõlemad tappa."

„Mida sa tegid?" küsis Ribby, peaaegu šampanjapokaali maha kukutades.

„Väike nali, et näha, kas sa kuulasid," ütles Teddy. Ta naeris ja patsutas Ribby käeseljal. „Paljud ei tahaks tänapäeval sellist vana mehe nagu mina!"

Ribby võttis veel ühe lonksu šampanjat. Ta tundis end juba peadpööritavalt.

„Nii, siis. Leiame selle minu laiska, kasutud juhi üles."

„Ma olen väga väsinud," ütles Ribby. „Kas sa viiksid mind koju?"

„Muidugi tahan, Ribby, ma mõtlen, kallis Angela. Öö on veel noor ja me pole veel minu raamatukogu rollist rääkinud."

„Ma olen õhtust väga naudinud, aga ma ei arva, et olen selle ametikoha jaoks sobiv. Ma olen meelitatud, aga..."

„Jama! See pole sinu otsustada! Mul on sinu suhtes hea eelaimus ja sellest piisab."

Kui nad olid tagasi limusiinis, palus Ribby Teddy'l oma viimast väidet selgitada.

„Mul on raha. Raha teeb lihtsaks kõikjal silma peal hoida. Ma tean sinust kõike. Näiteks seda, kuidas sa aitad oma emal hüpoteegiga ja kuidas sa rendid välja mereäärset korterit."

Ribby ahmis õhku.

Ta jätkas: „Kuidas sa ennastsalgavalt vaeseid haigeid lapsi lõbustad ja kuidas sa üksi ära hoidsid tormijooksu P.K. raamatuesitlusel. Tema naine, proua Schmidlap, ei salli paljusid inimesi, aga sina meeldisid talle. Kui sa suudad temaga koos töötada, suudad sa kõike. Kui sa tahad, on töö sinu."

Ribby pea käis ringi, kui Teddy vajutas siseside nuppu ja palus juhil koju tagasi sõita.

Ta on meid ise jälitanud või palganud kellegi selleks.

„Ma pean veel mõtlema."

„Olgu nii. Sul on seitse päeva aega otsustada. Siin on mu visiitkaart, võid mulle ööpäevaringselt helistada." Pärast pausi lisas ta: „Oota natuke! Miks sa ei tule üles ja vaata raamatukogu ise? Paremat aega pole. Võime kohe koos tagasi sõita!"

„Ma ei tea."

Ta pakkus sulle raamatukogu juhataja tööd. See on sinu, kui tahad. Ma tean, et ta tundub praegu veider, aga ta räägib otse. Ta ei varja midagi ega valeta. See on midagi. Ta on meie pääsetee. Me saame teda jälgida, näha, milline ta tegelikult on, ilma endale kohustusi võtmata. Tule, Ribby, võta risk. Pealegi on juht super armas. Vaata neid blonde lokke, mis kapuutsist välja paistavad.

Rääkimata tema sinistest silmadest.

Ma tean, ma tean. Pealegi võib see lõbus olla!

„Me jõuaksime sinna varahommikul. Sa võid ööbida samas B&B-s, kus Martha ja John puhkamas käisid. Kõik on sinu saabumiseks valmis. See aitab sul otsustada."

„Aga mul pole muid riideid peale nende, mis mul seljas on."

„Ah, ära selle pärast muretse."

Ribby avas suu.

Ta aimas tema järgmist vastuväidet. „Ma helistan su emale ja seletan."

Ribby ei olnud enam milleski kindel. Ta kaalus oma mõttes edasi-tagasi. Kas ma peaksin või ei peaks?

„Mul oleks suur rõõm," ütles Angela, võttes Teddy käe oma pihku.

Sa võtsid otsustamisega liiga kaua aega.

Ribby, kes oli hajevil, sest juht vaatas teda peeglist, kohkus.

Teddy käskis juhil koju sõita.

Ribby teeskles tagasiteel magavat.

Angela lootis, et Teddy võtab uinaku, et ta saaks üles minna ja juhiga istuda.

Teddy võttis välja oma sülearvuti ja hakkas kirjutama.

Liigne klõpsimine ajab mu pea segamini.

Ma olen kindel, et oleme varsti kohal.

Sekundid hiljem: „Kas me oleme juba kohal?"

# KAPITEL 26

Nad jõudsid Port Doverisse varahommikul.

Juhiloovõtja avas Teddyle ukse. „Viige preili Angela proua Pomfrere juurde. Ärge tulge tagasi enne, kui ta on tutvustatud.”

„Jah, härra Anglophone.”

„Palun öelge proua Pomfrere'ile, et ta hoolitseks selle eest, et preili Angela oleks nelja tunni pärast ärkvel ja valmis hommikusöögiks. Öelge talle, et te tulete preili Ribby järele õigel ajal.”

„Jah, sir,” vastas juht, istus autosse ja sõitis minema.

Ribby, kes oli tukastanud, avas silmad. Ta vaatas aknast välja, püüdes näha, milline Anglophone'i maja välja näeb, aga oli liiga pime.

Mõni hetk hiljem jõudsid nad B&B-sse. Proua Pomfrere tormas neile vastu. Autojuht tutvustas neid, andis prouale diskreetselt teavet hommikusöögi kohta Anglophone'i mõisas ja lahkus.

„Mul on väga hea meel teiega tutvuda, preili Angela. Härra Anglophone rääkis teist nii palju.”

Ribby ei saanud jätta märkamata proua Pomfrere riietust. Kuigi oli veel väga varane hommik, kandis ta õhtukleiti. „Tänan teid, proua Pomfrere. Kui teil on kiire, siis ärge minu pärast viivitage. Näidake mulle, kus mu tuba on, ja ma saan ise hakkama.”

„Toime tuled? Toime tuled? Ma olen ju sinu tervitamiseks nii üles löönud. Nüüd palun järgne mulle, ma viin su korda!” Nad läksid sisse, kus proua Pomfrere liikus nagu tuulispask mööda koridori ja trepist üles Ribby tuppa.

„Sa oled veel armsam, kui ma kujutasin. Teddy on kindlasti sinusse armunud ja ma saan aru, miks. Oh, su jalad on tõesti lõputult pikad, eks?“ ütles proua Pomfrere liiga tuttavlikul toonil.

„Uh, noh,“ pomises Ribby.

„See on su tuba,“ ütles proua Pomfrere ja avas ukse.

Tuba oli täis igasuguseid ja igasuguseid roose. Lõhn oli taevalik. Riidekapi uks oli lahti ja sealt paistis välja disainerirõivaid.

„Loodan, et suurus on õige. Teddy arvas. Siit leiad kõik, mida vajad. Kui midagi veel vaja on, olen ööpäevaringselt su teenistuses.“

„Kas see kõik on minu jaoks?“

„Oh jah, jah, riided ja palju muudki. Sa oled õnnelik tüdruk. Sul on härra Anglophone oma poolel. Ta suudab kõike. Ta on nagu võlur.”

„Uh, jah, ma olen,” ütles Ribby, millele järgnes nõrk „aitäh”, kui proua Pomfrere ukse enda järel sulges.

Vau! Ta on mingi eriline mees.

Ta tegi seda minu jaoks.

Ilmselt sellepärast ta kogu reisi vältel oma sülearvutit klõbistaski.

Ribby naeris äkki. Ta tundis end nagu laps kommipoes. Nüüd, kui ta oli uue hoo saanud, jooksis ta ühest toa otsast teise, leides igast nurgast nipsasju ja kingitusi. Vannitoas ootas teda mullivann, mis oli täis mullikesi.

Ta pani küünarnuki mullide alla ja tõstis pea veepinnale. Tema kõrist pääses rõõmus ohe. Temperatuur oli ideaalne. Ta võttis riided seljast ja laskus vette. Mullid kipitasid tema nahal. Ta levis selili, võttis sügavalt hinge ja sulges silmad. Ta avas need uuesti, et veenduda, et ta ei unista. Ta tundis end nagu Uinuv Kaunitar, kes oli ärganud ja avastanud, et on paradiisis!

See võiks mulle meeldida.

Mulle ka!

Lõdvestunud ja mugavas öösärgis, ronis ta teki alla ja uinus magama.

$$* * *$$

Kas te olete ärkvel, miss Angela?" Proua Pomfrere küsis „ suletud uksest. Andmata Ribbyle aega vastata, koputas inimene uuesti.

Teine hääl, sosinal. Teddy oma.

Ribby kattis end, oodates, et nad tormavad kohe sisse.

„Noh, võtke võti ja äratage ta üles!" Teddy nõudis. „Meil on kohti, kuhu minna ja mida näha."

Laske mind sisse! Laske mind sisse! Räpane vanapagan.

„Sa oleksid pidanud teda äratama, kui meigikunstnik saabus," hüüatas Teddy.

Meigikunstnik. Huvitav...

„Ma küll püüdsin, härra Anglophone, aga ta magas nii sügavalt, et ma ei tahtnud teda häirida."

„Ma tulen viie minuti pärast välja, Teddy."

"Ma ootan teid kodus. Mu autojuht toob teid minu juurde, kui olete valmis. Palun ära lase mind oodata."

Lahe. Vaba aeg koos autojuhiga.

Meil on viis minutit aega, et valmistuda.

Ta võttis kiire duši, uuris sahtlit ja avastas hulgaliselt siidist aluspesu.

Vana plika on tähelepanuväärse maitsega.

Ja tema silmad on ka üsna head. Need suurused on täppi!

Ta saaks südamepõletiku, kui me ainult siidipükstes välja läheksime. Vean kihla, et ka autojuhi silmad pudeneksid tal otsekohe peast välja.

Ära ole vastik. Ribby nööpis oma siidipluusi kinni ja tõmbas seeliku lukku.

Siis tuli veel üks tugevam koputus. „Vabandage, ma olen siin, et teha proua meiki."

Ta mõtleb kõigele.

Väike naine, umbes Martha vanune, lõpetas Ribby meigi hetkega.

„Ma olen Angela!" Ribby ütles, kui ta naeratas oma peegelpildile.

„Muidugi oled," vastas naine ükskõikselt.

Ei, sa kindlasti ei ole.

Kade?

"Tänan teid. Ma pakuksin teile jootraha, aga mul pole raha kaasas."

„Oh, te ei pea mulle jootraha andma, härra Anglophone on selle eest hoolt kandnud."

Ribby kõht korises, kui ta astus oma naastudega kingadesse.

Teel limusiini juurde kõndis ta nagu purjus. Juht naeratas, kui ta peaaegu ümber kukkus. Kui ta talle meeldis, siis ei näidanud seda. Ta avas naise jaoks ukse, ilma et oleks rääkinud.

Sõit majja oli piisavalt meeldiv. Proua Pomfere'i B&B asus väikese küla keskel. Kui auto mööda maateed lookles, heitis Ribby pilgu Erie järvele.

„Marina ja tuletorn on sealpool," selgitas autojuht. „Talvel on seal väga populaarne Jääkarude paiskumine."

"Oh, ma mäletan, et nägin sellest midagi uudistes. Kuna nad sukelduvad heategevuse nimel, siis ma imetlen julgust, mis selleks peab kuluma." Ta võpatas.

„Minu sõber osales eelmisel aastal, ta peaaegu külmutas oma," ta pidas pausi, „oma, äh, takistuse ära."

Ribby naeris.

Ta arvab, et sa oled liiga primitiivne ja korralik, et su ees palli öelda.

Noh, ma olen tema ülemuse külaline.

„Me jõuame varsti kohale," ütles autojuht.

Nad sõitsid läbi mõne küla, mis olid küllaltki väikesed, et neid märgata, kuid kadusid silmapilguga.

„Me oleme kohal," ütles autojuht.

Ribby istus sirgelt. Nüüd, kui ta oli jõudnud peamaja juurde, tahtis ta kõike sisse võtta.

Angela summas telesaate „Dallas" tunnusmuusikat.

Anglophone'i koduni viiv sissesõidutee oli ülepikk. Puud ääristasid puiesteed, mis paindusid tuule tahte järgi. Ta värises.

Ta kõverdas kaela, püüdes majale pilku heita. Kui see õnnestus, hingas ta sisse ja hoidis seda kinni. See ei olnud ilus maja. Oma kitsaste akende ja tumeda telliskiviehitusega tundus see külm, ebasõbralik. Täielik kontrast teisele majale, kus ta oli ööbinud.

See on lausa Bronte-taoline.

Vaata küll, roosipõõsad.

Loodame, et seestpoolt on kena.

Ma olen kindel, et on.

Juht peatas auto ja tuli ümber, et avada uks. Ribby värises, kui ta üle asfaltkatte komberdas.

Enne kui ta jõudis esiuksele koputada, avas mees selle. Ta oli pikk, peenike traatlik ja pealaest jalatallani mustadesse riietatud. Tal oli selline ilme, nagu tal oleks pärast sidruni imemist.

„Tere," ütles Ribby.

Kõrge häälega ütles ta: "Proua, härra Anglophone ootab teid. Te olete teda liiga kaua ootama pannud!"

„Vabandan."

Ärge vabandage, ta on abiks. Lükake mööda nagu oleks see koht teie oma. Te olete Theodore Anglophone'i külaline. Sa väärid siin olemist.

Just seda ta ka tegi.

Kihelkonna mees ei olnud rahul, aga ta oli professionaal. Ta teatas Ribby saabumisest.

Teddy tõusis kohe püsti ja ütles käega vehkides: „Tere tulemast minu koju."

Ribby uuris tuba, kus Teddy seisis. Kuigi ta polnud pikk mees, tundus ta selles ümbruses pikk. Isegi mantlipärija teisel pool tuba oli temast lühem.

Rüütlid olid palju väiksemad, kui ma ette kujutasin.

Ribby naeratas. "Tänan sind, Teddy. Milline hämmastav tuba!"

Jackpot!

„Mu kallis,“ ütles Teddy, "Sa näed selles välja nagu pilt. Tegelikult pean ma sinu portree maalima nii, nagu sa praegu oled."

Teddy näib olevat unustanud, et ta oli meie peale vihane.

Ribby punastas. „Tänan sind väga kõige eest.“

"Mul on hea meel, kallis Angela. Tule nüüd siia ja istu mulle vastu, et ma saaksin sind vaadata, kui hommikune valgus sinu selja taha tuleb." Teddy nipsas sõrmedega ja tema sulane tõmbas Ribby jaoks tooli välja. „Ma loodan, et kõik oli B&B-s rahuldav?“

„Jah, see on imeline, härra... Teddy.“

„Ma ei olnud kindel, mis teile hommikusöögiks meeldib, nii et lasin oma kokal valmistada kõike kahte.“ Ta naksatas jälle sõrmedega ja toidupartii algas.

„Oo, oo!“ ütles ta. Peekoni, vahtrasiirupi, mustikamuffinide ja vorstide lõhnad jõudsid tema ninasõõrmetesse.

Räägi smorgasbordist! Piisavalt toitu, et toita terve armee!

Teenindaja andis oma alluvatele korralduse serveerida kõigepealt härra Anglophone'ile.

Anglophone plaksutas käsi.

Töötajad läksid kohe Ribbyt serveerima.

Anglophone plaksutas jälle käed. „Tibbles, me peame saama Mimosasid!“

Kohe lõikas kelner kaks apelsini pooleks ja pigistas mahla välja. Teine kelner avas pudeli šampanjat. Esimene kelner ühendas need kaks jooki. Ribby jälgis tähelepanelikult, kuidas kelner iga ainet suure täpsusega valas.

Ta ulatas Teddyle täis klaasi testimiseks. Teddy noogutas, et see oli rahuldav. Ta täitis teise klaasi ja ulatas selle Ribbyle. Nad tõstsid toosti meeldivale viibimisele ja söödi toitu.

„Ma loodan, et sa ei pahanda, aga ma maksin su ema hüpoteegi ära."

Ribby ahhetas.

Teddy viipas veel kohvi järele ja see valati. Segades lisas ta: „Ma ostsin ka maja, kus teie korter asub."

Ribby ohkas. Ta pühkis salvrätiga suunurki.

See on ootamatu pööre.

"Loomulikult ei pea sa enam üüri maksma. Säästa raha, kui sa siia ei koli. Reisimine. Vaata maailma!"

Ütle midagi, ükskõik mida.

„Oh, ja ma maksin ka su krediitkaardi ära." Ta jõi oma mimoosat.

"Uh, aitäh. Väga palju. See on väga lahke."

Ribby tundis end pärast Teddy teadaandeid ebamugavalt ja see paistis.

„Ütle mulle, Angela, mis on sinu südamesoov?"

„Minu südamesoov?" Ribby ütles punastades. „Ma ei tea."

"Sa pead teadma, mida sa tahad. Sellist tarka tüdrukut nagu sina. Midagi, mis on alati liiga kaugel sinu haardest, ja ometi ihaldas su süda seda. Mõtle selle peale. Ma küsin sinult õigel ajal uuesti."

Ribby kuulas, kuidas Teddy rääkis oma reisidest ümber maailma.

„Me võiksime siin kauem istuda ja rääkida, aga ma tahan sulle väga kiiresti raamatukogu näidata."

"Oh, jah. Ma ei jõua ära oodata, et seda näha," ütles Ribby. Mimoosa oli talle otse pähe läinud. "Aga ma tahaksin natuke värsket õhku saada. Ma ei ole harjunud nii vara šampanjat jooma. Kas see on liiga kaugel, et kõndida?"

Teddy naeris. „Sellisele noorele kääbusele nagu sina ei ole, aga sa kannad neid sobimatuid kingi." Ta napsas sõrmedega. Naine astus sisse. „Palun tooge mu külalisele sobivad kingad." Naine kummardus, lahkus toast ja tuli hetk hiljem paari jooksukingaga tagasi. "Vahetage need jalga. Ma võtan teie kontsad autoga kaasa." Siis oma teenijale: „Tibbles, joonistage meie külalisele kaart."

"Teel mõtle oma südamesoovile. Pea meeles, ma tahan, et sa annaksid sellele nime."

Õhk oli karge ja puhas. See puhastas tema pead.

Ta on nii lahke ja õrn ja andekas.

Ta ei pruugi olla see või see, kes või mida ta teeskleb. Hoiame end valvel, kuni me teame, mida ta tahab. Pea meeles, et miski ei ole tasuta.

Ribby jätkas kõndimist, tema mõtted olid hõivatud vastuse leidmisega tema küsimusele.

Hoidke teda arvamisel. Ärge paljastage veel meie kaarte.

Ta keeras ümber nurga; nägi limusiini ja siis raamatukogu.

Stephen avas ukse Teddyle, kes astus välja Ribby kingi käes hoides. Ta istus limusiini ja vahetas kingad, jättes korterid auto tagaistmele.

„Siin see on, mu kallis," ütles Teddy. Ukse kohal oli silt: E. P. Anglophone: Eraamatukogu. Sildi all oli tahvel: Pearaamatukoguhoidja: tühi koht.

Ma olen üllatunud, et meie nimi ei ole juba seal üleval. Ta näib olevat üsna kindel.

Käitub.

„Tule," ütles ta.

Suured puukaared tervitasid teda sees. Anglophone võttis ta käest kinni.

Ribby süda hüppas taktis. Raamatukogu oli ümmargune. Ümmargused riiulid. Raamatud, raamatud ja veel rohkem raamatuid, nii kaugele kui silma ulatus. Tuhanded ja tuhanded. Ja redelid, mis olid valmis, et viia sind ülemisele riiulile. Lae kõrgusele, vitraažid umbes kakskümmend jalga kõrgele. Kui ta üles vaatas ja ringi pööras, hakkas tal uimastama.

Teddy juhatas ta tooli juurde, kuhu ta ohkides kukkus. „Rahuldav?"

„Oi, jah!" Ribby ütles, püüdes oma emotsioone ohjeldada. „See on nagu midagi unenäost."

See on tore, Ribby, aga midagi ei tundu olevat õige.

"Ütle mulle nüüd. Mis on sinu südamesoov?"

„See on see!"

Milline väike lollpea!

„Ära muretse," ütles Teddy. "See võib olla ja saab olla sinu. Kui sa..."

Siinkohal peatus Teddy, kui tema juht tõmbas tema tähelepanu. "Äh, ühe hetke palun, Angela. Ole nagu kodus."

Ribby tõusis püsti ja võpatas. Ta ronis ühele redelile, tuli alla ja ronis teisele. Kõik autorid, keda ta oskas mõelda, olid siin. Mõistes, et juht oli tagasi tulnud ja seisis tema all, kohendas ta oma seelikut.

„Oh, sa ehmatasid mind."

Mitte mina! Tule minu juurde.

"Mul on sügavalt kahju, aga härra Anglophone on ära kutsutud. Ta palus mind saata teid tagasi mõisa, kui olete valmis."

„Ma, ma olin..." Ribby ütles, astudes maha, ilma et oleks täit tähelepanu pööranud. Ta astus valesti ja kukkus.

Autojuht, kelle nime ta isegi ei teadnud, püüdis ta kinni.

Ribby punastas erkpunaseks. Nende pilgud ühinesid. Ta pani naise maha ja kõndis minema.

„Tänan teid."

Ta ei vastanud.

Ta arvab, et tegin seda meelega. Et ma meeldin talle.

Angela ohkas.

Ta järgnes talle uksest sisse ja parklasse ning otsustas siis, et ei võta autot.

„Ma eelistan kõndida," ütles ta.

„Oled sa kindel?" Ta heitis pilgu tema kingadele.

Naine tõstis lõua ja hakkas vastamata kõndima.

„Nagu proua soovib."

Oleks pidanud temalt jooksikuid küsima.

Ma tean! Ma tean!

Tagasi majas valutavate ja villidega jalgadega, märkas Ribby ees istuvat juhti.

Ta kallutas mütsi tema suunas, kattis siis silmad ja läks tagasi magama.

Jumal, ta on nii armas.

Ha! Teddy vallandaks ta, kui ma mainiksin, et ta ei anna mulle oma teisi kingi.

Ära julge!

Ribby võttis lõpuks kingad jalast ja kõndis ülejäänud tee oma sukkades.

Pilk, mille Tibbles talle heitis, kui ta kingad käes majja sisenes, oli kusagil irvitamise ja irvitamise vahel.

Kurat temaga!

„Vabandage, miss," ütles Tibbles. "Härra Anglophone on kinni peetud. Ta soovib, et te naaseksite B&B-sse. Ma soovitan autojuhil teid viia."

Noh, ma ei saa ju kogu teed sinna jalgsi minna.

Ei, neelake oma uhkus alla ja istuge autosse.

Terve tee proua Pomfrere'i juurde valitses piinlik vaikus, mida kumbki sõitja ei tahtnud murda.

Sa käitud nagu rikutud krati!

Mind ei huvita.

Auto kihutas minema ja Ribby vappus sisse.

# KAPITEL 27

R ibby lõi ukse enda järel kinni, kui ta oma sviiti tagasi pöördus. Ta viskas oma kingad üle toa, siis heitis end voodile, summutades oma nuttu padja sisse.

Ta on oi kui unistav!

Ta teadis, et mul on kingi vaja, ja ometi ei andnud ta neid mulle.

Sa ei küsinud neid.

Ometi töötab ta Teddyle. Ma olen Teddy külaline. Ta peaks püüdma mind õnnelikuks teha.

Sa reageerid üle. Pese oma nägu, siis läheb sul paremaks ja unustad selle.

Probleem on selles, et ma ei saa. Ma tunnen end nagu loll. Mina kukkun tema kätesse nagu, nagu Jane Eyre.

Keda see huvitab? Kui ta nii arvas, siis oli ta ilmselt meelitatud. Segue. Raamatukogu.

See on ilus, see on kõik. Aga miks tahab Teddy, et mina, kvalifitseerimata inimene, juhiks tema raamatukogu?

Näed, seepärast ma ütlesin, et sa ei peaks kõiki oma kaarte lauale panema. Nüüd ta teab, et see koht on sinu südamesoov. Ta mängib haldjakummi ja ta on meid tissidest kinni hoidnud.

Mu süda ütleb, et ta on tasemel. Et tal ei ole tagamõtteid. Aga mu pea, oh mu pea.

Ribby haaras oma käekotist ja tõmbas välja sigaretipaki. Ta libistas ühe huulte vahele. Isegi ilma seda süütamata rahustas teda lõhn. Hoides seda huulte vastu, vajus ta unne.

„Me peame rääkima," sosistas Teddy läbi ukse.

Ribby istus püsti, sigaret ikka veel huultel rippumas. Ta pani selle tagasi pakki. Läbi suletud ukse kõneledes ütles ta: „Vabandust, ma vist uinusin."

"Ole valmis. Ma pean sind nüüd koju viima. Pakkige oma asjad kokku ja ma kohtun teiega allkorrusel autos."

Ta kuulas, kuidas mees minema läks, siis vajus põrandale ja võitles nohu tagasi.

Anglofon annab ja anglofon võtab.

Aga miks? Mida ma tegin? Kas see on Stepheni pärast? Ära ole naeruväärne.

Pole tähtis. See kõik on parimaks. Vahetage oma riided välja. Kõndige siit välja, pea püsti.

Aga raamatukogu. Minu südamesoov. Nüüd, kui ma talle ütlesin, ei taha ta mind ikkagi.

Ribby riietus ümber riietesse, milles ta oli saabunud.

See on tema kaotus, Rib. Pea meeles, pea püsti. Pealegi on kõik, mida me nüüd teenime, meie oma. Ei üüri, ei hüpoteeki, ei krediitkaarti. Me oleme põhimõtteliselt võlgadeta! Kujutage ette, kui palju rõõmu me saame tunda!

Väljudes andis ta proua Pomfrere'ile suudluse põsele.

"Me ei jäta kunagi oma külalistele hüvasti. Loodame teid veel näha."

„Tänan teid.“

Autojuht seisis ukse kõrval, oodates Ribbyt. Kui ta oli autos sees, kinnitas ta turvavöö. Ta pööras pea ja vaatas aknast välja, võttes kõike, mida ta enam kunagi ei näe, ja varjates oma pettumust.

"Angela, see on rangelt äriline. Sellel pole sinuga ega meie kokkuleppega midagi pistmist."

„Sa tahad mind ikka veel?“ Ribby küsis väriseva häälega ja tema süda oli hüppamas rinnast välja.

„Muidugi, ma tahan, et sa oleksid minu uus raamatukoguhoidja,“ ütles ta ja silitas käega tema reite.

Pervo. Ta mängib sinuga. Löö ta käsi ära.

Ribby punastas. See oli õnnetus. See polnud midagi.

Vana pervo põske. Ma ju ütlesin sulle. Andke talle tolli...

"Juht, palun tõmmake tõkkepuu üles. Daam ja mina tahaksime veidi privaatsust."

Ribby vaatas üles, püüdis juhi pilgu tahavaatepeeglist. Ristis käed enda ümber.

Inglismaa avas veepudeli ja ulatas selle Ribbyle, nõudes, et too võtaks käed ristist lahti. Ta võttis selle ja jõi lonksu.

"Ribby, ma mõtlen Angela, kui raamatukogu on sinu südameasi, siis on see sinu. See, mis mul on, on sinu."

Ta istus püsti, kuulates, kuid Anglophone vaikis. Ta võttis veel paar lonksu vett, oodates.

Kas ta ootab, et ma midagi ütleksin?

Ta mängib mängu. Hoia štummi. Me paneme oma kaardid lauale, las ta teeb sama. Vahepeal hoia end rahulikuna. Nautige vaadet.

Kindlasti on siin ilus, aga mu süda tuksub.

Rahustage ennast. Hingake paar korda sügavalt sisse. Sisse. Välja. Sisse. Välja.

Tema hingamisharjutused katkesid.

„Mida sa annad mulle vastutasuks oma südamesoovi eest?"

Siit läheb. Las ma saan sellega hakkama.

"Mul, mul ei ole sulle midagi anda, Teddy. Ainult iseennast."

Tõsiselt Rib, palun ole kuratlikult vait!

"Ainult ennast? Sa ei tunne end väärtuslikuna?"

Ribby püüdis rääkida, kuid sõnad jäid tal kurgus kinni.

Ta tahab rohkem Rib; ta tahab seksi.

Ribby punastas peedipunaseks.

„Oi, oi, oi," ütles Teddy, patsutades tema käeselga. "Sa näed väga murelik välja, ja ma ei tahtnud sind muretseda. Ma olen vana mees. Ma olen elanud ilma armastuseta, ilma puudutuseta, kohutavalt kaua aega. Ma ei saanud kunagi oodata, et sa armastaksid kedagi nagu mina. Isegi kui see oleks sinu südameasi."

„Mina," ütles Ribby.

"Shhh, lase mul lõpetada. Ma soovin, et sa oleksid minu elus. Seltskonnaks. Sõpruseks. Kui sa võiksid minusse armuda, kui sa suudaksid mind armastada, see oleks minu südamesoov. Võib-olla täidad sa selle ühel päeval."

Vau, see oli kõverpall. Tagurpidi psühholoogia? Olge ettevaatlik.

Autos valitses nüüd vaikus ja kaks äärmiselt ebamugavat reisijat. Ribby võttis veel paar lonksu vett ja Anglophone kontrollis oma telefoni.

„Kas sa minuga abielluksid?" pomises ta.

OMG, see teine kõverpall oli nii kaugel, et ma olen sõnatu, Rib.

Mina ka, ma mõtlen, mida ma peaksin ütlema. Ma tahan raamatukogu, aga ma ei armasta teda.

Me oleme noored ja elujõulised. Ta on noh, nii kaugel üle mäe, et ta on peaaegu teisel pool allapoole. Oota, nüüd...

Oh ei, sa ei mõtle seda, mida ma arvan, et sa mõtled?

Vahendid. Ta tahab, et sa oleksid tema sõber, et sa juhiksid tema raamatukogu. Ta ei küsi seksi, vaid seltskonda ja armastust. Õige? Niisiis, kui sa täidad tema südamesoovi ja ta täidab sinu oma, siis, kus on kahju?

Milleks siis abieluettepanek? Isegi mina tean, et see ei oleks seaduslik abielu, kui seda ei täideta. Lihtsalt mõte minust ja temast...

Ma tean, ma tean.

✳✳✳

Ribby lõi ukse enda järel kinni, kui ta oma sviiti tagasi pöördus. Ta viskas oma kingad üle toa, siis heitis end voodile, summutades oma nuttu padja sisse.

Ta on oi kui unistav!

Ta teadis, et mul on kingi vaja, ja ometi ei andnud ta neid mulle.

Sa ei küsinud neid.

Ometi töötab ta Teddyle. Ma olen Teddy külaline. Ta peaks püüdma mind õnnelikuks teha.

Sa reageerid üle. Pese oma nägu, siis läheb sul paremaks ja unustad selle.

Probleem on selles, et ma ei saa. Ma tunnen end nagu loll. Mina kukkun tema kätesse nagu, nagu Jane Eyre.

Keda see huvitab? Kui ta nii arvas, siis oli ta ilmselt meelitatud. Segue. Raamatukogu.

See on ilus, see on kõik. Aga miks tahab Teddy, et mina, kvalifitseerimata inimene, juhiks tema raamatukogu?

Näed, seepärast ma ütlesin, et sa ei peaks kõiki oma kaarte lauale panema. Nüüd ta teab, et see koht on sinu südamesoov. Ta mängib haldjakummi ja ta on meid tissidest kinni hoidnud.

Mu süda ütleb, et ta on tasemel. Et tal ei ole tagamõtteid. Aga mu pea, oh mu pea.

Ribby haaras oma käekotist ja tõmbas välja sigaretipaki. Ta libistas ühe huulte vahele. Isegi ilma seda süütamata rahustas teda lõhn. Hoides seda huulte vastu, vajus ta unne.

„Me peame rääkima," sosistas Teddy läbi ukse.

Ribby istus püsti, sigaret ikka veel huultel rippumas. Ta pani selle tagasi pakki. Läbi suletud ukse kõneledes ütles ta: „Vabandust, ma vist uinusin."

"Ole valmis. Ma pean sind nüüd koju viima. Pakkige oma asjad kokku ja ma kohtun teiega allkorrusel autos."

Ta kuulas, kuidas mees minema läks, siis vajus põrandale ja võitles nohu tagasi.

Anglofon annab ja anglofon võtab.

Aga miks? Mida ma tegin? Kas see on Stepheni pärast? Ära ole naeruväärne.

Pole tähtis. See kõik on parimaks. Vahetage oma riided välja. Kõndige siit välja, pea püsti.

Aga raamatukogu. Minu südamesoov. Nüüd, kui ma talle ütlesin, ei taha ta mind ikkagi.

Ribby riietus ümber riietesse, milles ta oli saabunud.

See on tema kaotus, Rib. Pea meeles, pea püsti. Pealegi on kõik, mida me nüüd teenime, meie oma. Ei üüri, ei hüpoteeki, ei krediitkaarti. Me oleme põhimõtteliselt võlgadeta! Kujutage ette, kui palju rõõmu me saame tunda!

Väljudes andis ta proua Pomfrere'ile suudluse põsele.

"Me ei jäta kunagi oma külalistele hüvasti. Loodame teid veel näha."

„Tänan teid."

Autojuht seisis ukse kõrval, oodates Ribbyt. Kui ta oli autos sees, kinnitas ta turvavöö. Ta pööras pea ja vaatas aknast välja, võttes kõike, mida ta enam kunagi ei näe, ja varjates oma pettumust.

"Angela, see on rangelt äriline. Sellel pole sinuga ega meie kokkuleppega midagi pistmist."

„Sa tahad mind ikka veel?" Ribby küsis väriseva häälega ja tema süda oli hüppamas rinnast välja.

„Muidugi, ma tahan, et sa oleksid minu uus raamatukoguhoidja," ütles ta ja silitas käega tema reite.

Pervo. Ta mängib sinuga. Löö ta käsi ära.

Ribby punastas. See oli õnnetus. See polnud midagi.

Vana pervo põske. Ma ju ütlesin sulle. Andke talle tolli...

"Juht, palun tõmmake tõkkepuu üles. Daam ja mina tahaksime veidi privaatsust."

Ribby vaatas üles, püüdis juhi pilgu tahavaatepeeglist. Ristis käed enda ümber.

Inglismaa avas veepudeli ja ulatas selle Ribbyle, nõudes, et too võtaks käed ristist lahti. Ta võttis selle ja jõi lonksu.

"Ribby, ma mõtlen Angela, kui raamatukogu on sinu südameasi, siis on see sinu. See, mis mul on, on sinu."

Ta istus püsti, kuulates, kuid Anglophone vaikis. Ta võttis veel paar lonksu vett, oodates.

Kas ta ootab, et ma midagi ütleksin?

Ta mängib mängu. Hoia štummi. Me paneme oma kaardid lauale, las ta teeb sama. Vahepeal hoia end rahulikuna. Nautige vaadet.

Kindlasti on siin ilus, aga mu süda tuksub.

Rahustage ennast. Hingake paar korda sügavalt sisse. Sisse. Välja. Sisse. Välja.

Tema hingamisharjutused katkesid.

„Mida sa annad mulle vastutasuks oma südamesoovi eest?"

Siit läheb. Las ma saan sellega hakkama.

"Mul, mul ei ole sulle midagi anda, Teddy. Ainult iseennast."

Tõsiselt Rib, palun ole kuratlikult vait!

"Ainult ennast? Sa ei tunne end väärtuslikuna?"

Ribby püüdis rääkida, kuid sõnad jäid tal kurgus kinni.

Ta tahab rohkem Rib; ta tahab seksi.

Ribby punastas peedipunaseks.

„Oi, oi, oi," ütles Teddy, patsutades tema käeselga. "Sa näed väga murelik välja, ja ma ei tahtnud sind muretseda. Ma olen vana mees. Ma olen elanud ilma armastuseta, ilma puudutuseta, kohutavalt kaua aega. Ma ei saanud kunagi oodata, et sa armastaksid kedagi nagu mina. Isegi kui see oleks sinu südameasi."

„Mina," ütles Ribby.

"Shhh, lase mul lõpetada. Ma soovin, et sa oleksid minu elus. Seltskonnaks. Sõprus. Kui sa minusse armuksid⊠ kui sa suudaksid mind armastada, oleks see minu südamesoov. Võib-olla täidad sa selle ühel päeval."

Vau, see oli kõverpall. Tagurpidi psühholoogia? Olge ettevaatlik.

Autos valitses nüüd vaikus ja kaks äärmiselt ebamugavat reisijat. Ribby võttis veel paar lonksu vett ja Anglophone kontrollis oma telefoni.

„Kas sa minuga abielluksid?" pomises ta.

OMG, see teine kõverpall oli nii kaugel, et ma olen sõnatu, Rib.

Mina ka, ma mõtlen, mida ma peaksin ütlema. Ma tahan raamatukogu, aga ma ei armasta teda.

Me oleme noored ja elujõulised. Ta on noh, nii kaugel üle mäe, et ta on peaaegu teisel pool allapoole. Oota, nüüd...

Oh ei, sa ei mõtle seda, mida ma arvan, et sa mõtled?

Vahendid. Ta tahab, et sa oleksid tema sõber, et sa juhiksid tema raamatukogu. Ta ei küsi seksi, vaid seltskonda ja armastust. Õige? Niisiis, kui sa täidad tema südamesoovi ja ta täidab sinu oma, siis, kus on kahju?

Milleks siis abieluettepanek? Isegi mina tean, et see ei oleks seaduslik abielu, kui seda ei täideta. Lihtsalt mõte minust ja temast...

Ma tean, ma tean.

***

Tagaistme pimeduses surus Ribby rusikaid kokku ja lahti. Kiire liikumine, avamine ja sulgemine viisid ta otsusele. „Teddy, ma olen kindel, et me saame sobiva kokkuleppe."

Teddy heitis käed ümber tema käte, naeratades. „Oh, aitäh, et sa teed mind maailma kõige õnnelikumaks vanameheks."

Hästi tehtud, Rib! Bravo! Töötage koos temaga. Töötage välja. Pea meeles, et me oleme siin kontrolli all.

Ribby hääl värises, kuid ta suutis kergelt naeratada, kui ta mehe embusest välja murdis. „Sa pead mulle paar päeva aega andma, et lahtised otsad kinni panna."

"Ma võin sind oodata, Angela, aga palun ära pane mind liiga kaua ootama. Sinu jaoks olen ma juba terve elu oodanud," ütles Teddy, kui ta suudles naise kätt.

Oi, ta on vaimustunud!

Nad vahetasid suudlusi põsele.

Autojuht avas Ribby ukse ja hoidis seda kinni, kui naine kõnniteele astus.

„Ma helistan sulle kahekümne nelja tunni pärast," ütles Teddy.

Ribby noogutas. Tema taga verandal hüüdis Martha: "Kas see oled sina, Ribby? Oh, tere Teddy." Ta lehvitas.

Teddy lehvitas tagasi, kui autojuht ukse kinni pani ja naasis auto ette. Nad lahkusid.

„Jah, ema, see olen mina."

"Sa oled varem tagasi, kui ma arvasin. Tule sisse ja räägi mulle kõik ära."

Ribby komistas verandatrepil üles.

# KAPITEL 28

R ibby tervitas Scampit, patsutades talle vastu pead, ja kolmik läks kööki.

"Ribby, istu maha. Mul on sulle miljon küsimust. Kuidas läks?" Martha lobises, ei lasknud Ribby'l sõna sekka öelda. „Tassike, jah, ma teen sulle tassi kohvi ja siis... Oi, sa näed tõesti kurnatud välja."

"Ma, jah, ma olen väsinud. See on pikk sõit. Härra Inglismaa, Teddy, on huvitav."

"Ma mõtlesin, et te kahekesi sobite omavahel. Kas ta esitas küsimuse?"

Ta teadis, et ta kavatseb küsimuse esitada? Ta teadis? Mida?

„Sa teadsid, et ta kavatseb seda teha?"

Kas see on osa mingist üldplaanist? Oh nüüd, see on sügavalt häiriv.

„Ta armastab raamatukogu ja ta ei laseks seda juhatada ükskõik kellel."

Ha, ha, oh, ta mõtleb raamatukogu. Minu BAD.

"Muidugi mitte. Ta on väga helde, et pakub mulle seda võimalust."

„Härra Inglismaa oli veendunud - enne, kui ta sind üldse kohtas -, et sa oled see õige."

Mida see peaks tähendama? Kas me oleme tagasi Master Plani kontseptsiooni juures?

Ribby hoidis oma raevu tagasi. „Sa teadsid?"

Kallis emme laskus jälle madalamale kui madalale.

"Rib, ära nüüd oma püksirihmaga pahandada. Ta mõtles head. Ta tahtis olla kindel. Kogu selle raha juures peab ta olema uskumatult ettevaatlik."

Ribby istus vaikselt, segades oma tassi kohvi.

Martha tõusis ja tegeles korrastamisega. Ta heitis Ribbyle pilgu. „Sa oled kurnatud, kas soovid, et ma sulle vanni laseksin?"

Sulle vanni lasta? Okei, võta mask maha. Kes see naine on?

„See oleks tore."

Hiljem, vannis, jäi Ribby magama ja nägi unenägu.

Ta hõljus, täiesti alasti, roosa mulli sees Anglophone'i raamatukogus.

Anglophone tuli nähtavale. Ta tormas ringi, punase näoga ja rusikatesse surutud rusikatega, samal ajal kui tema autojuht teda varjutas.

Anglophone ütles: "Ma tahan, et need uued raamatud asendaksid kohe vanad raamatud. Pange need silmade kõrgusele, et mu tüdruk neid üles leiaks."

„See ei kuulu minu tööülesannetesse," vastas autojuht ja pööras siis selja.

Anglophone haaras tal käest kinni, tõmbas ta maha ja lõi talle põske. Ehkki laks oli kõva, oli juht selleks valmis ja ta isegi ei võpatanud.

„Sinu töö on see, mida ma sulle ütlen, poiss!"

"Härra Anglophone, ma teen loomulikult seda, mida te tahate, et ma teeksin, tema ja ainult tema pärast. Ma olen teie käsutuses, nagu te tahate," ütles autojuht.

Anglophone lasi tema käest lahti. Juht sirutas selga.

Milline haare on Anglophone'il tema üle?

See on unenägu. Me unistame. Ärka üles, Ribby! Ärka üles!

Shhh, see on huvitav. Püüa suurendada raamatuid, mida ta tahab, et me näeksime.

Ma püüan, aga... kurat.

"Ma olen sinuga helde, Stephen, ja tema suhtes helde. Ma ei nõua sinult palju. Ma olen vana mees. Ma olen sinu tööandja. Ärge olge edaspidi häbematu."

„Ma palun vabandust," ütles Stephen, kummardades kogu aeg mütsiga käes. "Ma võin teile kinnitada, et seda ei juhtu enam. Ma eeldan, et see võtab mul suurema osa päevast."

"Hea küll. Siis hakake raamatuid uuesti täitma. Teavitage Tibblesi, kui olete ülesandega valmis."

„Mida ma peaksin vanade raamatutega tegema?" Stephen küsis.

"Seal taga on tühjad kastid. Hoidke need esialgu alles," ütles Teddy. "Need ei tähenda midagi. Me võime neid tulevikus ära anda. Praegu pange need kõrvale."

Teddy väljus.

Stephen jätkas tööd. Ta heitis pilgu üle õla, kus Ribby istus alasti oma kujuteldavas mullas.

„Stephen," sosistas ta.

See on üks imelik unenägu.

Teddy on tõesti kõva.

Jah, ta ootab täiuslikkust.

Mida ta siis minuga teeb?

„Ärka üles, Ribby!"

Ribby mull lõhkes, kui Martha tuppa tuli.

„Ma olen juba ammu koputanud."

„Vabandust, ema, ma jäin magama."

"Hea. See tähendab, et sa lõõgastud. Siin on midagi lonksu."

Ribby peitis suurema osa endast mullide alla.

„Ei ole nii, et ma poleks seda kõike varem näinud, tütar." Martha naeris.

Ribby võpatas, siis sirutas käe šampanjaklaasi järele. Martha istus vanni servale.

„Sulle," ütles Martha, kui nad klaase klõpsasid.

See on kuidagi imelik. See naine ei saa olla su ema. Ta voolib sind, nagu teaks ta, et vanamees tegi küsimuse ja kavatseb teiega kahekesi kokku kolida.

Seebiveed tilkusid Ribby käest alla ja klaasi varre. „Ema, kuidas sa kohtusid härra Inglismaaga?"

„Ma juba ütlesin sulle seda, eks ole?"

"Ma ei usu. Kui sa seda tegid, siis ma ei mäleta."

„Noh, me olime õhtusöögil ja Anglophone tuli sisse," meenutas Martha. "Ta oli väga räige ja nõudlik personaliga ja tundus olevat mingi tähtsus. Olime uudishimulikud, kes võis sellist stseeni põhjustada. Kui ma teda esimest korda nägin, tundus ta mulle tuttav. Me arvasime, et ta on mingi poliitikategelane või olime teda televisioonis näinud. Ta näis olevat ärritunud ja solvas oma limusiinijuhti, kes tema järel oli. Kõik vahtisid teda."

„Kas ta märkas?" Ribby küsis. „Ma mõtlen, et kõik restoranis vahtisid?"

"Ta ei pööranud alguses üldse tähelepanu teistele külastajatele. Kui ta mõistis, et tekitab stseeni, vabandas ta meie, mitte oma töötaja ees. Siis ostis ta kõigile šampanjat."

Ta kõlab nagu kiusaja.

Nõus. „Ja see oligi kõik?" Ribby ütles.

"Ei, ei, mu tüdruk. Pärast seda palusime tal meiega ühineda ja ta nõustus. Ta ravitses, ja me sõime ja sõime. See oli imeline õhtu. Ta kutsus meid proua Pomfrere külaliseks. Sellepärast me pikendasime oma puhkust, sest see ei maksnud meile midagi."

„Aga kuidas ma siis sellesse vestlusse sattusin?"

# KAPITEL 29

P ärast kiiret hommikut, sest ta oli magamata jäänud, jõudis Ribby tööle ja suundus hoonesse.

Kohe ilmus plakat, millel oli kirjas: „ÕNNITUS RIBBY!" pälvis tema tähelepanu.

Ro-ro. Paistab, et keegi lasi kassi kotist välja.

Kes? Ma? Ma... ma.....

Hüüete ja aplausi laviin.

Oh ei, ma pean siit minema!

Ei, sa ei pea. Selleks on liiga hilja. Nad näevad sind. Naerata!

Ribby naeratas, kui tema töökaaslased ümberringi kogunesid.

„Hästi tubli Ribby!"

„Me teadsime, et sa suudad seda teha!"

"Me oleme sinu üle tohutult uhked! Pearaamatukoguhoidja! Vau!"

Teadetetahvlil oli järgmine märkus:

"Palju õnne meie oma Ribby Balustraadile!

E. P. Inglismaa eraraamatukogu pearaamatukoguhoidja.

Allkiri, proua P. Wilkinson, pearaamatukoguhoidja."

Ribby hõõrus uskumatult silmi. Neid uuesti avades muheles ta hinge all. Kuidas võis ta minna ja seda teatada, ilma et oleks teda kõigepealt küsinud? Ta surus rusikad kokku, kui põskedele tõusis kuumus. Ta ei kontrollinud enam oma elu, oma saatust. Ta läks leti taha ja langetas pea lauale.

Võta end kokku, Rib. Sa rikud nende rõõmu. Nad on sinu üle nii uhked ja see on sinu viimane päev siin. Võta see rahulikult. Hoia pea kõrgel.

Aga ta lubas! Ta ütles, et ma võin võtta aega. Nüüd on see minu viimane päev. MINU VIIMANE PÄEV!

Mis tehtud, see tehtud. Sa võid talle sellest hiljem ära rääkida. Praegu naudi seda hetke. Olge inspiratsiooniks.

Proua Wilkinson kõndis laua juurde. "Kõigepealt tahan teid tänada, et te mind haiglas olles kaitsesite. Teiseks, ma olen sinu üle nii uhke, Ribby! Kui härra Anglophone mulle helistas, ma mõtlen Theodore Anglophone' i , tundsin ma sinu üle nii uhkust. Ma nutsin. Ma tõesti nutsin. Sa oled mulle alati olnud nagu tütar."

„Tänan teid, proua Wilkinson."

"Ma mõtlen, selline võimas mees. Et ta valis teid teie vanuses pearaamatukoguhoidjaks. Sa jõuad kaugele."

„Te olete härra Anglofonist varem kuulnud?"

"Ma ei tunne teda isiklikult, aga ma tean temast. Pealegi oli tema raamatukogu arhitektuur mitmes ajakirjas. Nagu ka tema kodu."

„Jah, raamatukogu on üsna ilus, nagu ka tema kodu, aga ajakirjadest ma ei teadnud."

"Meil on teie auks lõunasöök. Täielik toitlustamine, tänu härra Anglophone'ile, kes nõudis kõigi kulude katmist."

„Oh, tõesti?" Ribby ütles.

See kaval vana kerjus.

„Seniks," jätkas ta, „nautige oma viimast päeva."

„Tänan teid, proua Wilkinson."

Ribby heitis pilgu oma kolleegide suunas, kes olid naasnud oma ülesannete juurde. Uudishimulikuna logis ta arvutisse ja googeldas Theodore Anglophone'i.

Kõige rohkem otsitud objektiks oli kohaliku ajalehe artikkel. Pealkiri oli järgmine: „Kahtlane surm kohalikus raamatukogus".

Mis?

Ribby luges edasi.

Pearaamatukoguhoidja suri?

Sellepärast ta sulgeski selle. Kõlab, nagu oleks naine hull olnud.

Oh, Teddy leidis tema laiba. See pidi olema talle kohutav.

Ei, vaadake siia. Siin on kirjas, et ta kutsus politsei, kuid reporterid jõudsid kohale enne.

Reporterid saabuvad alati esimesena. Oh, neil on fotod naisest. Ta näeb hullumeelne välja. Kus on tema riided? Ja ta näeb välja, nagu sülitaks ta ajakirjanike peale.

Paljud tahaksid reporterite peale sülitada.

Nõus, aga vaadake tema silmi. Ta näeb välja meeleheitel. Hirmulisena.

Hüsteeriline. See ütleb, et Teddy sulges pärast seda raamatukogu, vandus, et ei ava seda enam kunagi.

Kuni praeguseni. Mul on vaja siit värsket õhku võtta, enne kui see lõunasöök algab. Ta pöördus proua Wilkinsoni poole ja küsis luba minna.

„Noh, ma ei saa teid nüüd vaevalt vallandada, eks ole?“ Proua Wilkinson möirgas. „See on ju teie viimane päev!“

„Jah, oh tõsi,“ ütles Ribby. Veel rohkem heasoovijaid juubeldas, kui ta mööda kõndis. Väljas olles tõmbas ta kotist sigareti ja süütas selle.

Võib-olla olime veidi kiirustanud.

Natuke!

$$*\,*\,*$$

Ribby naasis raamatukokku õigel ajal lõunasöögi ajaks. Buffees oli rohkem kui piisavalt toitu kõigile. Kõik söödi, segunesid ja vestlesid.

Proua Wilkinson hakkas laulma: „Sest ta on rõõmsameelne". Ribby põsed läksid kuumaks. Proua Wilkinson pidas lühikese kõne ja andis siis Ribbyle kingituse.

"Avage see! Avage see!" laulsid tema kolleegid.

Ta rebis paki lahti. See oli mobiiltelefon.

„Me lisasime juba kõik oma kontaktandmed, et me saaksime ühendust hoida," ütles proua Wilkinson.

Justkui me tahaksime selle seltskonnaga ühendust hoida!

„Tänan teid väga," ütles Ribby.

"Kõne! Kõne!" hüüdsid nad.

Ribby ei olnud harjunud avalikult rääkima ja muheles paar seosetut lauset.

Ma hakkan vingerdama.

Ta ütles, et ta igatseb neid kõiki.

Sa tegid seda, Rib. Ja nüüd lööme siit minema.

Nad aplodeerisid. Proua Wilkinson tõmbas kõigi tähelepanu, puhastades kurku. "Ma annan Ribbyle ülejäänud päeva vabaks! Tänan sind, Ribby, aastatepikkuse silmapaistva teenistuse eest Toronto raamatukogus. Palun hoia ühendust."

Töötajad moodustasid rongkäigu.

Nagu pulmad.

Või nagu matused.

Väljas ootas kõnnitee ääres limusiin.

Ribby surus rusikad kokku.

Hoo, hinga sügavalt sisse.

Juht väljus.

Stephen.

Ta kallutas mütsi ja asus siis tagaukse avama. Sees ootas Teddy tohutu irvitus näol. Ta patsutas istmele, julgustades Ribbyt sisenema.

Istu sisse ja jahuta end kõigepealt, enne kui midagi ütled.

Õige. Ta lõi rusikad lahti. Istus maha ja kinnitas turvavöö. Ta hingas sügavalt sisse. „Tere, Teddy."

„Sulge uks, Stephen!" Teddy haugatas.

Stephen. Tema nimi on tõesti Stephen.

Kuidagi Videvikutsooni-laadne, kas pole?

„Edasi," käskis Anglophone. Tõkkepuu tõusis ja juht sõitis edasi.

„Ma loodan, et sul on olnud meeldiv päev, Angela."

„On olnud üsna kummaline," ütles Ribby. „See oli ju minu viimane päev." Ta hingas sügavalt sisse. "Ma ei teadnud, et te kavatsete proua Wilkinsonile meie kokkuleppest teatada. Ma tahtsin ise tagasi astuda. See oli minu jaoks oluline asi." Tema pôsed punastasid ja hääl värises, kui ta püüdis säilitada enesevalitsust.

„Miks peaksite te tegema seda, mida mina võin teie heaks teha?" Teddy sosistas. Ta asetas käe tema jalale.

Seekord polnud kahtlust tema kavatsustes. Ta jättis selle sinna. Ta ei võtnud seda ära.

"Ma tean, et need inimesed raamatukogus ei ole alati olnud sinu vastu head. Ma tean, et nad on sind ära kasutanud ja ei ole sind hinnanud. Ma tahan, et sa jätaksid nad maha. Ma tahan, et nad teaksid, et sa oled parem kui nemad. Sina võidad ja nemad kaotavad."

Mida? Me teadsime, et ta jälgib meid, aga see on... äärmuslik...

Tõsi. Huvitav, mida ta veel teab?

Ribby hingas sügavalt sisse.

"Ma tean sinust palju, palju asju. Maailmast," tunnistas Teddy. "Nohikutest lollpead on kümneid. Nad ei kõlba su saapaid lakkuma. Kui keegi on sulle haiget teinud, siis näita neid mulle ja ma tegelen nendega."

Ja palgamõrvar! Rib, see läheb täiesti hullumeelsesse suunda.

Ribby oli oma küüned ukse käepidemesse kaevanud. Ta lasi selle lahti. "Ei, ei, sellist inimest ei ole. Ma elan üsna lihtsat elu. Ma töötan, käin haiglas, tulen koju ja mul ei ole üldse erilist seltskondlikku elu."

Hoidke end rahulikult. Säilitage rahu.

„Sa pead." Ta tõstis käe lahtise peopesaga üles, nagu kavatseks ta anda talle viiki. Naine jälgis, kuidas ta käsi tõusis ja kuidas ta selle jälle oma küljele langetas. „Kui me oleme koos, kummardab maailm sinu ees ja kõik armastavad sind ja soovivad sulle meeldida."

Kuninganna või printsessi kirjeldus.

Ta vaatas Ribbyle silma. Tema kõht vappus. Ta suudles teda.

Ah jess, Rib... wtf?

„Vabandan," ütles Ribby, vastikustunult tema tegudest. See on sinu süü. Ma nägin end kuninganna või printsessina.

Mina ka, aga me olime elevandiluutorni lukustatud.

„See oli armas žest," ütles Teddy."Ja veelgi parem, sest sul oli impulss seda ise teha ja sa järgisid seda.Jah, ma näen, et me saame koos õnnelikuks. Tule nüüd minuga tagasi. Tule meie koju. Alustame täna oma ühist elu."

"Oota, Teddy, oota. Ma pean veel mõned asjad korda tegema."

"Sööme täna õhtul koos õhtusööki. Tähistame!"

"Ma olen kurnatud, Teddy, ja ma tahan veeta aega haigla lastega. Mul on vaja hüvasti jätta ja mõned lahtised asjad ära teha."

Teddy vaatas hetkeks kõrvale, kui ta peatus.

Ta teab.

Võib-olla, aga ma suudlesin teda.

Jah, kindlasti. Miks?

Ma ausalt öeldes ei tea.

Veider.

"Jah, ma näen, et see on midagi, mida sa pead tegema. Aga mind tõmbab sinu poole. Ma tahan sinu lähedal olla. Ma tahan, et me oleksime koos. Lase mul sind koju viia, Angela," palus Teddy.

„Tegelikult ma hindan pakkumist, aga ma eelistan bussi sõita."

Ta puudutas mehe käeselga.

„Kuhu sa soovid, et me sind maha jätaksime?"

„Siin, siinsamas on hea."

Stephen peatas auto. Enne kui ta jõudis välja astuda ja ukse avada, avas Ribby selle ja astus välja.

„Kuni me taas kohtumiseni," ütles Teddy, puhus tema suunas suudluse ja ei katkestanud silmsidet.

Ribby avastas, et püüab selle kinni ja paneb sõrmed enda huultele.

Blech, Rib. Sa lähed liiga kaugele.

Nagu oleksin ma riivatud või midagi sellist.

See oli Oscari-võitja esitus. Ma mõtlen, et ma olen mõned asjad öelnud ja mõned asjad teinud, aga sina, Ribby, sa võtad tordi.

Pure mind!

# KAPITEL 30

R ibby jõudis koju tagasi ja kuulis, kuidas tema ema nuttis.

„Mis on viga, ema?"

"See on sinu tädi Tizzy. Ta on surnud."

„Ma ei usu seda."

Hea näitlemine, Ribby.

"Jah, ma ei suutnud seda ka ise uskuda, aga nad leidsid tema laiba. Ta oli Attics-R-Us'i kaubikus koos ühe mu peoaga."

„Oh."

„Ta oli kummaline mees," ütles Martha.

Sa võid seda veel kord öelda.

"See on kohutav. Vaene tädi Tizzy."

"Ma tulin just tema laiba tuvastamiselt tagasi. Nad helistavad praegu tema abikaasale ja tütrele. Nad ei peaks teda nägema, mitte kui nad sellest välja saavad. Nad peaksid teda mäletama, kuidas ta oli. Mitte nii, nagu mina teda nägin. Täiesti paisunud ja...." Ta läks baari juurde ja valas endale jigi viskit puhtalt. Ta jõi selle alla.

„Kuidas, kuidas see juhtus?"

Ribby, see on järjekordne Oscari-võitja. Tasa ja targu. Hoidke oma hääl ühtlaselt.

"Nad arvavad, et ta sõitis oma furgooniga kaljult alla pärast seda, kui ta oli teda löönud, sest tal oli seljas torkehaav. Kohtuekspertiisi meeskond kutsus mind sisse, nad ütlesid, et ta vägistati."

"Vägistati? Oh, jumala, kui kohutav."

"Oodake korraks. Mäletate seda nuga, mille ma ükspäev leidsin? Kus see nuga on? See võib olla mõrvarelv. Mida me sellega tegime?" Ta raputas Ribbyt. Siis peatus ta ja muutus kahvatumaks kui kahvatuks. „Ja härra Anglophone…oh, see skandaal võib teile kõik ära rikkuda!"

„Mis tal sellega pistmist on?"

"Ma mõtlen, minu kohta. Minu härrasmeeste külaliste kohta. Kui see tuleb välja, siis see hävitab teie võimalused."

Ribby lõi Marthat kõvasti.

Jällegi. Veel kord.

"Sa pead end kokku võtma, ema. Sellel kõigel ei ole sinuga, meiega, mingit pistmist, ja härra Anglophone ei hooli sellest mitte midagi. Pealegi ei ole talle skandaalid võõras."

„Sa tead siis?" Martha küsis.

"Jah, ma tean endisest raamatukoguhoidjast, kes suri Anglophone'i raamatukogus. See kõik kõlab väga veidralt."

„Mehed," ütles Martha. „Mehed võivad rääkida ja nende naised võivad rääkida ja kõik teavad, et su ema on hoor."

"Oh, palun, ema, lõpeta jutuajamine. Sa ajad mulle pea lõhki."

"Lubage mulle midagi, Ribby. Lubage mulle, et helistate Teddyle ja ütlete talle, et tahate nüüd temaga ühineda. Võta end siit ja linnast välja. Enne kui skandaal tuleb."

"Aga ema, Inglismaa mõis ei ole linnast kaugel. Teddy saaks teada. Ma jätsin ta lihtsalt maha. Mul on lahtised otsad, mis tuleb kinni siduda. Ma ei ole veel valmis minema."

„Noooooooooooo!" Martha karjus. „Sa pead siit majast välja minema KOHE!" Martha jooksis trepist üles ja hakkas Ribby asju kohvrisse viskama.

Ribby järgnes.

Ta on hulluks läinud, Rib.

Ma näen. Ta on lagunemas.

Martha jätkas pakkimist, voldides ja rullides oma käsipagasit. Murises iseendale: "Ma säästan sind. Ainult sina oled tähtis."

Ribby, teadmata, mida veel teha, karjus: „STOP!"

Martha seisis paigal nagu hirv, kes on pealtnägijas.

Ribby seletas. „Härra Anglophone on andnud mulle garderoobi, mis on täis imelisi uusi riideid." Ta haaras koti, mille ta haiglaetendustel kaasa võttis, ja viskas selle üle õla.

Seda ei lähe sul vaja!

Võib-olla vajan ja võib-olla mitte, aga ma ei jäta seda siia.

„Oh, ma näen," ütles Martha, pakkides oma asjad lahti. "Helista talle tagasi. Ta ei saa kaugel olla. Tütar, kui sa mind kunagi armastasid. Kui sa võiksid mulle kunagi andestada ja seda enda jaoks teha, siis palun tee seda KOHE!"

Ma arvan, et sa peaksid, Rib.

Olen nõus. Kui ma olen läinud, võtab ta end kokku.

Millises seisus ta on, ma ei tea.

Ta peab.

Ribby helistas Teddyle.

"Muidugi, ma ei ole kaugel. Tulen sulle järele."

Martha ja Ribby kallistasid.

Kui limusiin ära sõitis, vaatas Martha oma tütart, kuni ta teda enam ei näinud. Ta sulges esiukse ja langes põlvili. Ta jäi sinna hetkeks või paariks, seljaga vastu ust.

Martha elu vilksatas tema silme ees, kõik hea, mida ta oli teinud, ja kõik halb. Halbu asju oli rohkem kui häid. Ainult Ribby kuulus viimasesse veergu. Ta mäletas oma õde, kui nad olid aastaid tagasi lähedased. Õde, kellega ta oli tülitsenud tühja asja pärast. Õde, keda ta enam kunagi ei näe.

Tema mõtted rändasid tagasi leitud noale. Kuidas tema tütar oli olnud selle suhtes salakaval ja kuidas ta oli isegi nalja teinud, et Tizzy sellega kedagi tapab. Kummaline. Rääkimata sellest, kui ebamäärane oli tütar olnud õe tagasituleku kohta. See kõik oli üsna kummaline. Midagi ei olnud õige. Ta mõtles, kus see nuga nüüd oli. Tema tütar oli asjaga seotud, selles polnud kahtlustki.

Ta kujutas ette, mis võis juhtuda. Carl Wheeler oleks võinud ilmuda. Kas Tizzy oli avanud rulood? Kui need olid kogemata avatud, oleks Carl sisse astunud nagu kutsutud külaline. Ja siis ohkas ta. Ta istus maha ja mõtles, mis oleks võinud juhtuda. Kuidas tema tütar oleks võinud sisse astuda... mida ta oleks võinud näha...

Ta jooksis trepist üles Ribby tuppa. Tema tütar peitis asju oma kappi, oli seda teinud juba väikesest peale. Kindlasti leidis Martha rätikusse mähitud noa. Ja mitte ainult nuga, vaid ka tütre verised riided.

Ta viis noa välja ja mattis selle koos veriste riietega kuuri põranda alla.

Ta läks tagasi sisse ja valas endale veel ühe viski. Seekord suure viski. Telefon helises, kuid ta ei vastanud sellele. Ta lihtsalt istus seal, rüüpas ja rüüpas, kuni see ise helises.

# KAPITEL 31

Sõit Teddy maja juurde oli vaikne. Ta märkas oma perifeerses nägemuses, et Teddy oli magama jäänud. Kuna ta ise ei suutnud magada, otsustas ta Martale helistada.

See helises mitu korda, kuid ei vastanud. "Võta kätte, ema, võta kätte. Ma tean, et sa oled seal."

„Ah, ähm, mida?" Teddy ütles ehmunult ärgates.

"Vabandust, et ma sind äratasin, Teddy. Ma üritan emale helistada."

„Oh, kuidas Martha siis on?"

„Ei vasta," ütles Ribby, pannes telefoni tagasi oma käekotti.

„Ära pane tähele," ütles Teddy, patsutades Ribbyt reitele. "Sa võid talle hommikul helistada. Kas sa oskad mulle öelda, Angela, mida sa mõtlesid?"

„Millal?" Ribby küsis.

„Enne kui ma magama jäin," märkis Teddy. „Tundus, et sa olid kuskil sügaval mõtetes kadunud."

Ribby hakkas midagi ütlema, kuid Teddy katkestas.

"Angela, see ei ole kriitika sinu aadressil, aga kui me koos oleme, siis ma loodan, et sa mõtled ainult minule. Meist."

Nüüd tahab ta su mõtteid kontrollida.

Ma ei usu, et ta seda mõtleb.

„Kuna ma olin väike tüdruk, pidi ema mind üksi kasvatama."

"Ma tean seda, Angela. Martha ütles mulle. Ta ütles, et ta oli sageli halb ema. Ja ometi muretsed sa tema pärast. Kui omapärane." Ta võttis naise käe enda kätte.

Võta viiulid välja.

Ta uinus uuesti, hoides naise kätt.

Rohkem uinakut on hea!

# KAPITEL 32

Järgmisel hommikul oli Martha maja ees häire. Sarvede hirnumine. Rehvide kriiskamine. Kaamerate vilkumine. Valju hääled.

Martha tõstis ruloo nurka. See oli segadus. Üks naine kandis silti, millel oli kirjas: „Uuri välja meie naabrusest, sa hoor!"

„Seal ta on!" hüüdis keegi, kui kaamerad klõpsasid ja vilkusid.

„Ta on kodus!"

Martha läks kööki ja tegi tassi. Kui ta seda jõi, istus Scamp piisavalt lähedale, et ta saaks teda silitada.

Ta helistas John MacGrawile ja jättis sõnumi. "See olen mina. Ära täna tule. Jäi järgmisteks nädalateks pikali. Reporterid, pätid, roomavad igal pool. Ma ei taha, et sind kaasatakse. Helista mulle, kui saad..." Sõnumi aeg lõppes piiksuga. Martha pani telefoni tagasi oma kohale, lootes, et ta kuuleb sõnumit enne oma naist.

Ta istus maha, lehitses telekanaleid, kuni uksele koputati.

„Martha, see olen mina, Sophia."

Läbi võtmeava nägi ta oma naabrit, proua Engle'i.

„Taganege te, sipelgad!" „Taganege, sipelgad!" Sophia karjus rusikatega õhku. "See naine on oma kodu privaatsuses. SHOO! Te alatujad! Minge jahtima kiirabi või midagi!"

Martha avas ukse. Üks reporter hüüdis: "Miks see Attics-R-Us'i tüüp nii tihti siin oli? Nad leidsid tema vastuvõturaamatu ja ta käis teil kord nädalas."

„No comment," ütles Martha, kui ta naabri taga ukse sulges.

Proua Engle lipsas sisse. "Uhh! Ma vajan tassikest, Martha, mu sõber."

"Sa väärid seda kindlasti. Ma tegin endale just ühe. Ja aitäh Sophia."

"See ei olnud midagi. Ma kuulsin su vaesest õest. Need viperused peaksid jätma sind leinama, selle asemel, et asjade ja jama pärast lärmi tekitada."

„Täna on vist aeglane uudistepäev," ütles Martha, kui ta kohvi valas ja Sophiale suhkrut ja piima pakkus.

Sophia lehvitas mõlemad ära. „Kus on Ribby?"

"Ta on läinud. Jumal tänatud. Tal on uus töökoht, linnast väljas."

"Hea, et Ribby. Olen kindel, et vahepeal pöörab mõni teine sündmus nende tähelepanu sinust eemale. Need kõrkjad võiksid viisakuse kohta üht-teist õppida!"

„Kindlasti võiksid," ütles Martha.

Sophia valis hädaabinumbri.

Martha naeratas, kui Sophia hakkas rääkima.

„Jah, kas see on politsei?" Ta tegi pausi. "Noh, teil kõigil on parem tulla siia, või ma pean seaduse enda kätte võtma.

Mhmmmm. Reporterid kõikjal. Minu rooside tallamine. Häirivad rahu. Ma ei tea, kuidas nad julgevad. Okei, jah, Sophia Engle, 44 Midas Lane. Ma olen lõksus kõrvalmajas, Midas Lane 42, okei. Teeme seda. Hästi. Tänan teid, härra. Kohtumiseni. Kiitke Issandat!"

Martha ja Sophia ootasid politsei saabumist.

Nüüd, kus tal oli keegi kaasas, ei tundunud see enam nii halb.

# KAPITEL 33

O li südaöö, kui limusiin Anglophone'i härrastemaja ette sõitis. Ei olnud päris pime, ja akendest paistis midagi küünlale sarnanevat helendust.

Maja avas oma käed ja Ribby astus sisse, talle järgnes Stephen oma kotti lohistades.

Teddy peatus ukse ees, kus seisis tema teenija.

Teenindaja aitas oma peremehel mantli ära võtta.

Kui ta Ribbyle pilgu heitis, jooksis tal külmavärin mööda selgroogu. Ta naeratas, ebasõbralik naeratus. Naeratus, mis meenutas ikka veel kedagi, kes oli imenud sidrunit.

See pidi olema tema tavapärane seisund.

Tema kortsus huuled muutusid hambuline naeratuseks, kui Anglophone talle vastu vaatas.

"See on sinu uus kodu, Angela. Tere tulemast!" ütles Teddy säravalt. "Stephen, lase kott maha ja võid minna. Auto vajab puhastamist, nii seest kui väljast."

„Jah, härra,“ ütles Stephen.

Stephen kummardas kõigepealt Teddyle ja siis Ribbyle ning lahkus.

"See on minu sulane Tibbles. Sa kohtusid temaga ükspäev. Ta vastutab maja haldamise eest. Tibbles, miss Angela. Ma loodan, et kõik on korras?"

„Jah, härra, kõik on teie noore daami saabumiseks valmis." Ta võttis Ribby koti ja läks minema.

Ribby ei teadnud, mida teha, vaatas Teddy poole, et saada juhiseid.

„See on olnud pikk päev ja ma soovin end tagasi tõmmata, mu kallis," ütles Teddy ja suudles tema kätt. „TIBBLES!" karjus ta. „Palun juhatage miss Angela oma tuppa."

Tibbles ootas Ribby kotiga trepi otsas.

Ribby ronis trepist Tibblesi poole: „Kas sa ei tule üles?"

Teddy jäi trepi jalamile nagu Rhett Butler Scarlett O'Harat jälgides.

"Minu kabinet on esimesel korrusel. Head ööd, mu ingel. Magage hästi."

Kui Inglismaa oli kuuldavusest väljas, ohkas Tibbles. „Järgige mulle," ütles ta ja juhatas teda mööda koridori. Mõne ukse kaugusel lõi ta ukse lahti ja viipas Ribbyle sisse. Ta järgnes talle sisse ja ootas juhiseid.

Ribby võttis oma uue majutuskoha vastu. Tema uut kodu. Lilled täitsid iga vaba ruumi. Roosid. Sajad neist. Kõik toas oli roosa, ilus ja kaunis.

„Ma loodan, et see on rahuldav," ütles Tibbles. Ta viskas koti põrandale.

„Jah, oi jah, jah." Ta pöördus ja kallutas ümber pungivasi, mis purunes põrandale. Ta langes põlvili ja hakkas tükke kokku korjama, samal ajal vabandades.

„Ma võtan selle," ütles Tibbles, lükkas ta kõrvale ja tõmbas oma jaki seest välja väikese luuda ja tolmulapi. „Kui midagi muud ei ole, miss Angela, kas ma võiksin õhtuks tagasi minna?"

"Oh jah, aitäh ja, aitäh väga. Kõige eest."

Tibbles kummardus ja peaaegu naeratas.

Võib-olla on tal gaasi.

Ribby naeris.

Tibbles sulges väljudes ukse.

Kui ta oli läinud, avas Ribby ukse, mis, nagu ta lootis, viis vannituppa. See oli walk-in-kapp. Ta avas teise ukse; see oli tualettruum, kuid mitte tualettruum. Kus siis oli vannituba?

„Tibbles?" Ribby hüüdis, kuid mees oli juba läinud. Pean vist hommikuni ootama.

Kas siin ei ole mingit kellukest või midagi, mida saab helistada, et teda tagasi kutsuda?

Ma ei näe ühtegi.

Kui sa oled mõisa kuninganna, siis paigaldatakse sulle üks.

Jah, see on minu prioriteetide nimekirjas esikohal.

Ribby värises oma öösärgi sisse. Ta lülitas elektriteksti sisse ja püüdis kõvasti mitte tunda end nagu printsess, kes peab pissima.

**✳✳✳**

Ribby ärkas keset ööd küljel valuga. Ta pidi tõusma ja tualetti otsima, ja seda võimalikult kiiresti. Astudes voodi kõrval olevale karusnahale, värises ta ja otsis mantlit. Ta leidis ühe kapis konksul rippumas. See sobis. Teddy teadis jälle naiste suurusi.

Ta mõtleb kõigele.

Jah, välja arvatud mulle öelda, kus tualett on!

See oleks pidanud tegema see sitane Tibbles.

Ribby avas ukse ja piilus koridori mööda tualetti otsides. Iga samm oli valus.

See mees tuleks vallandada.

Ei, see on minu süü – ma oleks pidanud küsima.

Ribby kõndis koridori lõppu. Ta hakkas uksi avama. Esimene uks oli külalistuba. Teine uks oli sinine poiste tuba.

Mis kurat...?

Võib-olla on tal poeg? Ja ta jättis tema toa sellisena, nagu see oli, kui ta välja kolis?

Jah, mõned vanemad teevad oma lastele pühamuid.

Kolmanda ukse juures haaras Ribby käepidemest kinni.

„Kas ma saan teid aidata?”

Ribby pöördus ümber ja nägi Tibblesit, kes seisis käed puusadel, öösärgis ja müts peas, küünal käes. Ta nägi välja nagu Charles Dickensi romaani tegelane.

„Vabandust, et segame, aga ma pean tualetti minema. Ma ei tea, kus see on."

Tibbles kahvatas. „Järgne mulle." Ta juhtis ta mööda koridori, mööda tema enda ust ja kaks ust edasi, paremale, vannituppa. „Kas täna õhtul on veel midagi, preili?"

„Ei, ei, Tibbles. Suur tänu," ütles Ribby, kui ta kiirustas sisse ja suundus tualetti poole. Pissimine polnud kunagi varem nii hea olnud ja ta märkas, et ruumi akustika oli väga hea. Tal tekkis kiusatus midagi öelda, et kuulda, kas see kajab tagasi, aga ta otsustas seda mitte teha.

Angela aga ei suutnud vastu panna ja hakkas laulma Madonna laulu „Like A Virgin" refrääni. See akustika on fantastiline!

Pärast pesemist vaatas ta vannitoas ringi.

Vau, rätikud, millele on tikitud „Angela".

Kuidas ta selle korraldas?

Ilmselt õmbleb teenija.

Ta tundub väga...

Kõva? Igav?

Jah, ja jah.

Anglophone mõtleb kindlasti kõigele, ma mõtlen, hirmutavalt kõigele.

Jah, ta on mõtlik.

Ma ei mõelnud seda. Unusta ära.

Ribby läks oma tuppa tagasi ja jäi magama.

Angela oli Ribby suhtumisest kõigesse tüdinenud. Ta tahtis põnevust, tal oli igatsus klubide ja kõige selle järele.

Angela mõtles Stephenile. Kas ta oli vallaline? Kas talle meeldis lõbutseda?

Ta ei tahtnud aga vanamehega suhet rikkuda.

Kui aeg on õige, saab kõik minu!

Järgneb õel naer!

# KAPITEL 34

Järgmisel hommikul avas Ribby silmad, kui keegi tema ukse peale koputas. Enne kui ta vastata jõudis – see tundus nagu déjà vu –, koputas keegi uuesti.

„Ma tulen kohe," ütles ta, visates teki kõrvale, sirutades end ja haigutades.

„Anglophone ootab teid, preili. Ta ei taha oodata. Palun kiirustage."

„Ma annan endast parima," ütles Ribby ja naine läks minema. Ribby võttis duši, sidus juuksed kokku ja tegi näo korda, näpistades põski. Ta naasis oma tuppa ja haaras riidekapist esimese asja, mis kätte sattus. See oli suede pükskostüüm, mis talle ideaalselt sobis. Ta läks alla.

„Tere hommikust, Teddy," ütles Ribby, kui Tibbles teda söögituppa juhatas.

„Lõpuks ometi!" pomises naisteenindaja vaikselt.

Tibbles vaatas teda peaaegu silmad peast välja tungides, siis Anglophone'i. Kui ta oli kindel, et Anglophone ei kuulnud teda, saatis ta naise minema.

„Jah, Angela, istu palun ja naudi esimest paljudest hommikusöökidest, mida me siin majas paarina koos sööme. Kas magasid hästi? Ma kuulsin, et Tibbles aitas sind kell 2 öösel?" Teddy plaksutas käsi. Teenijad hakkasid serveerima.

„Jah," ütles Ribby, punastades. Ta vaatas Tibblesi poole. Tibbles vaatas oma kingi.

„Tibbles sai noomituse oma kohustuste täitmata jätmise eest. See ei kordu enam."

„Vabandust, preili Angela," ütles Tibbles, kummardudes sügavalt Teddy ja seejärel Angela ees.

„See ei olnud tema süü. Ma oleksin pidanud küsima."

„Ma kinnitan sulle, et alati on süüdi teenijad. Kui sa oled tööandja, ei peaks sa kunagi küsima."

Ribby keskendus oma toidule.

Teenindaja tuli tema juurde ja pakkus talle kaerahelvestesse koort valada. Ribby tänas teda. „Me pole vist varem kohtunud?" küsis Ribby teenindajalt, kes astus tagasi ja kattis oma näo. Ribby vaatas Teddy poole. Tema ülemine huul väises. Ta mõistis, et oli teinud vea. „Proua Haberdash, lubage mul teile tutvustada Angela," ütles Teddy sarkastilise tooniga.

„Nüüd jätke meid rahulikult hommikusööki sööma. Ma ei taha, et te siin ringi tormate. See on halb seedimisele!"

„Sir?" küsis Tibbles.

„Jah, ma mõtlen ka teid. Ma annan teile teada, kui midagi vaja on."

„Jah, härra Anglophone, sir."

Siin on kõik nii formaalne, et mul läheb judinad peale.

Jah. Nad näevad hirmulised välja.

Teddy juhib siin range korda.

Tibbles on veel hirmutavam.

Anglophone peab neile hästi maksma.

Ribby vaatas üles, märgates, et Teddy oli rääkinud.

„...Ärge kartke tuleviku jaoks ettepanekuid teha, et saaksite raamatukogu enda omaks muuta."

„Teddy, enne kui midagi muud ütled, tahan ma sulle tänada."

Teddy naeratas laialt ja puhus rinda.

„Sina, mu ingel, oled mulle kõik ja veelgi enam. Ma tahan sulle anda kõik, mis mul on. Ma annan sulle kõik, mida sa soovid. Sa pead ainult küsima."

Ribby tõusis püsti ja suudles Teddy pealaele. Ta kallistas teda. Teddy julgustas teda oma põlvele istuma. Nad suudlesid. Nad vaatasid üksteisele silma.

Minge tuppa! Teenijad võivad iga hetk tagasi tulla!

Teddy tõusis püsti ja pani käed Ribby põskedele. Ta vaatas talle silma ja Ribby vaatas talle silma. Ta võttis Ribby käest ja viis ta minema.

Ma hakkan oksele.

Nad läksid mööda koridori, sissepääsu keskele ja trepist üles.

Tule mõistusele, Rib! On liiga vara end kaasa kiskuda.

Ei mingit vastust.

Ribby, kas sa kuuled mind? Ta on sind hüpnotiseerinud – või kontrollib sind. Ribby! Kuula mind. Tule tagasi!

Angela üritas kontrolli tagasi võtta. Pilku kõrvale pöörata. Ta pidi vaid sideme katkestama, aga ta ei suutnud.

Ta karjus Ribby nime ikka ja jälle.

Ikka ei vastanud keegi.

# KAPITEL 35

Pealkirjad karjusid: „Meie keskel on bordell." Martha haaras ukse juurest ajalehe ja viskas selle otse prügikasti.

Ta võttis selle sealt välja ja luges artikli, kuigi ta teadis, et ei peaks seda tegema. „Martha Balustrade, 62, pidas kesklinna lähedal bordelli. (Foto leheküljel 3)."

Martha pööras lehe foto juurde. Ta ahmis õhku. Nad olid kasutanud tema pulmafotot. Ta tundis end reedetuna. Pisar veeres mööda põske, kui ta ajalehe väikesteks tükkideks rebis.

Martha tundis iga sentimeetrit tühjust, nagu poleks tema maja enam tema kodu. Ta oli telefonitoru hargilt võtnud ja keeldus telerit sisse lülitamast, kartes, mida tema kohta räägitakse. Ta soovis, et poleks kunagi voodist tõusnud, kuid ta pidi minema ülakorrusele.

Ta ronis redelil üles. Kaugemal nurgas, tekkide, ämblikuvõrkude ja mitmesuguste asjade alla mattunud, oli lukuga sahtliga kummut, kus hoiti isiklikke dokumente.

Martha hakkas sahtlist ükshaaval paberid välja võtma, aeg-ajalt peatudes, et neid lugeda. Seal see oli. Ta avas raamatu ja laotas selle sisse oleva dokumendi lahti: Ribby sünnitunnistus. Ta sulges raamatu ja pööras selle ümber. Mõne sekundi jooksul vaatas ta tagaküljel olevat pilti. Ta voltis dokumendi kokku, pani selle tagasi raamatusse ja lisas selle „ära visata" kuhja.

Öösel ronis Martha alla, kandes endaga nii palju, kui suutis. Ta ronis uuesti üles ja täitis oma käed, hoolitsedes, et kaks kuhja oleksid eraldi. Pärast mitu korda trepist üles-alla jooksmist oli ta kõik dokumendid endaga. Ta kavatses „säilitatavate" kuhja põhjalikumalt läbi lugeda, mõne viski kõrvale. Teine kuhi hävitatakse.

Ta pani „ära visatava" kuhja diivanile kamina lähedale ja „säilitatava" kuhja diivani teise otsa.

Ära visatava kuhja peal oli raamat, milles oli Ribby sünnitunnistus. Ta heitis sellele kiire pilgu. Tühjale kohale, kus oleks pidanud olema Ribby isa nimi.

Martha läks kamina juurde ja süütas puud. Ta viskas Ribby sünnitunnistuse tulle ja avas lõõri. Tuul puhus kohe alla, pannes diivanil olevad paberid värisema ja lehvima. Ta võttis raamatu ja viskas selle tulle. Ta vaatas, kuidas see süttis, ja viskas siis ülejäänud „ära visata" kuhja tulle.

Kui kõik oli läinud, vaatas Martha tõusvat päikest mäetippude kohal. Roheline muru kontrasteeris päikesetõusu purpurpunase värviga. Tema pilk langes väikese varju peale ukse ees. Ta ei näinud kedagi ja mõtles, mis see võiks olla.

Ta läks ukse juurde ja piilus uksepiilu kaudu välja. Ta oli kindel, et see oli mingi pudel. Piim? Ei, piimamees polnud siin kandis käinud juba kümme aastat või rohkem. Lõpuks võitis uudishimu ja ta avas ukse. See oli pudel vahuveini, millele oli kirjutatud: „Terviseks, kogu mu armastusega."

See pidi olema Johnilt. Ta pidi tulema, kui Martha oli pööningul. Martha võttis telefoni, et talle tänada, aga kuulis ainult automaatvastajat. Seekord pani ta toru hargile, jättes sõnumit.

Martha valas endale klaasi ja võttis samal ajal paar unerohtu. Ta jätkas veini ja rohtude joomist, kuni mõlemad pudelid olid tühjad. Siis võttis ta Jack Danielsi ja jõi selle ära.

Ta uinus ja ärkas vaheldumisi.

Kaminas sädem puutus kokku „hoida" kuhja servaga. Varsti oli kogu kuhi leekides. Siis diivan.

Martha magas edasi.

Proua Engel helistas tuletõrjesse.

Martha oli hoolikalt hoolitsenud, et kuhjad oleksid eraldi. Lõpuks sattusid mõlemad samasse kohta.

# KAPITEL 36

Teddy juhtis Angela koridori mööda.

Ribby, mida sa teed? On liiga vara. Kas sa magad? Ärata üles! Ärata üles!

Teddy peatus ja paiskas ukse lahti.

Nüüd, seda ma küll ei oodanud.

Mina ka mitte!

Lõpuks ometi sa tulid meelt! Sa tegid mulle tõesti muret.

Miks? Mis juhtus? Mida ma maha magasin?

Sa ei kuulnud, kui ma sind kutsusin?

Ei, aga ma kuulsin ookeani.

Ta pidi sulle midagi tegema.

Ma ei usu.

Ta komistas ettepoole, oodates näha luksuslikku buduaari, kuid tegelikult ei olnud see midagi sellist. Ta oli oma kodus loonud raamatukogu täpse koopia.

„See on sulle," ütles Teddy, suudeldes Ribby kätt. Ta seisis ja vaatas, kuidas naine kõike endasse võttis. „See on sinu pühakoda, sinu eriline koht, Angela, ja võti on ainult sinul. Tule siia, et oma mõtteid rahustada. Et maailmast põgeneda. Minust, kui soovid. Tule siia kirjutama, maalima, mida iganes su süda soovib. Tule siia tihti. Õpi tundma iga raamatut – loe kõik läbi –, sest mina olen need kõik juba lugenud, ja meil on palju arutada. Ühel päeval reisime ja vaatame kõiki kohti, millest sa nendes raamatutes lugesid. Ma tahan sulle kõike näidata."

Ribby tormas tema juurde ja suudles teda. Keegi polnud kunagi varem olnud tema suhtes nii mõttekas, nii imeline.

Rahune, Ribby. Rahune!

Ta võttis tema näo oma kätesse ja suudles teda kirglikult.

Ribby põlved nõtkusid.

Tibbles köhatas. „Vabandage, sir."

Tänu jumalale Tibblesi eest! Ribby on hoonest lahkunud. Tõmba end kokku, Rib.

„Mis on?" küsis Teddy, jalaga põrandat trampides.

„Väga tähtis asi, sir." Tibblesi hääl värises. Ta hoidis silmad maas.

„Mitte praegu, Tibbles. Hoia see endale, vana mees, ma tulen varsti," ütles Teddy, Ribby selga silitades.

„Aga sir..."

„Olgu peale," hüüdis Teddy, lasi käed alla ja jättis Ribby üksi seisma.

Ribby tundis end kuumana, turvalisena ja õnnelikuna, kui ta vaatas ringi oma raamatukogus. Ta näpistas end, et veenduda, et ta ei unista.

Ma ei saa aru. Miks on siin teise raamatukogu täpne koopia?

See on väga mõttekas, kas pole?

Ma arvan, et see tähendab, et ta tahab sind siia, mitte sinna.

Ma ei saa siin pearaamatukoguhoidja olla. Siin pole lugejaid. Ta värises.

Jah, see kõik on täiesti mõistetamatu.

Teises raamatukogus oli hea tunne. Siin tundub külm.

Seinal on termostaat, võib-olla on siin jahedam, sest mõned raamatud on haprad, võib-olla isegi iidsed? Vaata seda riiulit seal. Köited näevad välja ehtsad. Oota, ma just mõistsin... kas see on unenäost pärit raamatukogu?

Ootamatu koputus uksele pani ta ehmatama. Ta tõusis püsti ja avas ukse, et leida sealt tõsise näoga Tibbles.

„Minu isand pidi kiire asja pärast kodust lahkuma. Ta naaseb alles homme. Me oleme teie käsutuses." Ta kummardas sügavalt.

„Praegu on kõik korras, tänan, Tibbles." Ta sulges ukse ja jätkas lugemist.

# KAPITEL 37

Millal sa teda viimati nägid?" küsis Anglophone, kui
**„** Stephen mõisast ära sõitis.

„Reedel. Ma olin reedel seal. Ta oli endast väljas, aga ma ei oleks kunagi arvanud, et ta midagi sellist teeb!" ütles Stephen, sõrmed roolirattasse surudes.

„Ta on rumal naine," ütles Anglophone, rusikaga käetugele löögi andes.

Viimane asi, mida Stephen tahtis, oli temaga rääkida. Aga tal polnud valikut, sest Teddy maksis tema ema haiglarved. Stepheni ema oli ühel päeval Anglophone'i raamatukogus igaveseks muutunud. Ta oli peaaegu surnud. Nüüd oli ta vaid varjund sellest emast, keda ta kunagi tundis.

Sõidu ajal meenus Stephenile, kuidas ema oli talle rääkinud, kuidas tema ja Teddy tulevik omavahel põimusid. Kuigi Stephen oli Anglophone'i koju tulnud veel lapsena, ei koheldud teda kunagi pereliikmena. Muidugi oli tal kena sinine tuba, aga poisil oli vaja enamat.

Stephen oli üksildane laps. Laps, kes igatses isa. Anglophone sulges end oma kasupojale. Tegelikult lahkus ta toast alati, kui Stephen sinna sisenes. Stephen tundis end selle mehe jaoks nagu tüügas ja mitte midagi enamat.

Ta pühkis pisara põselt, kui sõitis psühhiaatriahaigla poole. Õde Beemer ütles talle, et tema ema oli alla neelanud terve pudeli tablette. Kui ta küsis, kust ta need sai, ei osanud nad vastata. See ei olnud oluline. Oluline oli see, et tema ema oli teadvuseta. Tema maost pumbati vedelikku välja. Tema tulevik oli ebakindlam kui kunagi varem. Kas ta jääb ellu või sureb?

„Loll naine," pomises Anglophone. „Loll, loll naine."

✳✳✳

Pärast seda, kui Stephen avas ukse Anglophone'ile, jooksis ta edasi. Ta tahtis leida oma ema, ta pidi ta kohe leidma. Ta kuulis, kuidas Old Lead-foot tema järel uhkeldavalt sammu ajas. Ta ei saanud kunagi aru, kuidas tema ema võis sellesse mehesse armuda. Aga praegu polnud selleks aeg.

Stephen lähenes õele. „Mu ema? Kus ta on? Kuidas ta on?"

„Ta on väljaspool ohtu, aga see oli lähedal, härra Franklin. Tuba 208. Koridori lõpus vasakul." Õde vabastas helisignaali.

Stephen läks sisse. Ta oli otsustanud rääkida emaga üksi. Ta hakkas sprintima.

Anglophone oli tal kannul.

Ema lamas teadvuseta, voodipesu ümber mähitud. Torud ja juhtmed ulatusid tema rinnast ja kätest mitmete masinate juurde.

Stephen suudles ema otsaesist, istus maha ja võttis tema lõtv käe oma pihku. Masinad suminad ja piiksusid.

„Ta näeb olukorda arvestades hea välja," ütles Anglophone Stepheni vasaku õla tagant.

„Nüüd tõuse püsti ja anna vanamehele tool. Ja too mulle tass kohvi," lisas ta, visates Stephenile paar rahatähte. „Ja lilled su emale, ilusad, vaasi."

Stephen tegi, nagu kästud.

Kui oled nii palju aastaid iga päev anglophone'i läheduses, õpid keelt hammaste taga hoidma.

*** ✱✱✱

Rosemary, kas sa kuuled mind?" Teddy sosistas voodis lamavale naisele. „Rosemary, Teddy siin."

Naine ei näidanud mingeid märke elust. Teddy meenus päev, mil nad esimest korda kohtusid. Naine oli olnud nii elav ja särav. Alles paar nädalat tagasi oli ta tähistanud oma sünnipäeva. Teddy oli saatnud talle tema lemmiklilled, nartsissid.

Õnneks ütles Rosemary, et ta ei mäleta õnnetusest peaaegu midagi. Uudis tema surmast levis internetis. Meedia segaduse ajal palus Anglophone oma sõbral, koroneril, saata auto, et ta ära viia. Siia, kuhu ta aja jooksul terveks sai.

„Ta pole praegu tegelikult elus, sellisena," pomises Teddy endamisi, kui sammud lähenesid. Stephen oli tagasi tulnud. Teddy polnud veel oma naisega rääkinud. Sest jah, kuna ta polnud surnud, oli Teddy ikka veel abielus mees. Pool tema varast kuulus teadvuseta naisele ja tema pärijale.

„Kuidas tal on?" Stephen põlvitas ema voodi juurde ja võttis taas tema käe oma pihku.

„Ta hingab, aga mitte oma tahtest. On aeg rääkida sellest, et laseme tal rahus minna.”

„Aga sa ei saa. Ta on minu ema ja ma ei lase sul seda teha.”

„Räägi vaiksemalt. Sina, ülbe idioot!” karjus Teddy.

Rosemary avas silmad. Ta avas suu.

„Ta üritab rääkida!” Pisarad voolasid Stepheni põskedel. „Ema, ma olen siin, ma olen Stephen. Su poeg Stephen. Kui sa mind kuuled, pigista mu kätt.”

Ta ootas, hinge kinni hoides, aga naine ei pigistanud tema kätt.

Selle asemel pigistas ta Teddy kätt.

# KAPITEL 38

K oju tagasi jõudnud, tundis Ribby end üksildasena. Ta tahtis raamatukokku minna, aga tal polnud võtit. Ta kaalus Tibblesilt küsida, kas tal on kusagil võti, aga otsustas seda mitte teha.

Ribby võttis esikus telefoni ja kavatses Martha helistada.

Tibbles ilmus kusagilt välja. „Kas ma saan teid aidata, preili?"

„Jah. Ma tahaksin emale helistada, aga ma olen oma mobiiltelefoni ära kaotanud."

„Teie sisseelamisperioodil ei tohi telefoniga helistada, preili."

„Aga miks?"

Kas meid hoitakse vangis?

„Ma järgin oma peremehe juhiseid. Kui teil pole muud soovi, siis..."

„On veel üks asi. Ma tahaksin võtme raamatukokku, et ma saaksin sinna minna ja veel kord otsida."

„Teie jaoks pole võtit, preili. Võite minna jalutama või kasutada majapidamise rajatisi, näiteks oma isiklikku raamatukogu. Spa on väga lõõgastav, kui soovite, et ma teile selle asukoha näitan.“

„Ei, aitäh. Ma ootan Teddy, vabandust, härra Anglophone'i tagasi.“

„Ma tulin teie juurde härra Anglophone'i pärast. Ta on veel ühe päeva kinni peetud. Mul on korraldus hoolitseda, et te end koduselt tunneksite. Andke teada, kui midagi vaja on, preili.“

„Sel juhul lähen jalutama. Kui kaugel on lähim küla?“

Tibbles astus Ribbyle lähemale, kummardus ja sosistas: „See on jalgsi liiga kaugel, preili, ja ma kardan, et auto ja autojuht on härra Anglophone'iga. Uurige aeda ja andke meile teada, kui soovite süüa.“ Ta läks minema.

„Tänan,“ pomises Ribby. Ta pöördus ümber ja võitles vastu soovile midagi jalaga lüüa. Selle asemel läks ta uksest välja.

Ma igatsen ema.

Ilma selle nõiaeta on meil niikuinii parem! Vaata, kus me elame, ja kui me oma kaardid õigesti mängime, saame siin midagi saavutada. Kuigi ta on veidi veider, on Teddy sinust väga sisse võetud. Sa pead lihtsalt kaasa mängima, kuni me välja selgitame, mis mängu ta mängib.

Mida sa mõtled, mis mängu ta mängib? Ta tahab, et ma oleksin tema kaaslane. Ta on väga armas. Ma võiksin temasse armuda. Kui sa lõpetaksid vihjete tegemise. Miks sa nii kahtlustav oled?

See on sisetunne. Nagu ta oleks midagi sellist varem teinud.

Ta on nii armas ja hell.

Ta hoolib sinust. Aga pärast seda, mis juhtus enne, kui ta sulle raamatukogu koopiat näitas, kui sa teadvuseta olid? Ole valvel. Taltsuta teda. Pane ta aeglaselt edasi liikuma. Lase tal oodata. Arutleda.

Tema puudutused on üsna õrnad.

Pärast mõningast uurimist vaatas Ribby enda ette ja nägi ainult vett. Tema selja taga oli Teddy maja. Siis ei olnud mitme kilomeetri raadiuses midagi.

Ta oli mõelnud mõned ideed, mida ta raamatukogusse sisse viia tahaks. Näiteks lasteklubi. Koht, kuhu lapsed saaksid laupäeva hommikul minna. Et kuulata lugusid ja mängida mänge. See oleks turvaline koht, kus vanemad saaksid puhata. Jah, see oli tema parim idee seni! Ta tahtis Teddyga rääkida ka oma esinemiste jätkamisest kohalikus haiglas. Ta igatses kõiki oma lapsi ja mõtles, kuidas neil läheb. Tema elu oli nii palju muutunud ja ta tundis end sellest veidi ülekoormatuna.

See on alles algus, mõtles Ribby, kui lainete udu suudles tema nägu.

Puiesteele sõitis auto ja kihutas temast mööda.

Kes see küll on?

See oli naine.

Jah. Külastab Tibblesit, kui tema ülemus on ära. Huvitav.

Võib-olla pole midagi, aga võib-olla on Teddy midagi plaanimas ja tahab sellest teada.

Oleks lõbus seda välja uurida.

Lähme!

# KAPITEL 39

K õik oli läinud sassi. Pärast seda, kui Stepheni ema oli Teddy käest kinni võtnud, oli Teddy talle vastu pigistanud. Ta arvas, et teeb seda diskreetselt, kuni patsient ütles: „Teddy, lõpeta, kurat võtaks, sa teed mulle haiget!"

„Ema, oh, ema, sa oled ärganud. Ma kutsun siia kedagi." Ta vajutas intercomi nuppu. „Õde, õde, tulge palun tuppa 208! Palun!" Stephen pühkis pisarad ära ja suudles ema mõlemat põske.

„Ära mulle sülita, poiss," ütles Stepheni ema, teda üle vaadates. „Ma ei tea, kes sa oled. Teddy, ütle talle, et ta läheks ära, et me saaksime kahekesi olla. Viige ta siit välja!"

Tema eitav vastus lõikas tal südame läbi. „Aga ema, see olen mina, Stephen, su poeg." Ta puudutas ema kätt ja pani sinna midagi. „Sa andsid mulle selle Püha Kristofferi medaljoni. Näed? Sinu nimi on peal, ema. Loe."

Ema vaatas ehet ja luges valjusti: „Stephenile armastusega emalt. Hmmfff. Ma ei mäleta sind. Teddy, vii ta siit ära!"

Stephen lahkus, võideldes sooviga haamerdada rusikaga haigla seina.

# KAPITEL 40

R ibby jooksis trepist üles.

Ta avas ukse. Näha oli pikkade päevalillede mustriga seelikuga naise suur tagumik. Seelik puudutas põrandat, kui ta Tibblesi järel kõndis. Suur pehme kübar ja pikkade varrukatega nefriitroheline pluus, mille mansetid laiusid, täiendasid tema riietust. Kuigi ta oli Tibblesi taga, näis ta vestlust juhtivat.

Lähme siit ära. Ta näeb veel igavam välja kui Tibbles.

Ei, Teddy ütles, et ma tunneksin end nagu kodus. Seega oleks kohane end tutvustada, rääkimata uute tulijate kontrollimisest ja tervitamisest.

See on Tibblesi töö.

Ribby otsustas sekkuda; et nende tähelepanu köita, hüüdis ta: „Tere!"

Mõlemad pöörasid tema poole, Tibbles pahase näoga ja naine suu lahti, kuna ta oli just midagi ütlemas.

Ribby kiirustas nende juurde, kes seal suu lahti vahtisid. Ta sirutas käe uuele külalisele ja ütles: „Minu nimi on Angela. Ja teie olete?"

Naine sulges suu ja vaatas Tibblesi poole.

„Ah, preili Angela. Te olete tagasi," ütles Tibbles. „Loodan, et jalutuskäik meeldis?" Ta ei oodanud vastust ega üritanud kaht naist tutvustada.

„Lõunasöök on raamatukogus. Hr Anglophone andis mulle range korralduse tema külaliste eest hoolitseda. Nautige lõunasööki. Kui soovite midagi, andke meile teada."

Tibbles pani käe naise õlgadele ja juhtis ta koridori mööda oma kabinetti. Uks klõpsatas kinni.

Hmpft! Ta on selline ülemuslik tarkpea.

Miks me üldse tahaksime temaga aega veeta? Ta näeb välja, nagu suudaks igaühe kiviks muuta! Või surnuks igavleda.

Sul on ilmselt õigus.

Vaata, mis lõunasöögiks on.

Ta suundus raamatukokku. Ta tõstis hõbedase kaani ja leidis majoneesiga täidetud homaari võileiva. Šampanja pudel oli jahutatud.

Ribby hakkas sööma ja uuris söögi ajal raamatuid. Üks raamat tõmbas tema tähelepanu. „Nõidus pimedatel keskajal". Ribby võttis raamatu kätte.

Oi, kas sa tundsid seda?

Mina küll. See hingas. Ribby keerutas lehti. Raamat oli täis musta maagiat. Loitsud ja manamised. Lehed olid väga õhukesed. Enamik pilte oli käsitsi joonistatud.

Ma arvan, et paber on valmistatud nahast.

Mitte inimnahast?

Ma ei saa kindlalt öelda, et jah, aga see on võimalik. Lehekülgedel olev tint võib olla veri.

Inimveri? Jäle.

Ma arvan, et sa peaksid selle tagasi panema.

Ma olen näinud palju vanu raamatuid, aga ühtegi sellist pole ma varem näinud. See paneb mu käed värisema. Pealegi on see ju ainult raamat. Mis kahju see teha saab?

See tekitab mul judinaid.

# KAPITEL 41

Ma olen siin sinu jaoks, mu kallis Rose," sosistas Teddy, „ hoides tema kätt.

„Lõpeta see jama," ütles Rosemary. „Mu poeg on kuuldeulatuses."

Teddy naeris. „Ah, tore, et sa tagasi oled. Palun jätka."

„Esmalt esmalt, Teddy," ütles Rosemary. Ta kallistas end tema poole. „Ma tahan siit ära, täna, homme – varsti. Ma täitsin su soove meie poja pärast. Ma lasin neil mind uimastada, mind uimastada – teha kõike peale lobotoomia –, et mu poeg oleks ohutu ja terve, ja nüüd on aeg käes. Stephen on nüüd mees ja ta peab teadma, kes on tema isa ja miks me talle kunagi ei rääkinud."

„Rose, meie kokkulepe on, et meie poeg saab kõik 50%. Ühel tingimusel. Tingimus on, et ta ei tohi kunagi teada saada, et ma olen tema bioloogiline isa," ütles Teddy. Tema hääl lõppes peaaegu karjuvalt. „Sa nõustusid pärast raamatukogu juhtumit minema minna. Et ma saaksin oma eluga rahulikult edasi minna, niikaua kui sinu poeg, meie poeg, on kindlustatud. Ma olen oma lubadust pidanud ja sul... sul ei ole muud valikut, kui oma lubadust pidada. Muidu tühistan oma pakkumise. See on kirjas minu testamendis. Kui ta teada saab, ei saa ta midagi. MITTE MIDAGI!"

Toast mööduv õde ütles: „Shhhhhhh."

„Vabandust," ütles Teddy.

Rosemary sosistas: „Ma nõustusin, aga ma ei saa siin elada, selles haiglas... selles vanglas. Olla ööpäevaringselt jälgitud – nagu puuris olev loom. Ma tahan, et meie poeg saaks, mis talle kuulub, aga see tapab mind iga kord, kui ma talle ütlen, et ma ei tea, kes ta on. Emale on valus vaadata oma last kannatamas."

Anglophone ulatas talle oma taskuräti.

Ta jätkas: „See on ainus viis, kuidas ma saan sinuga üksi rääkida. Ma olen väsinud sellest valest mängust. Ma tahan oma elu tagasi. Muidu matke mind siia ja kohe, et ta ei peaks enam minu juurde tulema. Ma ei suuda seda taluda! Ma ei suuda enam niimoodi elada." Rosemary tõstis käed näo ette.

„Nii et sellepärast sa need tabletid alla neelasid, et maailmast end ära kaotada! Kahju, et sul ei õnnestunud. Kahju."

„Jah, kahju. Oleksin olnud õnnelik, kui poleks sind enam kunagi näinud."

Anglophone tõusis püsti. „Ma lähen nüüd ja jätan su üksi." Ta pööras selja oma endisele naisele ja armukesele ning suundus ukse poole.

„Kui sa nüüd lähed, ma räägin talle. Ma räägin talle."

„Ja paned ta kõik kaotama?" Ta astus tagasi tema voodi juurde. „Sa ei räägi talle. Sa oled juba liiga palju ohverdanud." Ta kõhkles, koputades oma kondise sõrmega lõuale. „Ma palun õel, et ta viiks sind iga päev jalutama, et sa saaksid värsket õhku, kui see aitab. Ja raamatuid. Ma saadan sulle raamatuid. Tee nimekiri. Minu raamatukogu on sinu raamatukogu."

„Aitäh, Teddy. Aitäh. Jah, saada mulle viimased romaanid. Ajakirjad. Klatš. Isegi ajalehed. Siin ei lubata meil uudiseid vaadata... Ma ei tea isegi, mis aasta on."

„On 2016. Me hoiame sind siin ahelas, aga lõdvendame kaelarihma. Vaata, et sa ei korralda uut enesetapukatse stseeni. Ma pean oma lubadust, kui sina pead oma. Nüüd head ööd, mu Rose. Ma ei tule tagasi. Ma korraldan sulle kõik vajaliku, kui sa saadad Tibblesile konfidentsiaalse kirja."

„Aitäh, Teddy. Aitäh," pomises Rosemary. Kiikuv uks paugatas Teddy väljumisel ja hetke hiljem Stephen tagasitulekul.

„Kas kõik on korras, ema?" küsis Stephen, tema voodi poole astudes.

„Ma tunnen end veidi paremini. Vabandust, et sind nii hirmutasin. Muidugi ma tunnen sind. Sa oled Stephen, mu poeg."

„Kui sa mind enam kunagi ei tunneks, ma..."

„Vaikust. See oli ravimite mõju. Ma olen veel taastumas."

„Jah. Päevavalguses näed asju teisiti?"

„Jah, Stephen, näen, ja ma püüan veelgi rohkem terveks saada, et siit välja pääseda. Ma hakkan jälle lugema. Võib-olla isegi kirjutama. Ühel päeval lastakse mind siit välja. Sa saad mulle oma elu näidata."

„Et terveks saada, ema, pead rääkima sellest, mis juhtus. Kõik need aastad tagasi. Raamatukogus."

„Stephen. Stephen. Stephen. Stephen," kordas Rosemary tema nime ikka ja jälle. Stephen raputas teda, aga ta oli läinud.

Hiljem oli Stephenil raske keskenduda.

Tema peas kordus ema hääl, kes tema nime kordas. Stephen. Stephen. Stephen. Ta kuulis seda nüüd alati. Iga öö. Iga päev.

Ema hüüdis tema nime ega teadnud, et ta püüdis vastata.

# KAPITEL 42

R ibby istus raamatukogu põrandal ristis jalgadega. Tema pilku püüdis veel üks raamat: „Kõik, mida sa kunagi mustast maagiast tahtsid teada (aga kartsid küsida)". Ta naeris pealkirja ja tagakaanel oleva silueti üle.

Mis lollakas.

Mis Anglophone neid veidraid raamatuid teeb?

Ta ütles, et see on minu raamatukogu.

Jah, see on ka veider. Miks ta need sinu raamatukokku pani?

Siin on palju raamatuid, ta ei saanud ju teada, millised neist silma jäävad ja mind lugema meelitavad.

Need kaks tõmbasid sind kohe ligi. Nagu oleksid need valgustatud.

Ah, sa teed sellest liiga suurt numbrit. Kuula lihtsalt:

Ka sina võid saada Hexingu ekspertiks. Kõik, mida pead tegema, on järjekindlus. Esiteks vali isik, kellele soovid Hexingu panna. Märkus: Hexingud on negatiivsed asjad. Ära pane Hexingut kellelegi, keda armastad (välja arvatud juhul, kui tegemist on armastuse-vihkamise suhega või kui sulle teeb rõõmu näha kedagi, kellest hoolid, kannatamas).

Kui oled objekti valinud, hakka koguma tema isiklikke esemeid. Juuksed kammist või harjast või padjalt. Küüned. Varbaküüned. (Märkus: palun kasuta ära visatud esemeid!) Sõrmused. Kellad. Ära tee seda liiga silmatorkavalt. Peida need kindlasse kohta.

Eriline märkus: harjuta peegli ees, kuidas vastad, kui keegi küsib: „Kas sa oled mu kella näinud?" Eriti kui sa pole eriti hea valetaja. Ole alati valmis vastusega. Alibi. Ole valmis laimu levitama.

Ribby üritas valada veel ühe klaasi šampanjat: pudel oli tühi.

Ta pistis nimetissõrme lehele, kus oli peatunud. Majas oli vaikne, tema maitse jaoks peaaegu liiga vaikne. Ta hiilis trepist üles nagu ulakas laps ja ronis riietes voodisse.

Mis kerge kaal.

$$* * *$$

Ärka üles, Ribby. Stephen siin. Ärka üles."

**"**    Ribby kattis end, oodates Stephenit, kuid teda ei olnud seal.

See oli unenägu. Kahju.

Peas tuikas. Higi voolas otsaesist raamatu kaanele. Vaprate jalgadega kandis ta raamatu koridori kaudu vannituppa. Plekk oli juba kuivanud. Ta pühkis selle näopesuga ära.

Ta võttis fööni ja suunas selle niiskele kohale. Ta läks tagasi oma tuppa ja pani raamatu öölauale kuivama.

Nüüd, kui tal polnud enam millelegi keskenduda, tõusis iiveldus ja pani ta kõhust kõhklema. Ta võttis sügavalt hinge, püüdes võidelda oksendamisega, kuid see ei aidanud. Ta jooksis koridori mööda ja jõudis just õigel ajal. Ta tundis end veidi paremini, kui loputas suu ja pesis hambad.

Kuna pea ikka veel tuikas, läks ta tagasi oma tuppa. Ta ronis voodisse ja tõmbas teki üle pea.

# KAPITEL 43

Kuna ta ei suutnud motellis magada, oli Anglophone Angela peale kinnisideeks. Tal oli palju teha ja aeg jooksis. Esiteks pidi ta maailmale teatama, et Angela on tema uus raamatukoguhoidja ja tulevane abikaasa. Angela oli juba tema võimusesse sattunud, kergesti mõjutatav ja tema vajadus Angela järele kasvas iga päevaga.

Aastaid oli ta otsinud sobivat partnerit: maainglit. Tema Angela sobis ideaalselt. Tema ennastsalgavus haiglas lastega, tema naiivsus meeste suhtes. Rääkimata sellest, et ta oli kahtlemata 35-aastane neitsi. Sellist naist oli tänapäeval peaaegu võimatu leida. Täiuslik kandidaat tema uue raamatu uurimiseks. Ja ometi, pärast nende abiellumist, pärast... ta mõtles, kas ta osutub samasuguseks nagu kõik teised.

Ta lülitas televiisori sisse ja veetis ülejäänud öö Supernatural'i kordusi vaadates.

# KAPITEL 44

Järgmisel hommikul helises Stepheni piipar. Hr Anglophone kutsus teda. Stephen ignoreeris ühe piiksu, kuid siis kostis kaks pikka piiksu ja lõpuks veel kolm piiksu. Ta teadis kogemusest, et Anglophone'i ootama jätta ei ole mõistlik.

„Piip-piip-piip-piip-piip-piip-piip-piip-piip-piip-piip-piip-piip-piip-piip-piip-piip-piip-piip-piip-piip-piip-piip-piip-piip-piip-piip-piip-piip-piip-pi

Stephen oigas. Ta ei saanud endale lubada töökoha kaotust, kui tal oli nii palju muud ka kaalul.

„Oh, olgu peale," karjus Stephen, sulgedes motelli ukse enda järel. Ta pööras nurga taha ja nägi Anglophone'i limusiini kõrval teda ootamas.

„Sir, vabandust, et teid ootama pidin," ütles Stephen.

„Kiirusta, ma ei saanud selles neetud motellis magada ja tahan koju oma voodisse magama minna.

Tulge nüüd. Me ei saa teie ema heaks enam midagi teha."

Stephen avas Anglophone'ile ukse. Ta ootas, kuni too turvavöö kinnitas, ja istus siis juhiistmele. Ta käivitas auto ja sõitis minema. Ta vaatas tagasipeeglist Anglophone'i.

„Helistasin just haiglasse, ema seisund näib paranevat. Nad ütlesid, et ta magas hästi ja sõi hommikusööki."

„Ta on parimas hoolduses," ütles Teddy.

„Tänan teid..."

„Pole tänu väärt, Stephen."

# KAPITEL 45

Nädalad möödusid ja muutusid kiiresti kuudeks.

Anglophone oli enamiku ajast ära. Kui ta ja Ribby koos olid, palus naine talle asju, mis tema arvates muudaksid tema elu täiuslikumaks.

„Ma tahaksin õppida autot juhtima," palus ta õhtusöögi ajal.

Anglophone pühkis suunurgast salvrätikuga. „Aga sul on ju juba autojuht."

„Ta on enamiku ajast sinuga ära," vastas Ribby pahuralt.

Ära küsi temalt, ütle talle ise. Ütle, et meil on siin igav. Ütle, et me...

„Ma mõtlen selle peale," vastas Anglophone. Ta ei mõelnudki.

Päevad möödusid Ribbyle enamasti raamatukogus. Ta paigutas asju ümber, korrastas neid. Aga see oli vaikne ja üksildane koht. Midagi selles kohas tegi ta veelgi üksikumaks. Seal oli liiga vaikne ja ta igatses Toronto veeallika rahustavat helina.

Ribby ei rääkinud enam autojuhtimisest. Kui ta järgmine kord tagasi tuli, oli tal muud palve.

„Ma tahaksin raamatukogusse mõned asjad tellida. Ma mõtlen peamist raamatukogu,“ küsis ta.

„Mida iganes su süda soovib,“ vastas Anglophone.

„Ma ostan arvuti, sülearvuti...“

„Pole vaja. Saad kasutada Tibblesi kontoris olevat arvutit.“ Ta võttis lonksu kohvi. „TIBBLES!“ Tema teenija saabus. „Laske proua Angela kasutada oma kontoris olevat arvutit, kui ta soovib raamatukogudele asju tellida.“

„Jah, sir,“ vastas Tibbles. Ta vaatas Ribby poole, kummardas ja läks minema.

Järgmisel päeval palus Ribby arvutit kasutada ja ta juhatati Tibblesi kontorisse. Mees seisis kogu aeg tema selja taga ja tal oli raske keskenduda, rääkimata midagi tellida. Lõpuks loobus ta sellest mõttest.

Teisel õhtusöögil ütles ta: „Ma tahaksin broneerida auto, et sõita Simcoe haiglasse haigeid lapsi külastama.“

„See on nii väike haigla, mitte midagi sellist, millega sa harjunud oled. Pealegi on sul raamatukogu ja su vastutus suureneb, kui hakkame uuesti avamist ette valmistama,“ vastas Anglophone.

Ma ei tahtnud sinna niikuinii minna.

Oli kurb, kui ta ära oli, ja kurb, kui ta tagasi tuli. Tema uus elu ei olnud sugugi nii tore, kui ta oli arvanud.

# KAPITEL 46

Tibbles ootas väljas, kui Anglophone tagasi tuli.

Pärast Stepheni lahkumist üritas Anglophone täielikult riietatuna magama minna.

„Ma olen täis energiat, Tibbles."

„See on kindlasti nii, aga miks?"

„Oh, asjad on paranemas. Ma räägin sulle hiljem."

Tibbles nõudis oma peremehe riiete eemaldamist. Ta asendas need Anglophone'i lemmikute punaste satiinist pidžaamaga.

Kui tema peremees oli teki alla roninud, pani Tibbles muusikakasti tööle. Seadmest kostis koorilaul „Lullaby and Goodnight".

„Viis tuult peaks piisama," mõtles ta.

Tibbles võttis Anglophone'i riided ja lahkus toast. Ta vaatas kella. Tema peremehe soovil pidi mõne tunni pärast tööle asuma uus tüdruk. Ta naasis oma tuppa.

# KAPITEL 47

R ibby haigutas ja sirutas end. Tema kohal laes kõndisid kummituslikud kujud lõpututes ringides. Ta vaatas neid uudishimulikult.

Siin tunned end koduselt, lõdvestunult, aga pead olema valvel. Ole ettevaatlik, sest Teddy ei ole prints Charming. Ta on pigem vanaisa Charming.

See on ebaviisakas ja sa oled paranoiline.

Ribby nuusutas oma kaenlaaluseid ja läks duši alla. Riietudes ja juukseid föönitades mõtles Ribby jälle Martha peale.

Kuidas sa saad seda vana naist igatseda?

Ta on ikkagi minu ema.

Sa oled liiga usaldav! Ja mõnikord oled sa sentimentaalne loll.

Ma tunnen, et peaksin talle helistama. Ta oli kindel, et midagi juhtub.

Ta teab, kus sa oled; kui ta sind vajab, helistab ta.

Ribby naasis tuppa ja vaatas aknast välja. Ta märkas Stepheni limusiini kõrval.

Uksele koputamine katkestas tema mõtted. „Kes seal on?"

„Kas soovite täna hommikul hommikusööki oma tuppa?"

„Kas härra Anglophone on ikka veel ära?"

„Ta on tagasi, aga tal on halb olla. Kuna te sööte üksi, kas soovite süüa aias?"

Ribby avas ukse ja nägi sõbraliku näoga noort tüdrukut. „See on suurepärane idee. Sa oled uus, eks? Kuidas sa nimeks oled?"

„Jah, olen küll. Ma olen A-Abbey, preili. Minu nimi on Abbey."

„Noh, Abbey, mul on hea meel sinuga tutvuda," Ribby peatus, kui kuulis kedagi lähenemas. See oli Tibbles.

„Kas ma saan teid aidata?"

„Ei, tänan. Abbey on kõik kontrolli all."

Tibbles vaatas Abbey poole ja tüdruk värises. Siis kummardas ta ja kadus nurga taha.

„See on mu esimene päev. Tänan teid, proua."

„Mille eest?" küsis Ribby naeratades. „Kuna me mõlemad oleme siin üsna uued, võime koos õppida," ütles ta ja kutsus tüdruku oma tuppa.

„Ma panen kõik valmis, proua. Viieteistkümne minuti pärast?" Abbey tegi kummarduse. Tema silmad naeratasid, kui Ribby uuesti rääkis.

„Jah, ma tulen varsti," ütles Ribby ja sulges ukse enda järel. Ta kutsus Abbey istuma ja enda juurde.

Ta on abiline, Rib, ära ole naeruväärne.

„Aga preili, ma ei saa," ütles tüdruk, silmad liikumas küljelt küljele, nagu oodates, et Tibbles iga hetk ilmub.

„Isegi kui see oleks käsk?" küsis Ribby silma pilgutades.

Kas sa tahad, et see tüdruk vallandataks?

„Proua, see oleks vale. Tibbles on minu ülemus,“ sosistas ta.

„Ma mõistan. Mida Tibbles ei tea, ei tee talle ka halba, eks? Homme too hommikusöök minu tuppa, kui härra Anglophone ei söö.“

„See oleks mulle rõõm,“ ütles Abbey kergendatult.

Sa ei palu teenijal koos sinuga süüa. Lollakas. Mina ka ei salli Tibblesit, aga ta on Anglophone'i parim käsi.

Mulle on ükskõik.

Ma lihtsalt ütlen, et Teddyle see ei meeldi.

Ma mõtlen selle peale siis, kui see juhtub.

# KAPITEL 48

Pärast paar tundi magamist kutsus Anglophone Tibblesi enda juurde.

„Pidu! Täna õhtul. Siin. Täna. Toitlustajad. Siin on külaliste nimekiri. Ütle neile, et nad peavad kindlasti tulema… Ma mõtlen kõiki, kes midagi tähendavad. Saada kutsed kohe kulleriga või vii ise kohale. Minu autojuht on sinu käsutuses. Helista kümnele kõige olulisemale külalisele. Nad peavad kindlasti tulema. Kas sa said aru?“

„Jah, nii tehakse. Nii et sa oled otsustanud, et tema on see õige?“

„Ma olen oodanud õiget hetke ja täna on see õige aeg. Ma tunnen seda kogu oma olemusega. On aeg kõigile teatada raamatukogu taasavamise kohta. Samal ajal tutvustame ka meie uut pearaamatukoguhoidjat, minu kihlatut.“

„Ja proua Angela, kas ma peaksin talle teie plaanidest teatama?“

„Ta teab minu kavatsusest teatada tema uuest ametikohast ja meie kihlusest.“

Tibbles kohendas padja ja pani selle Anglophone'i pea taha.

„Ma tahan teda sellega üllatada. Ütle moemeeskonnale, et nad oleksid siin kell 17.00 – mitte varem ega hiljem. Pidu algab kell 20.00 täpselt. Hilinejad ei pääse sisse. Veendu, et nad mõistavad, et „täpselt" tähendab „täpselt"," ütles Teddy. „Praegu olen ma liiga erutunud, aga pean puhkama. Palun jäta mind üksi kuni kella kolmeni. Siis valmista Angela ja minu jaoks aias pärastlõunatee."

„Jah, sir," vastas Tibbles kummardudes. „Kas soovite, et ma keeraksin muusikakasti, et saaksite uuesti magama jääda?"

„Muidugi, muidugi, Tibbles. Tänan. Kolm keerutust peaks piisama, lõppude lõpuks on see ju ainult uinak."

Pärast muusikakasti üleskeeramist kummardas Tibbles ja lahkus toast. Ta pomises endamisi, kontrollides trepist alla minnes käsipuud tolmu eest.

Tolmu ei olnud.

Tibbles istus fuajees ja vaatas üle peo üksikasjad. Ta oli juba tellinud toitlustaja. Kõik oli valmis.

$$***$$

Mõni aeg hiljem üritas Anglophone magama jääda. Tema eraliin helises. Ta ootas, kuni automaatvastaja sisse lülitub. Kui seda ei juhtunud, tõusis ta voodist, et vastata.

„Tere, Teddy," ütles Martha. „Ma tean, et sa ütlesid, et ma peaksin sulle sellele numbrile helistama ainult hädaolukorras."

„Ma kuulan."

„Ma vajan su abi."

„Kuidas nii?" küsis Teddy.

„Ma olen vanglas, mind süüdistatakse mu õe ja tema vägistaja mõrvas. Ma vannun, et ma ei teinud seda. Ma vannun."

„Ma saan aru, aga ma ei tea, kuidas ma sind aidata saan. Kas ma pean sulle advokaadi palkama?" Anglophone kõndis edasi-tagasi. Lühike une oli ta vihaseks teinud.

„Ma helistan sulle, sest ma lähen selle eest vangi. Ma tunnistan end süüdi ja mu advokaat ütleb, et kohtunik mõistab mulle varsti karistuse."

„Kuidas su olukord minuga seotud on? Ma olen hõivatud mees."

„34 aastat tagasi võtsid sa peale noore tüdruku. Ta oli läbimärg. Ta oli hilisõhtul tee ääres hätta jäänud."

„Ei, mul pole kombeks oma limusiiniga sõitjaid peale võtta."

„Sa sõitsid. Ah, sa ei mäleta. Aga mina mäletan. See olin mina. Sa võtsid mind peale ja koos me... Sa oled Ribby isa."

Anglophone langes uskumatusest voodile. Ta pingutas ajusid, püüdes meenutada. See oli trikk. Ta teadis, et see oli trikk. „Mis autoga ma sõitsin?"

„See oli Mercedes Benz. Hall."

See oli tõsi.

„Sel ööl päästsid sa mu elu mitmel moel. Sa pead mind uskuma. Ma pean teadma, et sa hoolitsed tema eest. Ta on su tütar. Kas sa teed seda minu heaks? Ja kas sa lubad mulle, et sa ei räägi talle kunagi, et ma siin olen?"

„Ma ei tea, mida öelda. Ma olen sõnatu." Ta kõndis edasi-tagasi. „Miks tunnistada midagi, mida sa pole teinud? Miks takistada oma tütart sind külastamast?"

„See on kõik, mida ma sinult palun."

„Jäta see minu otsustada. Las ma mõtlen selle üle. Kui ta on minu tütar..."

„Ta on. Kindlasti." Ta peatus. „Ja aitäh."

Anglophone lõi toru hargile.

See ülbe lits. Kuidas ta julgeb mulle niimoodi teha?

Teddy ei saanud magada. Pea lõi tugevalt. Ta oli teatud aastaaegadel migreenihoogudele altis ja Martha uudis oli talle tugeva hoo andnud.

Ta helistas Tibblesile.

Tibbles märkas kohe oma peremehe seisundit. „Rahune, rahune," ütles ta, „paari tunni pärast on kõik parem." Ta pakkus talle viskiklaasi ja unerohtu. Anglophone jõi selle ühe sõõmuga ära ja lükkas klaasi teenrile tagasi.

Kui Anglophone oli rahunenud ja vaikseks jäänud, keerutas Tibbles muusikakasti üles ja koristas toa.

„Kas veel midagi, sir?"

Anglophone oli juba sügavalt magama jäänud.

Tibbles naeratas ja sulges ukse enda järel.

✳ ✳ ✳

Tibbles kontrollis veel kord oma peoliste tegevuste nimekirja, mõeldes oma uuele töötajale Abbey'le. Ta oli varem märganud kahte sosistavat noort naist. See võis olla hea või halb märk. Ta teadis, et ta ei olnud populaarne, kuid tema pühendumus Anglophone'ile oli piiritu.

Abbey oli tulnud linna ühe majapidamise soovitusel. Ta lootis, et see kohalik tüdruk hoiab Miss Angelat silma peal.

Kui ta leidis ta aias, oli ta uudishimulik ja ärritunud. „Miss Angela, kuidas te täna aias hommikust sööte?"

„See oli m-m-minu idee," tunnistas Abbey, teda katkestades. „On ju nii ilus hommik!"

Tibbles vaatas teda kurjalt ja jätkas Ribbyga rääkimist. „Pärastlõunane tee on ka aias. Härra Anglophone tahtis, et see oleks üllatus, nii et palun teeskle üllatust. Ta tuleb teiega ühinema."

„Oh, vabandust. Ilusa ilmaga ei saa väljas piisavalt süüa," ütles Ribby, silma pilgutades Abbiele.

„Hästi siis," ütles Tibbles ja vabandas end.

„Uff, see oli napikas," ütles Abbey, pühkides otsaesist.

„Ära muretse, Abbey, ma saan vana hea Tibblesiga hakkama. Jätka ideede väljamõtlemist. Ma räägin sinu eest härra Anglophone'ile hea sõna."

„Aitäh, proua," ütles ta, suutmata varjata oma hääles põnevust.

„Ära kasuta proua või preili, Abbey, mitte siis, kui me üksi oleme. Me oleme ju sõbrad."

„Sõbrad," ütlesid kaks tüdrukut üheskoos.

Ma tahan oksendada.

# KAPITEL 49

Anglophone ärkas oma uinakust ja kutsus Tibblesi.

Tavaliselt tõmbas Anglophone kutsumisnööri üks kord. Kui oli hädaolukord, tõmbas ta nööri kaks korda. Täna tõmbas ta nööri kolm korda.

Tibbles komistas oma jalgade üle, kui ta koridori mööda tormas. Ta soovis, et ta oskaks lennata. Ta kandis oma käte vahel kõiki oma plaane ja kinnitusi selle hooaja peo jaoks. Kõik oli täiuslik. Ta oli saavutanud rohkem, kui ta oli kavandanud. Kõik seltskonnadaamid olid oma osalemise kinnitanud. Ta ei suutnud oodata, et Anglophone'ile kõik üksikasjadest rääkida.

Tibbles koputas ja pistis pea ukse vahele. Anglophone oli ikka veel voodis. Tekk oli kaela tõmmatud ja ta nägu oli piimvalge.

„Tibbles, ma ei tunne end hästi, üldse mitte hästi. Pea käib ringi ja ma kardan…"

„Vabandage, sir," katkestas Tibbles, „kas toon teile veel tablette?"

„Ei, ei, Tibbles. See pole selline peavalu, mis niipea möödub. Ma olen täna kogu päeva töövõimetu. Ma tahan üksi olla. Pimedas."

„Aga täna õhtul, sir," protestis Tibbles. „Peol."

„Tühista see."

„Aga..."

„MA ÜTLESIN, T-Ü-H-I-S-T-A SEDA!"

„Hästi, sir," ütles Tibbles, alla neelates viha, kui ta kummardudes toast välja läks. Ta sulges ukse ja lahkus.

Tibbles helistas Viveca Hartmanile The Local Voice'i. Ta palus tema abi sõnumi levitamisel.

„Ma teen kõik, mis minu võimuses," ütles pr Hartman.

„Tänan," vastas Tibbles.

# KAPITEL 50

Viveca lõpetas kõne kurikuulsa Theodore P. Anglophone'i teenri Tibblesiga. Ta kiirustas linna toimetaja Frank Munsoni kabinetti ja rääkis talle viimased uudised.

„Sa tahad öelda, et viimasel hetkel tühistati Anglophone'i üritus?" küsis paks Munson, suitsetades oma sigarit.

„Anglophone on haige."

„Ma olen teda linnas näinud ja ta on terve nagu hobune. Räägitakse, et tal on suhe noore tüdrukuga, kelle ta linnast kaasa tõi. Tüdruk elab tema juures. Jumal teab, mida Anglophone kavatseb," ütles Munson, puhus suitsurõnga ja vaatas, kuidas see laiali hajus.

„Noh, peame ootama, et teada saada.

Ja kui nad uue kuupäeva määravad, lähen kindlasti sinna ja toon sulle sensatsiooni. Võib-olla vaatan ka seda tüdrukut. Kas ta teab Anglophone'i minevikust?" „Viimase mõrva eest ei suutnud keegi teda süüdistada, aga ta oli kahtlusalune. Kui ta poleks kõigile raha maksnud, oleks ta süüdi mõistetud. Lõppude lõpuks mõrvati naine tema majas.

Ainult neil kahel oli raamatukogu võtmed. Ta nägi ka süüdi välja. Mina tahaksin selle juhtumi kindlasti lahti harutada ja naisele õiglus kätte tuua."

„Minu isa arvas, et Anglophone varjab kindlasti midagi. Tõde jääb ilmselt igaveseks saladuseks," ütles Viveca kahetsusega. „See uus tüdruk, kes temaga koos seal on, ei meeldi mulle."

„Vaene tüdruk!" ütles Munson, suutmata enam varjata oma põnevust uue info üle. „Lähme sinna ja vaatame, mida saame teada. Hei, miks sa ei lähe sinna poole jalutama, vaatad, kas näed teda. Uuri olukorda. Saad aru, Hartman?"

„Ma teen, mis suudan. Ma tahan, et see oleks diskreetne," ütles Viveca veendunult.

„Kui keegi suudab välja uurida, mis toimub, siis oled see sina," ütles Munson, kustutades sigari põleva osa.

„Kas su naine jagab neid ikka veel normiga?" küsis Viveca naeratusega.

„Jah, aga mida ta ei tea, see ei tee talle haiget."

„Selge." Viveca suundus väljapääsu poole.

Munson pani osaliselt suitsetatud sigari tagasi tsellofaanpakendisse. „Ja anna mulle sellest kord päevas aru – proovime selle värdja kinni nabida."

„Jah, sir," Viveca sulges ukse enda järel.

Ta oli Munsoniga peetud vestlusest väga rõõmus, sest mees uskus tema võimetesse. Ta oli tulnud siia ilma suurema kogemuseta, kuid tal olid head tutvused ja tugev soov saada reporteriks. Ta oli töötanud end üles korrektuurist sotsiaalse rubriigi toimetajaks, kuid ta tahtis enamat.

See on minu võimalus ja ma ei kavatse seda ära rikkuda!

Viveca, kes elas üksi kahekorruselises kortermajas Port Doveris, istus autosse ja sõitis koju. Ta läks trepist üles, mõeldes, kui hea on elada üksi. Ta plaanis veeta vaikse õhtu kodus.

Oli ootamatu, et ta koju tulles leidis isa ootamas. Tema isa elas Brantfordis, 45 minuti kaugusel.

„Tere, isa," ütles Viveca.

„Viv, tore sind näha. Ma lootsin, et saaksime täna õhtul koos süüa," ütles Frank Hartman. Ta tõi selja tagant välja suure lillekimpu. „Arvasin, et need teevad su laua rõõmsamaks."

„Täna on oad röstsaial, isa," ütles Viveca. Ta tõusis püsti ja suudles isa kiilast pead.

„Oh, see on siis gurmeeroog." Frank naeris ka ja astus kõrvale, et tütar saaks ukse avada. „Tead, Viv, kui sa annaksid oma kallile isale oma võtme, siis ma võiksin sulle midagi gurmeerooga kokata ja sind üllatada. Munapuder röstsaial."

Nad naersid, rõõmsad üksteise seltskonnas.

„Aga isa," kiusas Viveca, „mis siis, kui mul oleks kohting? Sa tunneksid end sissetungijana kohutavalt ja mina tunneksin end süüdi."

„Ah, kui sul oleks kohting, oleks mul hea meel, et sa välja lähed. Ma olen sinu üle uhke, Viv, aga ma arvan, et sa raiskad oma aega seltskonnalehekülgedel.

Sa väärid enamat."

„Ma tean, ma tean, isa," ütles Viveca, kui ta küpsetatud oad mikrolaineahju tassi valas ja ajastuse kaheks minutiks seadis. Ta pani kaks viilu leiba rösteri ja vajutas nuppu alla. „Kaks minutit õhtusöögini. Cabernet Sauvignon, sobib? Või eelistad Chardonnayd?" Kui kaks minutit olid möödas, segas ta oad läbi ja pani need veel kolmeks sekundiks mikrolaineahju.

„Mulle sobib hästi pudel õlut." Frank avas endale õllepurgi. „Külm õlu ja küpsetatud oad röstsaial HP kastmega – midagi gurmeelisemat pole olemas!"

Viveca määris röstsaiale võid ja valas küpsetatud oad viiludele. See oli Briti roog, tema ema lemmik. Ta ja isa sõid seda tihti koos. Ilma tema nime mainimata oli tunne, nagu istuks ema koos nendega lauas.

Frank võttis sahtlist söögiriistad ja nad istusid sööma.

„Mis uudist?" küsis ta.

„Midagi erilist, peale töö. Ma kirjutan uut lugu. Kuidas sul läheb, isa? Mis uudist?"

„Minu elu on sama, sama, aga see uus lugu kõlab huvitavalt. Räägi mulle rohkem."

„Ma ei taha sinuga tööst rääkida, isa. Kindlasti on sul mulle midagi huvitavat rääkida. Mis su aias toimub? Kas vana proua Warner ikka veel ajab sind naabruses taga?"

Frank pani noa ja kahvli taldriku kõrvale. Jõi paar lonksu õlut.

„Vabandust, ma panin su piinlikku olukorda." Viveca valas oma klaasi veel veini ja võttis lonksu. „Olgu, räägime minust. Tööst. Minu lugu on Theodore Anglophone'ist."

„Mis ta seekord kavatseb?"

„Huvitav, et sa seda küsid. Kas sa näed teda ikka veel tihti, isa?"

„Viimasel ajal mitte. Ta on pärast raamatukogu juhtumit üsna eraklikuks muutunud. Ta läheb linna, kus teda nii hästi ei tunta. Kuulsin, et tal on veel üks noor tüdruk, Viv. Kas see on tõsi?" Ta võttis veel ühe lonksu õlut, pilk Vivile kinnitatud.

„See on tõsi, ja mu ülemus palus mul temast rohkem teada saada."

Frank neelas, peaaegu lämbumas. „Sa ei taha Anglophone'i vaenlaseks, mitte selles linnas, Viv. Ole ettevaatlik.

Pea meeles, et meega püüad rohkem kärbseid kui äädika. Vanasõna, aga täiesti tõsi." Ta köhatas, et mõtted selgeks saada, ja võttis siis uue suutäie. „Ma tean, isa. Ma ei taha ka seda võimalust ohtu seada. Nagu sa ütlesid, ma pean sotsiaalmeediast välja ja midagi muud tegema, midagi väljakutsuvamat. Midagi, mis on rohkem minu moodi." Ta liigutas toitu taldrikul, mõtted uue loo võimaluses, mis võiks muuta tema elu. „Ma aitan, kuidas suudan. Aga ma olen alati arvanud, et selle naise surm raamatukogus oli anglophone'i hooletus. See pidi olema varjamine. Ei ole loogikat, miks keegi raamatukogu rööviks ja naise kinni siduks. Võib-olla tegime selle naise suhtes valesti, kui lasime tal temast nii rääkida. Ma pole kunagi tundnud, et see oleks õige, kuigi Anglophone ja mina oleme aastaid tuttavad olnud. Ta pole sellest ajast saati enam endine olnud – jookseb naiste järel, toob nad koju. Viib nad välja, näitab neid ringi nagu näituseloomi. See on lausa häbiväärne," ütles ta, nuusutades, nagu oleks tema ninna tunginud halb lõhn. „Ma tean, isa.

Tänan nõuande eest. Nüüd olen väsinud ja tahan magama minna. Jääd ööseks?"

„Pärast kahte õlut ma kindlasti autot ei juhiks."

„Siis jää ööbima. Jäta nõud pesemata."

„Sa peaksid endale nõudepesumasina ostma."

„Mul on juba üks! Head ööd, isa," ütles Viveca ja suudles isa põsele.

„Head ööd, kullake."

# KAPITEL 51

Hommikusöögi järel oma tuppa tagasi minnes helises koridoris telefon ja Ribby võttis toru.

„Stephen?" Naise hääl vaikis. „Stephen?"

Ribby avas suu, kuid enne kui ta midagi öelda jõudis, rebis Tibbles telefoni tema käest.

„Hallo?" Tibbles ootas. „Siin on anglosaksi elanikud." Keegi oli toru otsas. Ta kuulis nende hingamist. „Preili Angela, te ei tohi selles majas telefonile vastata. Te olete elanik ja meie oleme personal. Palun lubage meil oma tööd teha."

„Vabandust, Tibbles."

Tibbles hoidis telefoni käes. „Kas teine inimene ütles midagi?"

„Mitte midagi," vastas Ribby eemaldudes.

„Kui soovite seltsi, preili, siis Abbey on teie käsutuses."

„Ei, aitäh. Ma tahan üksi jalutada."

Kui ta oli läinud, tõstis Tibbles telefoni uuesti kõrva. Pinnapealne hingamine. „Rosemary?"

„Jah."

„Ma ütlesin, et siia ei helistaks."

„Ma tean, aga ma olen meeleheitel. Ma pean siit jumalast hüljatud kohast välja saama. Ma lähen hulluks."

Tibbles kõndis edasi-tagasi ja rääkis nii vaikselt kui suutis. „Sa pead lihtsalt paluma tal sind aidata."

„Ma palusin, ja ta pakkus mulle raamatuid saata. Ma ei vaja raamatuid, et end häirida, ma pean siit välja pääsema. Ma võiksin välismaale minna. Keegi ei tunneks mind seal."

„Ma ei saa sind aidata. Ma pean minema." Ta tegi žesti, et paneb telefoni ära.

„Oota!" hüüdis Rosemary.

Ta tõstis telefoni uuesti kõrva juurde. „Sa tead, mida ta mulle tegi."

Tibbles kõhkles. „Ma pean minema. Ära helista siia enam." Ta pani toru hargile.

Tibbles läks esiklaasi juurde ja vaatas välja. Ribby istus veranda toolil. Ta läks kööki.

Kas me peaksime Stephenile telefonikõnest rääkima?

Ma ei ole kindel.

Võib-olla helistaja ei meeldi ka Tibblesile.

Hm, selles võid sul õigus olla.

Ribby suundus limusiini poole. Kui ta lähemale jõudis, nägi ta, et Stephen magas rooli taga, autojuhi müts silmade peal.

Ribby kummardus avatud akna poole.

Kui me peame ta äratama, siis vähemalt suudlusega. Keegi ei saa teada.

Ta köhatas. Oled sa aru kaotanud?

Vaata neid huuli. „Tere ärka," ütles Angela, kui Stephen liigutas ja võttis mütsi silmilt.

Stephen vaatas kaks korda.

„Mõni hetk tagasi küsis üks naine sinu järele telefonis."

„Oh?"

„Tibbles võttis selle mu käest. Ta pidi siis toru hargile panema."

Stephen haaras roolist kinni.

„Ta ütles ainult su nime."

„Kas sa ütlesid talle, et ta küsis minu järele?"

„Ei."

„Tänan, et mulle ütlesid." Tema käsi puudutas Ribby küünarnukki. „Vabandust."

„Pole midagi." Ta peatus ja kallutas end ettepoole, uudishimu võitis. „Kas sa tead, kes see oli?"

„Jah, preili. See oli mu ema."

# KAPITEL 52

Tibbles'i range ja jäik versioon Spidey-meelest hakkas kipitama. Ta oli kindel, et Angela oli valetanud, aga miks? Ta liikus esitoa akna juurde, kui Angela eemale kõndis. Ta jätkas tema jälgimist. Angela peatus, et Stepheniga vestelda. Huvitav. Millal nad sõpradeks olid saanud? Või olid nad üldse sõbrad?

Siis ta mõistis, mis toimub. Kui preili Angela telefonile vastas, oli Rosemary rääkinud. Tegelikult oli ta öelnud Stepheni nime ja nüüd oli preili Angela seal väljas seda sõnumit edasi andmas. Veelgi huvitavam.

Tibbles arvas, et parim on poissi millegagi hõivata. Ta otsustas Stephenile ülesande anda.

Anglophone oli olnud väga selge. Teda ei tohtinud häirida. Ta räägib talle kõik ära, kui aeg on õige. Kiitus või isegi rahaline preemia võiksid olla kohased.

Tibbles jätkas majas ringi käimist ja leidis Abbey tolmu pühkimas. Ta palus tal välja minna ja Angela proua jalutuskäigul seltsiks olla.

„Kui ta üksi välja läks, härra Tibbles, tahab preili Angela ilmselt üksi olla.”

„Kas ta käskis sul temaga mitte kaasa minna?" Tibbles sundis teda tolmulapi maha panema ja põlle ära võtma.

„Ei, härra," vastas Abbey. Ta lohistas jalgu, kui ta minema hakkas.

Tibbles karjus: „Tõsta oma jalad üles, rumal tüdruk."

Ta juhatas ta välisukse juurde ja välja.

„Jah, härra Tibbles," vastas Abbey.

Kuna ta Angelit ei näinud, küsis ta Stephenilt, kus ta on.

Stephen osutas. „Ma arvan, et ta tahtis veidi üksi olla."

„Seda ma härra Tibblesile ka ütlesin, aga ta nõudis."

Stephen naeris.

$$*\ *\ *$$

Stephen vaatas Abbyt eemalduvat ja mõtles Tibblesile. Pole ime, et majas oli nii suur tööjõu voolavus. Teised ei olnud tema sarnased. Teised ei olnud Anglophone'ile midagi võlgu. Ilma Anglophone'ita ei oleks ta kunagi suutnud oma ema nii kallisse hooldekodusse hoida.

Ta pilk järgnes Abbyt, kui too lähenes Angelale, kes vaatas nüüd üle vee. Kui ta servale jõudis, pani tema kaitsva instinkt teda muretsema, et ta võiks kukkuda.

Tema telefon helises. Tibbles kutsus teda. Ta läks sisse.

„Stephen, sa pead mõned asjad ära tooma," ütles Tibbles, seistes Stepheni kohal, et oma autoriteeti rõhutada. „Härra Anglophone on haige. Siin on nimekiri."

Tibbles ulatas selle talle. Stephen heitis pilgu märkmetele ja pani need oma jakitasku.

„Nüüd on sul midagi teha, kuna sul pole muud tööd."

„Pole probleemi, härra Tibbles." Stephen läks välja. Ta läheb asjad tooma ja tuleb kohe tagasi, kui on ema juurest läbi vaadanud.

# KAPITEL 53

Järgmisel päeval otsustas Viveca minna ingliskeelsesse piirkonda. Ta otsustas sõita maalilist teed mööda veepiiri. Ta avas akna ja pani päikeseprillid ette. Päike oli kõrgel, pilvi oli vähe. Teeservas kasvasid lillad, kollased ja sinised looduslilled.

Sõit oli meeldiv, liiklust oli vähe. Kui ta pööras nurgalt kõige ilusama vaatepunkti juurde, märkas ta noort naist, keda ta varem näinud polnud.

See peab olema tema. Ta aeglustas sõitu.

Teine tüdruk ühines esimese juurde. Noorem. Nad embasid teineteist ja kõndisid mööda teed.

Viveca sõitis teelt kõrvale ja parkis auto lehtede alla. Ta kõndis oma kõrgetel kontsadel mõne meetri kaugusele, et vähendada vahemaad enda ja kahe naise vahel. Kui ta oli piisavalt lähedal, et nad teda kuulda võiksid, hüüdis ta: „Ai!" ja kukkus maha.

Nad ei kuulnud teda. Ta proovis uuesti. „ABI!"

Kaks tüdrukut pöörasid ümber ja tulid tema juurde. Ta sirutas käe käekotti ja vajutas salvestusnuppu. Okei, lapsuke, nad tulevad, nii et tee oma töö ära. Ta hõõrus ühe käega pahkluud, et veri pinnale tõuseks, ja pühkis teisega krokodillipisarad silmist.

„Kas vajate kiirabi?" küsis Ribby.

„Oh, ma olen nii kohmakas," ütles Viveca. Ta üritas püsti tõusta. „Minu pahkluu, ma arvan, et see on nihestunud. Ma nägin juba ette, kuidas ma siin kogu öö koiottide ulgumise saatel istun, kuni ma teid kahte märkasin."

„Milline kujutlusvõime," ütles Ribby, kummardudes vaatama.

Abbey tegi sama. See oli veidi punane.

„Mu nimi on Viveca, Viveca Hartman, muide." Ta ulatas käe.

„Mina olen Abbey ja see on Angela. Meeldiv tutvuda."

Kajakas tiirles Viveca pea ümber ja ärritas teda oma kraaksumisega. Viveca peletas ta minema.

„Oh, kas ma tohin?" küsis Abbey.

Viveca noogutas.

Abbey kummardus ja masseeris seda paar sekundit. „Noh, kas on parem?"

„Jah, aitäh," vastas Viveca.

„Kus su auto on?" küsis Ribby.

„Ma pargisin selle sinna varju." Abbey aitas Vivecal püsti tõusta. Kui ta oli püsti, ütles ta: „Ma olen ajakirjanik ja teen lugu loodusimetest. Ma olen kuulnud, et siit ülevalt on vaade suurepärane."

„On küll," vastas Ribby.

„Järgmine kord peaksid kandma sobivamaid kingi."

Jah, nagu sina, kui raamatukogust siia kõndisid.

Ole vait.

Nad aitasid Viveca tema autoni.

„Oli tore teiega tutvuda ja suur tänu, et aitasite hädas olevat neidu. Oh, siin on minu visiitkaart, juhuks kui soovite kunagi ühendust võtta.”

„Tänan. Kas te kindlasti saate sõita?” küsis Abbey.

„Jah, aitäh. Oh, kuna see on siin lähedal, siis ma mõtlesin, et kas te tüdrukud teate midagi raamatukogust. Ma kuulsin, et see võib uuesti avada?”

„Ei, me ei tea sellest midagi,” vastas Ribby.

„Noh, see on olnud aastaid suletud. Kahtlaste asjaolude tõttu. Paneb mõtlema uue raamatukoguhoidja üle.”

„Mida sa vihjad?” küsis Ribby.

„Ma lihtsalt mõtlesin, kas ta, ma mõtlen uus raamatukoguhoidja...“

„Miks sa arvad, et uus raamatukoguhoidja on naine?“ küsis Ribby.

„Oh, kuulujutud. Ma tahaksin temaga rääkida. Võib-olla isegi teha intervjuu ajalehele.“

„Vabandust, me ei saa teid aidata. Me peame minema. Õnne artikli kirjutamisega.“

„Loodan, et su pahkluu paraneb kiiresti,“ lisas Abbey.

„Ah, jah, aitäh abi eest. Loodan, et näeme veel kunagi.”

Kui Viveca oli autosse istunud, läksid Abbey ja Ribby minema.

„Väga kummaline,” ütles Ribby, vaadates üle õla tagasi.

„Ma ei mõtleks sellele enam,” vastas Abbey.

„Ma tean,” ütles Ribby kulmu kortsutades. „Mul on tunne, et ta teadis juba, kes ma olen. Nagu oleks ta kalapüügiretkel.”

„Sul on õigus, aga ta on ju läinud. Pealegi ootab Tibbles kindlasti seal taga kannatamatult minu tagasitulekut. Ma ei usu, et ta arvas, et ma nii kaua ära olen."

„Oh, ta tahtis, et sa mind jälitaksid. Sa oled tema väike nuhkimisagent," ütles Ribby, pannes oma käe Abbey õla ümber.

„Ma ei teeks seda kunagi," ütles ta, selle mõtte peale kohkunult.

„Muidugi, aga ta ei tea, et me oleme sõbrad."

„Ma kindlasti ei räägi talle sellest reporterist."

„Ma annan hr Anglophone'ile teada, et me kohtasime teda siin. See ei ole Tibblesi asi."

Nad pöörasid ümber tee, mis viis mõisa ette, ja läksid sisse.

# KAPITEL 54

Stephen saabus haiglasse ja palus oma ema näha. Tema palve lükati tagasi. Ta muutus ärritunuks ja tekitas skandaali.

Kaks suurt ja jõulist turvameest tõstsid ta tagant üles ja viisid haiglast välja.

„Helistage mu tööandjale, härra Theodore Anglophone. Helistage talle!"

„Muidugi, teeme seda," ütles väiksem neist kahest mehest, kui Stepheni keha põrkas kõva pauguga asfaldile.

Tema rehvid vinkusid, kui ta haiglast ära sõitis. Ta sõitis kogu tee tagasi oma mõisa. Tal oli ükskõik, kui palju kive auto piki teed põrkas.

$$* * *$$

Viveca lõi käed roolile. Tema plaan ei olnud õnnestunud. Ta lootis, et ei olnud kogu tehingut ära rikkunud.

Pean seda tüdrukut hoiatama, seega pean isaga rääkima ja vaatama, kas ta saab mind aidata, mõtles Viveca. Kui ma nii edasi jätkan, ei saa ma kunagi edutatud.

Ta seadistas oma telefoni nii, et kõik kõned läheksid automaatselt kõlarisse. Ta nihutas istme lähemale, kui puu all parkimiskohalt välja sõitis. Peaaegu kogu tee oli juba tagasi sõidetud, kui telefon helises ja liin avanes.

Vastutulnud must limusiin ületas keskjoone ja sõitis tema sõidurajale.

Limusiini juht silmad suurenesid ja ta pööras rooli samal ajal kui Viveca. Kaks autot möödusid teineteisest vaid sentimeetri kauguselt.

„Hoo! Vaata ette! Sina, hull värdjas!" karjus Viveca.

„Loodan, et sa ei räägi minuga," ütles Munson.

„Ei, boss, see oli Anglophone'i autojuht. Ta oleks mind peaaegu alla sõitnud!"

„Mis temaga lahti on?"

„Pole aimugi, aga ma olen kindlasti rõõmus, et me sõidame vastassuunas."

„Nii, kas sa leidsid ta?"

„Leidsin."

„Ja?"

„Tegin sellest väikese etenduse. Teesin, et väänasin pahasti pahkluu."

„Oh poiss. Kas ta uskus?"

„Tundus piisavalt veenev."

„Ja milline ta oli?"

„Tema nimi on Angela. Tundus tore, kuigi naiivne."

„Siis pole ta ühiskonnas tõusja? Või kohalik?"

„Ei, üldse mitte. Ta on teistsugune. Arvan, et ta on umbes kolmekümnendates, vaikne, pehme hääl. Loodan, et ma ei surunud liiga peale ja ei peletanud teda ära."

„Kurat, Viveca, su sotsiaalmeedia koolitus peaks õpetama, kuidas keerulistes olukordades toime tulla. Loodan, et sa ei rikkunud midagi, ja kui rikkusid, siis paranda see."

„Muidugi, boss," vastas ta ja lõpetas kõne. Ta suundus koju.

oju tagasi jõudnud, otsustas Stephen otse sisse minna ja Anglophone'ile kõik üles tunnistada. Kui ta astuks oma tegude eest vastutusele ja tunnistaks oma eksimust, siis Anglophone oleks kindlasti mõistev. Anglophone'il oli oma ema vastu nõrk koht. Ta aitaks asja korda ajada.

Aga kui ta mainiks telefonikõnet, siis reedaks ta pr Angela; et ta oli tulnud tema juurde ja rääkinud talle kõnest.

Seega ei saa ma kõnest rääkida. Pean talle ütlema, et mul oli sisetunne, et ema on ohus. Poja instinkt. Ma pidin minema teda kohe vaatama. Anglophone suudab mulle kindlasti andestada.

Stephen läks sisse. Seal ei olnud kedagi. Ta pani posti tagasi.

# KAPITEL 55

Anglophone ärkas ja karjus Tibblesi järele.

Tibbles oli köögis ja ristküsitles Abbyt. Anglophone'i pidev uksekella helin häiris tema tähelepanu.

Tibbles osutas sõrmega Abbyt näole. „Me pole veel lõpetanud! Ära liiguta! See on käsk!"

Kui ta Anglophone'i ukse juurde jõudis, kostis seest midagi kõva krahh. Tibbles lükkas ukse lahti ja mis vaatepilt talle avanes.

Tavalisest veelgi kannatamatum anglophone oli laest helistamisaparaadi maha tõmmanud. Ta istus seal punase näoga krohvi ja prahi keskel.

„Vabandust, sir," ütles Tibbles.

Anglophone vaatas teda vihaselt ja karjus. „Muidugi, Tibbles. Sa vabandad alati, aga see pole oluline. Nüüd ütle mulle, miks haigla helistas mu eranumbrile ja kaebas ühe minu töötaja peale?" Ta tegi mõjuvalt pausi ja kui Tibbles ei reageerinud, jätkas ta.

„Ma, ma..."

„Stephen tekitas päris suure kära."

„Ma, ma..."

„Sina, Tibbles, mis sul enda kaitseks öelda on? Miks sa saadad mu töötajaid minu tööajal ringi tormama? Või sõitis minu autojuht minu territooriumilt omal soovil minema? Seleta end, mees!"

„Mina, meil oli vaja mõningaid asju majapidamiseks. Te olite hõivatud. Stephenil oli vaba aeg. Tal olid konkreetsed juhised. Ma ei osanud arvata, et ta kuritarvitab minu usaldust." Ta peatus. Higi tilkus tal otsaesist. „Teie usaldust. Ta on ülbe...".

„See ta on, aga sina, Tibbles, oled kohmakas loll! Nüüd karista Stephenit. Pane ta järgmise kahe nädala jooksul muru niitma ja otsi talle asendaja.Ja palka vähenda.Ta saab viiskümmend dollarit vähem palka ja tema kaasosalise eest saad sama palju. Too keegi siia ja lahenda see asi... ja ära unusta unerohtusid. Nüüd mine, enne kui ma sada teen!"

Mõni aeg hiljem magas Ribby sügavalt raamatukogu põrandal, avatud raamatud tema ümber.

Uinutid, mille Anglophone oli palunud Tibblesil tema teesse panna, olid mõjunud. Ta vajas vaid paar minutit, et võtta proov, kui nad tema tuba korda tegid, ja siis saaks ta teada, kas Angela on tema tütar.

Anglophone seisis tema kohal, vaatas teda ja ihkas teda nii väga, et tal oli valus. Ta ei saanud olla selle tüdruku isa. See oli võimatu. Pelk mõte, et ta võiks tunda tõmmet omaenda liha ja vere vastu...

Kui ta teda vaatas, tuli talle meelde Martha. Ta oli rääkinud tõtt. Nad olid varem kohtunud. Miks ta ei olnud teda enne meenutanud, kui Martha sellest rääkis? Mälestused olid vananedes sellised, tulid ja läksid ilma igasuguse loogika ja põhjuseta.

Ta silitas Ribby juukseid, mõeldes. Ta jätkas tema käeselja puudutamist, kui ta tema pluusi varruka üles keerutas.

Vial oli valmis ja nõel oli valmis.

Ärka üles, Ribby. Ärka üles! See vana värdjas on siin. Ta on...

„Mu kallis Angela," sosistas Anglophone, kui ta nõela otsa tema veeni torkas. Veri voolas ampulli. Ta vaatas haava ja kummardus tema kohale, lakkudes avatud haava keelega. Veri maitses magusalt, nagu Angela. Ta tundis, kuidas tema püksid jäid kõvaks, ja teadis, et peab sealt minema. Ta vihkas näha teda kogu öö põrandal nii ebamugavas asendis.

Ta kogus proovi kokku ja kleepis pudelile sildid. Ta võttis laualt naise telefoni.

Tibbles seisis ukse taga, kui Anglophone välja astus. „Teie tellitud sõiduk ootab juhiseid."

„Hetk," Anglophone pani proovid külmikusse. Ta ulatas need Tibblesile. „Ütle juhile, et sõidab otse laborisse. Ma olen juba laborisse teatanud, et see on kiireloomuline. Ootan kohe vastust." Ta peatus. „Kui oled valmis, vii ta oma tuppa. Ja veel," ta ulatas Tibblesile naise telefoni. „Pane see kuhugi turvalisse kohta, kuni ma sulle teisiti ütlen."

Tibbles noogutas. „Ma olen seda sinu palve järgi aeg-ajalt peitnud, aga nii on see kindlam." Siis suundus ta maja ette.

Anglophone läks tagasi oma tuppa. Tal oli kõht tühi, aga hiline pärastlõunatee aias aitaks selle probleemi lahendada. Seni ei saanud ta hetkekski rahu, kuni ta ei teadnud kindlalt, kas ta on oma tütre armunud.

# KAPITEL 56

O odates, et kirves langeks, lõi Stephen autoukse kinni, haaras Tibblesile ostetud koti ja tormas sisse. Ta peatus poolel sammul, kui kohtas Tibblesit.

Tibbles karjus: „Siin sa oled, sa idioot! Mine kohe minu kabinetti!"

„Mitte praegu, sa suur suupuhuja, mine mu teelt ära. Ma pean Anglophone'iga rääkima."

Tibbles tõstis käe, et Stephenile lüüa.

Stephen tõrjus löögi ja mehed vaatasid üksteisele otsa. Stephen hoidis Tibblesi kätt paar sekundit kinni ja lasi siis lahti.

Mehed seisisid silmitsi, nina peaaegu kokku puutumas, võideldes selle üle, kes esimesena järele annab.

„Vabandust, Tibbles," ütles Stephen.

„Seda peaksid sa küll ütlema. Vabandus on vastu võetud. Nüüd mine minu kabinetti ja oota mind. Mul on esmalt asju ajada, siis saame selle asja klaarida."

Tibbles lahkus majast. Ta kummardus ootava auto avatud aknasse ja edastas Anglophone'i juhised. Auto kihutas minema. Tibbles naasis oma kabinetti.

„Istu palun, Stephen." Tibbles kõndis paar sekundit edasi-tagasi, enne kui rääkima hakkas. „Härra Anglophone on äärmiselt ärritunud. Esiteks on ta minu peale vihane, sest ma lasin sul tema aega raisata. Teiseks on ta vihane sinu peale, sest haiglast kaebati sinu tekitatud stseeni pärast. Mida sa mõtlesid?"

„Ma tundsin, et emal on halb olla. Ma pidin seda kontrollima. Vaadata, kas temaga on kõik korras."

„Valetad, kõik on vale," pomises Tibbles. „Ma tean, et Angela rääkis sulle telefonikõnest. Julged seda eitada?"

Stephen vaatas oma jalgu.

„Su käitumine räägib enda eest! Niisiis, kui ma palusin sul mõned asjad tuua, kavatsesid sa minu usaldust kuritarvitada."

„Mul on kahju, Tibbles. Tõesti, aga ma pidin minema."

„Härra Anglophone on sind kaheks nädalaks töölt kõrvaldanud. Kuna ma usaldasin sind, on ta ka minu palgast maha arvanud. Pealegi oled sa siin koerakäru – muru niidad, teed kõiki ülesandeid, mis sulle antakse. Ma pean palkama uue autojuhi. Õnneks ei ole uus mees nii ülbe kui sina!"

„Mul on kahju, et su palka vähendati. Ma ei arva, et see on õiglane. Ma võin temaga rääkida."

„Sa ei räägi."

„Võta mu palk ära, aga palun ära jäta mind ilma sõidukita. Lase mul temaga rääkida. Ma palun tal andestust."

„Härra Anglophone ütles, et ta ei soovi sinuga kahe nädala jooksul rääkida. Kui sa teda näed, jätka tööd. Näita oma pühendumust. Näita talle kahetsust. Meil on õnn, et ta meid vallandada ei lasknud. Aegamööda läheb kõik jälle normaalseks."

Tibbles võttis telefoni ja eiras Stepheni kohalolekut.

Stephen, kes ei teadnud, mida teha, pani pea käte vahele. Tibbles lobises telefoniga. Masendunult tõusis ta püsti ja lahkus kontorist. Ta astus välja, rusikad sügavalt taskusse surutud.

Ta uitas tundide viisi ringi, vaatas vaateid ja kaalus oma mõttes asju.

Ta pidi välja mõtlema, kuidas oma ema sealt ära saada.

Ta pidi leidma viisi, kuidas Anglophone'ist sõltumatuks saada.

Ta pidi oma elu enda kätte võtma. Kui ta vaid teaks, kuidas.

# KAPITEL 57

R ibby avas silmad. Esialgu ei teadnud ta, kus ta oli. Viimane asi, mida ta mäletas, oli raamatukogus lugemine.

Ta üritas istukile tõusta, kuid pea valutas ja tuba keerles. Ta kallistas end ja märkas oma käel suurt lillakat verevalumit. Ta üritas meenutada, millal see võis tekkida. Tal ei õnnestunud.

Angela ei mäletanud samuti midagi. Midagi häiris teda. Hägune mälestus, kättesaamatu.

Kuidas see võis juhtuda?

Sa ilmselt kõndisid millegi vastu. See poleks esimene kord.

Tõsi, ma võin olla kohmakas.

Ära muretse. Sul on tähtsamaid asju teha.

Ribby tundis vihjatud kala praadimise lõhna ja jooksis koridori mööda vannituppa oksendama. Ta pesis nägu ja jõi paar lonksu vett.

Kas parem?

Ma arvan, et jah, aitäh.

Kus Teddy üldse on? Tundub, nagu ta oleks huvi kaotanud. Sa olid ta oma käes.

Ta on hõivatud mees.

Ribby peses end puhtaks ja harjas hambad.

Pealegi pole ta viimasel ajal hästi olnud.

Midagi ikka veel vaevas Angelat. Midagi, mida ta oli peaaegu meenutanud, aga siis libises see tal meelest.

Aga ta on mees ja sa pead tema huvi äratama. Flirtige veidi. Lisage veidi seksapiili. Hoidke teda mõistatamas ja lootmas. Ma ei soovita sul kohe kõike anda. Mängi temaga.

Mul pole meestega palju kogemusi.

Ma arvan, et ta on südamest kiimas vana mees.

Ta tahab, et keegi oleks tema jaoks olemas. Keegi, kelle peale ta saab loota.

Ta võiks oma raha eest igaühe valida. Niisiis, ära seda ära riku, lapsuke – või kui rikkud, siis tee seda väärt!

Sa oled nii vastik.

„Miss Angela, Miss Angela," hüüdis Abbey, koputades uksele.

„Mr. Anglophone ootab teid aias."

„Tule sisse, Abbey. Ma ei tunne end pärastlõunatee jaoks eriti hästi."

„Te peate minema."

Ribby istus voodile ja hoidis pead kätega.

„Palun öelge härra Anglophone'ile, et ta tuleks tunni aja pärast minu juurde."

„Nagu soovite, proua Angela."

„Kui oled valmis, tule tagasi ja aita mul end korda teha."

„Muidugi, proua Angela. Ma tulen kohe tagasi."

Mõni hetk hiljem naasis Abbey Ribby tuppa.

„Loodan, et härra Anglophone ei olnud minu peale vihane," ütles Ribby.

„Ei, preili Angela. Ta mõistab, et meil võtab kauem aega end korda teha," vastas Abbey naerdes. „Istuge nüüd siia ja las ma aitan teid." Abbey lobises, samal ajal kui Ribby lasi end hellitada. „Voilà," ütles ta.

„Aitäh, Abbey."

„Sa näed imeline välja!" ütles Abbey, kui nad mööda koridori välja aeda läksid.

Ribby märkas Teddy, kelle nägu oli ajalehe taga peidus. Ta istus vaikselt tema kõrvale. Teddy ei kuulnud teda. Ribby naeratas.

Tibbles tormas laua juurde ja teatas: „Tere päevast, proua Angela."

Teddy oleks peaaegu ajalehe maha pillanud, kui ta püsti tõusis. „Kui kaua sa seal istusid?"

„Tegelikult ainult paar minutit. Kas sa igatsesid mind?" sosistas Ribby, võttes tema käe oma pihku.

Anglophone tõmbas käe ära ja ütles: „Ma olin väga, väga haige."

Ribby põsed põlesid.

Mis asi?

„Aga ma mõtlesin sinu peale, tihti."

„Ja mida sa minust mõtlesid?"

„Ma mõtlesin sinust ja raamatukogust."

„Täpselt, ja mul on mõned ideed, mida tahaksin sinuga arutada."

„Kuhu Tibbles läks? TIBBLES!"

Tibbles tuli tagasi. Abbey jäi tema järel. Nad kandsid kandikuid, mis olid täis toitu ja jooke. Anglophone'i taldrik täitus kiiresti toiduga, Ribby valis tugeva tassi teed.

„Ma olen mõelnud," ütles Ribby, teed segades. „Ma tahaksin raamatukogus lastele ette lugeda ja esineda. Tahaksin planeerida lastepäeva."

„Ja mis see endast kujutaks?"

„Autorid võiksid raamatuid ette lugeda."

„Hmmm, huvitav, huvitav," ütles Teddy.

„Samuti tahaksin, et me annetaksime raamatuid haiglatesse."

„Jah, need ideed meeldivad mulle, mu ingel, see nõuab mõtlemist ja organiseerimist. Praegu peaksime keskenduma raamatukogule. Kui oleme tööle hakanud, võib-olla aasta või kahe pärast, siis võid need teised ideed ellu viia. Mine aeglaselt, Angela. Pea meeles, et see ei ole suur linn. Me räägime siin teist tüüpi inimestest."

„Perekonnad on kõikjal."

„Ma saan aru, mida sa mõtled," ütles Teddy, patsutades Ribby kätt nagu last, keda ta pidi paluma.

„Vabandage," ütles mees mütsiga käes ukseavast.

„Jah? Ah, ma näen, te olete uus autojuht."

Tibbles astus sisse, klõpsates kontsadega. „Ma ütlesin, et oodake mind köögis."

„Vabandust," ütles uus mees, kallutades mütsi esmalt anglosaksi ja siis Tibblesi poole. Ta astus tagasi ruumist välja.

„Kas Stephen on haige?"

„Ei, ei ole." Teddy võttis suutäie quiche'i. „Ta kuritarvitas minu usaldust. Ta on järgmise kahe nädala jooksul karistuses."

„Mul on kahju seda kuulda." Ta võttis lonksu teed. „Ma tahaksin emale helistada, aga ma olen oma mobiili kuhugi pannud."

„Muidugi. Kasutage esiku telefoni. Meie otsime vahepeal teie telefoni."

Ribby oli nii õnnelik, et ta tõusis püsti, pillates salvrätiku maha, ja tormas Teddy juurde. Ta lendas talle vastu, täis kirge, pani oma käed tema kaela ümber ja suudles teda huultele. Ta avas silmad. Ta vaatas talle vastu. Ta oli jääkülm.

Ta lükkas ta eemale ja tõusis püsti. Tema nägu oli punane.

Ribby jooksis toast välja ja trepist üles. Ta viskus voodile ja nuttis end magama.

Seda sa nimetad seksikaks?

# KAPITEL 58

J ärgmisel hommikul, pärast seda, kui ta avas rõduukse, sirutas Ribby end ja haigutas. Päikesekiired soojendasid tema nahka ja ta tundis tugevat igatsust vee poole. Ta riietus, võttis duši, viskas mütsi pähe, näpistas oma põski ja suundus mõisast välja.

Teel märkas ta Stephenit. Ta seisis seljaga tema poole, kuid ta kuulis kääride lõikamise heli. Ta kärpis roosipõõsaid.

„Stephen," ütles Ribby.

Ta sirutas selga ja tõstis käe silmade ette, et varjata päikesekiiri.

„Ma mõtlesin, kas sa võiksid mind kuhugi viia."

Ta ei vastanud. Selle asemel pöördus ta tagasi ja jätkas aiatööd. Ta ootas, kuni ta ära läks, ja jätkas lõikamist ja kärpimist. Hetke pärast ütles ta: „Miks mina? Küsi vanamehelt. Ma ei saa sind aidata. Ma ei saa isegi ennast aidata."

„Aga mul pole kedagi, Stephen." Ta puudutas tema õlga. „Ma tahan koju minna."

Ta pöördus järsult tema poole, nii et ta peaaegu kaotas tasakaalu. „Ma ei saa sind aidata. Kurat võtaks. Ma tahaksin, ausalt, ma tahaksin, aga ma... Teised inimesed sõltuvad minust. Ma ei saa sind aidata. Nüüd mine ära!"

Ribby astus tagasi, võideldes nutmise vastu. „Ma arvasin ainult... Vabandust, et sulle tüli tegin."

Stephen lasi ta lahti. Ta lasi tal eemale minna, enne kui ta teda hüüdis. Ribby eiras teda. Ta jooksis talle järele.

„Kuule, vabandust. Tema silmad kohtusid tema omadega. „Ma olen lihtsalt alandatud ja ma tõesti vihkan aiatöid."

Ribby vaatas tema pehmenenud näojooni.

Ta vaatas närviliselt maja poole, kui auto neist mööda kihutas. Juht väljus autost ja jooksis trepist üles, kus Tibbles ukse avas. Mõni hetk hiljem kihutas auto neist mööda, teel välja.

Ribby astus Stephenile lähemale.

Stephen astus Ribbyle lähemale.

Nad kohtusid kusagil keskel.

# KAPITEL 59

Tibbles andis ümbriku Anglophone'ile ja naasis oma töö juurde.

Anglophone seisis akna juures ja vaatas oma nüüd kinnitatud tütart ja poega, kes vahetasid üksteisele armunud pilke. Ta tundis nende vahelist keemiat isegi oma toas. Ta naeris, vaadates, kuidas nad sosistasid ja pilke vahetasid.

Ta helistas uksekella ja Tibbles naasis mõne sekundi pärast.

„Tibbles," ütles Teddy, „ma lähen täna linna. Mul on seal paar asja ajada. Teata autojuhile, et ma tulen homme tagasi.

Vaata vahepeal Stephen ja Angela järele. Vaata, mida nad teevad, aga ära lase neil märgata, et sa neid jälgid." Ta puudutas oma nina nimetissõrmega. „Diskreetsus, mu kallis Tibbles, diskreetsus."

„Muidugi, härra Anglophone," ütles Tibbles ja kummardas, kui toast välja läks.

# KAPITEL 60

Kuidas saan aidata?" küsis Stephen, juhtides Ribby
„ peateelt eemale. „Nagu ma ütlesin, ma ei saa isegi
ennast aidata. Mul on kohustused."

Tibbles keskendus neile, kui Anglophone lahkumiseks
valmis oli.

„Kas see on seotud su emaga?"

„Ma ei saa sulle öelda. Mida vähem sa tead, seda parem.
Miks sa tahad lahkuda? Kas ta on sulle midagi teinud?"

„Ma isegi ei tea, mida ma siin teen," ütles Ribby. „Miks just
mina?"

Limuusin kihutas minema.

„Kuhu ta küll läheb?"

„Tal on uus juht."

„Ma tean, aga see on ainult ajutine," ütles Stephen. „Kui
sa tahad minema, siis tee seda kohe."

„Kuidas ma saan? Mul pole autot."

Ribby, sa oled täiesti paanikas. Rahune maha.

„Kindlasti tunned siin kedagi, kes võiks aidata."

„Ma kohtasin eile ühte ajakirjanikku, Viveca midagi."

„Jah, helista talle. Küsi temalt."

„Aga kui ta ei tule?"

„Usalda mind, ta tuleb," ütles Stephen.

„Kuidas sa tead? Miks ta peaks minust hoolima?"

„Kas ta ei küsinud sulle Anglophone'i kohta palju küsimusi?"

„Ei, mitte eriti," vastas Ribby. „Ta ütles, et kirjutab lugu loodusimetest."

„Võib-olla sa arvad nii, aga usu mind, sina oled see lugu. Peale ajakirjanike jälgivad olukorda kindlasti ka politseinikud."

„Ma ei saa aru. Miks?"

„Kõik, mida ma sulle öelda saan, preili, on helista talle. Las ajakirjanik selgitab. Aga ära räägi midagi minust, mul on niigi piisavalt probleeme. Ja jumala pärast, ära helista kodust. Sa vajad mobiiltelefoni või veel parem, kas sa usaldad Abbyt? Ma mõtlen, tõesti usaldad Abbyt?"

„Mul oli mobiil, aga ma kaotasin selle. Abbey kohta – jah, ma arvan, et usaldan," ütles Ribby. „Ma olen üsna kindel, et usaldaksin talle oma elu."

„Siis kasuta teda. Palu tal helistada ajakirjanikule. Ma laseks sul helistada minu nimel, aga Tibbles on ilmselt minu telefonid pealt kuulama pannud. Tee seda täna, preili."

„Aitäh," ütles Ribby, puudutades tema kätt.

„Okei, näeme siis," ütles Stephen. Ta vaatas akna poole ja märkas, et kardinad liiguvad. Tibbles. Ta jätkas rooside kärpimist.

Nii armas tagumik.

Kas sa ei mõtle kunagi midagi muud?

Stephen pöördus ümber, vaatas Ribby poole ja asus uuesti tööle.

Ribby otsis Abbyt.

Kui nad peaaegu põrkasid kokku peakoridoris, ütles Abbey: „Tibbles ütles, et ma pean sind kohe üles otsima. Ma ei tea, mis see kära on. Ainult sellepärast, et härra Anglophone on paar päeva ära."

„Jah, ma nägin just tema autot."

„Ma pean olema su vari."

Ribby ja Abbey läksid uksest välja ja jätkasid teed. Kui nad olid piisavalt kaugel mõisast, ütles Ribby: „Ma tahan siit minema ja ma vajan su abi."

„Kui Tibbles teada saab, saab ta väga vihaseks. Ta võib mind isegi vallandada."

„Sa pead kellelegi helistama. See naine, keda me eile kohtasime, tead küll, see reporter?" Abbey noogutas. „Sa pead minema telefoni juurde, mitte siia, kuhugi mujale, ja helistama talle. Leppige kokku kohtumine. Teed sa seda?"

„Ma saan seda teha," ütles Abbey pärast mõningast kõhklust. „Tegelikult lähen ma Fairfieldi talusse juustu ostma. Juht pidi mind viima, aga nüüd pean ma jalgsi minema. Sealt saan talle helistada."

„Sa oled täht," ütles Ribby. „Ma lähen tagasi sisse. Naudi Fairfieldi talu."

„Millal ma kohtumise kokku lepin? Ma mõtlen sinu ja Viveca kohtumist?"

„Ma arvan, et ta mõistab, kui raske see mulle on. Ütle talle, et härra Anglophone on ära ja et võimalikult kiiresti oleks parim."

„Kokku lepitud.”

Fairfield Farmis helistas Abbey ajalehe toimetusse Viveca Hartmani numbrile. „Tere, mina siin, Abbey."

„Milline Abbey?" küsis Viveca pahaselt. „Siin on Viveca Hartman ajalehest The Local Times."

„Jah, ma tean, kuidas su pahkluu on?"

„Minu pahkluu? Ma…" Viveca sai aru. „Abbey, ah jaa. Mida ma teha saan? Kas Angela? Kas temaga on kõik korras?"

„Jah," vastas Abbey, „ma olen sinu pärast väga mures olnud, sa oled nii haige ja siis veel niimoodi pahkluu välja väänanud."

„Olgu," ütles Viveca, „seal on veel keegi teine, eks?"

„Oh, jah," vastas Abbey, „sa pead tõesti rahulikult võtma ja jalga puhkama."

„Abbey," ütles Viveca, „ma ei tea, mida sa tahad või kuidas ma saan aidata. Kas ta tahab mind näha? Kas Angela tahab, et ma sinna tuleksin?"

„Jah," ütles Abbey, „hr Anglophone on linnas. Mida kiiremini, seda parem. Ma olen praegu Fairfield Farmis, ostan juustu."

„Olgu, Abbey,“ ütles Viveca, „kuidas oleks homme, kell 10–11?“

„Me püüame tulla. Palun oota meid Fairfield Farmis, isegi kui me hiljaks jääme.“

„Olgu,“ vastas Viveca.

# KAPITEL 61

K ell 21.00 pööras Anglophone'i limusiin Martha maja poole. See oli tema lemmikaeg aastas, kui õhtul oli veel valge. Tõsi, Martha oli vanglas, aga ta tahtis vaadata, kas naabritelt saab midagi teada. Ta oli ikka veel vihane, et Martha oli tema ellu tagasi hiilinud. Ta oli avanud oma raamatukogu ja oma südame, ja nüüd...

Martha maja oli kadunud. Täielikult hävitatud. Järele oli jäänud vaid hunnik põlenud rusu. Ta astus autost välja, et lähemalt vaadata. Autojuht seisis tema kõrval.

Kõnniteel kõndis vana naine. Tal oli seljas kulunud hommikumantel. Ta lähenes Anglophone'ile. Autojuht asus naise ja mehe vahele.

„Kohutav," ütles naine, püüdes Anglophone'ile lähemale minna. „Nii hea naine ja nii minema. Nii kurb. Ja tema vaene tütar. Keegi ei tea, kus ta on, ja nüüd see skandaal. Ma ei tea. Ma lihtsalt ei tea." Ta pühkis silmi oma varruka nurgaga, vaadates limusiini poole.

„Kas te tahate öelda, et siin elanud naine, Martha, suri?"

„Ei, ta ei surnud. Tema naaber proua Engle tundis suitsu lõhna. Ta tõmbas Martha ja Scampi sealt välja. Ta päästis nende elu, kuigi Martha ei tahtnud elada. Scampi võttis proua Engle endale." Ta osutas maja poole.

„Mida te mõtlete, et ta ei tahtnud elada?"

„Ta oli täis tablette ja alkoholi."

„Jätkake palun."

„Maja läks põlema nagu tikupakk. Me ei olnud kunagi sõbrad. Selle naise juures käisid pidevalt mehed. Nagu oleks tal pöördukseks olnud." Naine kraapis end, nagu oleks tal kirbud. „Ma lähen parem sisse, enne kui surma saan. Head õhtut, härra." Ta läks minema.

„Oodake. Jääge siia. Tulge minu autosse, ma annan teile viski soojendamiseks," ütles Anglophone.

Naine peatus. Ta pöördus tema poole. Ta kõhkles, siis läks minema.

„Ma oleksin teie abi eest väga tänulik," hüüdis Anglophone. „Ma tasun teile selle eest."

„Uh, aga ma ei tunne teid üldse," ütles naine.

„Võid olla üks Martha degeneratsioonist sõpradest. Tahad tükikest sellest." Ta viipas kätega ja naeratas, paljastades hambutu naeratus.

„Ma olen Theodore Anglophone, Martha vana sõber. Me tunneme teineteist juba ammu." Ta libistas naisele käe peale kahekümne dollari.

„Ta on vanglas."

Ta lehvitas naise näo ees viiekümnest, mida naine püüdis haarata.

„Rahulikult, sõber," ütles Anglophone. „Räägi mulle midagi, mis on viiekümne dollari väärt. Ma teen oma raha eest kõvasti tööd."

„Ma võin sulle asju rääkida, mis panevad su pea ringi käima."

Anglophone astus lähemale ja terav kapsalõhn sundis teda käega nina kinni katma. „Teie sõiduk ootab."

Vanem naine naeris, kui autojuht talle ukse avas.

Kui nad olid sisse astunud, valas Teddy klaasi viskiga täis ja ulatas selle naisele. Naine jõi klaasi ühe sõõmuga tühjaks. Teddy valas uue klaasi täis.

„Noh, Martha ja Ribby elasid siin, ja Martha oli prostituut, kuigi kuulduste järgi mitte eriti hästi tasustatud." Naine naeris. „Me teadsime seda, kõik naabrid teadsid. Me pigistasime silma kinni. Niikaua, kui ta meie meestest eemale hoidis, oli kõik korras. Siis ajalehed said teada ja tulid siia bordelli vaatama. Ribby ei olnud siis kohal, õnnistagu teda. Vaene väike tüdruk. Mida ta küll nägi, kui ta üles kasvas ja mehed siin käisid."

„Jah, räägi asjast, et saaksid oma viiskümmend dollarit," nõudis anglosaks.

„Kui maja maha põles, leiti... midagi... kuurist... hiljem... kui Martha haiglas taastus..."

„Räägi asjast."

Naine ulatas oma klaasi. Kui see oli täis, jätkas ta. „Siis leiti see, nuga."

„Oh, jumal," ütles Teddy, naisele lähemale kallutades. Ta täitis naise klaasi uuesti.

„Nii et seal ta oli, vaene Martha, ilma tütreta, ilma hingeta, ja nad süüdistasid teda esimese astme mõrvas. Kaks mõrva. Tema õde ja üks tema klientidest – ma arvan, et ta oli Thursday oma. See oli kõik ajalehtedes. Siin oli hullumaja."

„Thursday oma?" küsis Teddy vastikustundega.

Naine kõhkles:„Paks, väga, väga paks. Mitte tavaline paks. Väga inetu. Ja abielus ka."

„Jätka lugu. Mis siis juhtus?" küsis Teddy kannatamatult.

„Ta oli surnud. Selga torgatud. Ajalehed arvasid, et õed olid tema pärast tülitsenud." Naine naeris nagu kana, kes muneb, imestades, et naised sellise auhinna pärast tülitsevad.

„Ta on vanglas ja ootab kohtuniku otsust. Arvatakse, et ta tappis mehe ja oma õe. Siis sõitis ta nendega kaljult alla. Leiti nuga ja üks tema kleididest, mis oli Carl Wheeleri verega kaetud, oli tagahoovis kuuri alla maetud." Ta peatus ja ootas lootusega, et tema jutt oli piisav, et teenida viiskümmend dollarit.

„Sa olid väga abivalmis. Siin on veel sada su aja eest ja võid ka ülejäänud pudeli endale jätta."

Kui naine ei näidanud välja, et tahaks välja tulla, avas autojuht ukse. Anglophone tõukas teda veidi.

„Sa ei pidanud mind tõukama! Sina, sina!" hüüdis naine, taganedes autost.

„Sõida edasi," ütles härra Anglophone juhile, kui too oma kohale tagasi tuli. „Vii mind vanglasse."

„Jah, härra Anglophone."

Teddy levis istmele ja sulges silmad.

# KAPITEL 62

Järgmisel hommikul kohtusid Ribby ja Abbey Fairfield Farmis Vivecaga.

„Sa näed fantastiline välja!" ütles Abbey.

„Tänan, Ang," vastas Viveca. „Ma olen piisavalt terve, et täna isegi ühele neist hobustest hüpata ja ratsutama minna. Kui sa valida mõne rahuliku hobuse, siis ratsutamine sobiks mulle hästi."

„Abbey teab kõiki meie hobuseid," ütles proua Fairfield.

„Ma ei tahaks kiirustada, aga mul on linnas paar asja ajada. Tehke end mugavaks. Võtke, mida vaja. Kui soovite jääda, olen lõunaks tagasi."

„Ei, aitäh," vastasid kolm ühehäälselt.

„Töö, töö, töö," ütles Ribby, ja Abbey ja Viveca noogutasid nõustuvalt.

Pärast proua Fairfieldi lahkumist küsis Viveca: „Mis toimub?"

Abbey vastas: „Ma lähen ratsutama, kuni teie kaks räägite."

„Aitäh, Abbey. Sa oled kullatükk," ütles Ribby, vaadates, kuidas Abbey ukse enda järel sulges. Siis keskendas Ribby oma tähelepanu Vivecale, kes näis sama murelik kui tema.

„Kuidas ma saan aidata?" küsis Viveca.

„Esiteks, tänan, et nii lühikese etteteatamisega tulid. Ma olen Anglophone'iga majas üle pea ja kaela. Ma tahan koju minna."

„Ja ta ei lase sind? Sa oled vangis?"

„Mitte päris. Ta on olnud minu vastu väga lahke, kuni paar päeva tagasi – kuigi ma tunnen end väga isoleeritud, kuna ta on alati ärireisidel. Paar päeva tagasi, oh, ma ei oska seda muidu seletada, kui et ma tahtsin minna. Pealegi kadus mu telefon. Ma tean, et ta tahab, et ma jääksin ja raamatukogu avaksin, aga ma kahtlustan, et ta varjab minult midagi. Ma ei tea, miks ta tahab, et mina oleksin raamatukoguhoidja. Ma mõtlen, just mina. Ma ei vastanud ju sellele töökuulutusele. Ausalt öeldes olen ma hirmul."

„Esiteks räägi mulle, mida sa tead."

„Ma arvan, et sa peaksid algusest peale alustama."

„Anglophone on naiste seas kuulus. Lihtsalt öeldes, ta on ennast täis. Kogu selle raha ja võimuga, mis tal on, saab ta teha asju, mida tavaline mees ei saa. Näiteks on tal mitu nõukogu liiget oma taskus. On teada, et ta annab altkäemaksu, aga ta on nii võimas, et keegi ei suuda talle midagi tõestada. Nagu see juhtum raamatukogus. Stephen ema seoti kinni ja jäeti surema."

„See naine oli Stepheni ema?"

Aga Stepheni ema ei ole surnud...

„Sa tead, mis juhtus varem raamatukogus?"

„Jah, ma lugesin sellest internetist enne siia tulekut."

„Aga ajalehtedes ei räägitud kogu lugu. Kui ajakirjanikud kohale jõudsid ja ta leidsid, oli ta üsna halvas seisukorras. Ajakirjanikud räägivad, et ta oli alasti, toolile seotud, kehal põletusmärgid ja palju verd. Kohtueksperdid avastasid hiljem, et see oli loomaveri. Mõned räägivad, et Anglophone tegeles mustade jõududega. Veider värk."

Ribby meenus raamatu tagakaane siluett.

See ei ole loogiline. Stephen külastab teda.

Ja ta helistas talle.

Viveca jätkas: „Jah, aga on veel midagi. Mõned ütlevad, et ta oli Anglophone'i armuke. Ta oli kindlasti ainus inimene, kellele ta oma raamatukogu usaldas."

See muutub üha veidramaks.

„Minu isa oli Anglophone'iga kaua tuttav ja Stephen on seal elanud alates lapsepõlvest."

„Aga miks siis mina? Miks mina?"

„Ma ei tea, aga ma ei süüdista sind, et tahad koju minna. Kas sul pole sugulasi?"

„On," vastas Ribby, „mu ema on linnas. Ma pean talle helistama. Helistan talle kohe siit." Ribby võttis telefoni.

„Vabandame, valitud number ei ole enam kasutusel. Palun riputage toru ja valige number uuesti."

Ribby valis numbri uuesti, tulemus oli sama.

„Võib-olla saan ma temaga ühendust võtta? Palun tal tulla sind koos abijõududega, st politseiga, ära tuua. Mis ta nimi on?"

„Martha, Martha Balustrade."

„Oh jumal!" hüüatas Viveca. „Sa oled Martha Balustrade tütar!"

Oh, oh, mida mu kallis ema on nüüd teinud?

# KAPITEL 63

Teddy saabus vanglasse. Martha oli üksikvangistuses. Ta nõudis temaga kohtumist. Ta teeskles, et on tema advokaat.

Naine laua taga lehitses paberit. Anglophone lõi rusikaga lauale ja kordas oma nõudmist. „Helistage Frederick Schmidtile. Helistage linnapea Brownile. Nad tunnevad mind. Nad lubavad mul oma kliendiga KOHE kohtuda," karjus Anglophone.

Helistati. Anglophone ootas ikka veel tunde.

„Kas toon teile tassi teed?"

„Ei, aitäh," vastas Anglophone, „ma tahan ainult oma klienti näha."

# KAPITEL 64

Sa tunned mu ema?"

**99**  „Ta on sind eraldatuna hoidnud," ütles Viveca. „Kõik teavad su emast, arvestades viimase aja ajakirjandust. Kui keegi tunnistab üles kahe inimese, sealhulgas oma õe mõrva, siis see jõuab uudistesse – isegi siin. Rääkimata tema muudest kuritegudest. Esilehekülg linnalehes, Angela!" Ta vaatas, kuidas Ribby nägu muutus valge nagu leht. „Vabandust, ta on ju su ema."

„Mõrvar? Sa pead eksima." Ta peatus. „Muide, mu päris nimi on Ribby Balustrade."

„Siis miks?"

„See on inglise keele asi."

„Ta sundis sind nime muutma?"

„Ei, Angela on ilusam kui Ribby."

„Viveca pole ka just tavaline ega ilus nimi, ma saan aru, mida sa mõtled. Aga räägime parem su emast ja mõrvadest. Sa ei arva ju, et ta tegi seda?"

Me teame, et ta ei teinud, sest me tegime seda ise.

Ühe tegime meie, teine oli enesetapp.

Ribby ei öelnud midagi.

„Kuule, ma tean, et anglosaksid on sind siin all hoidnud. Arvad, et tal oleks vähemalt viisakust sulle öelda, et su ema on vanglas."

„Ma olen kogu oma aja raamatute lugemisega ja raamatukogu korrastamisega veetnud. Samal ajal on mu ema... Oh jumal, ma pean tema juurde minema. Kas sa viid mind sinna? Sa pead mind aitama. Sa pead!"

Abbey pistis pea nurga tagant välja ja kuulis Ribby palvet. „Mis juhtus? Miks ta nii endast väljas on? Angela, mis viga? Sa näed välja nagu oleksid kummitust näinud!"

„Ma pean täna linna minema. Kohe. Viveca viib mind sinna."

„Mu isa saab meid ilmselt lennukile, ja siis oleme kohal silmapilkselt. Oodake hetk, ma helistan talle ja seletan. Ta on hästi kursis juriidilise jama, vaatan, kas ta saab meiega ühineda."

„Lähikonnas on lennujaam? Miks Teddy siis Torontosse ei lenda? Ta ju saab seda endale lubada?"

„Ta kardab lennata," vastas Viveca just sel hetkel, kui tema isa teisel pool toru võttis. Ta selgitas talle kõik. Isa nõustus nendega lennujaamas kokku saada. „Okei, daamid, siis lähme!"

„Oodake," ütles Ribby, „kas me võime Stephenist ka läbi sõita? Ma tahaksin, et ta ka seal oleks."

„Muidugi, me sõidame läbi ja kui ta tahab tulla, siis mida rohkem, seda lõbusam. Mis sinust, Abbey? Tuled ka kaasa?"

„Ei, ma ei saa praegu oma tööd kaotada. Tibbles läheks lihtsalt marru, kui ma terve päeva ära oleksin." Abbey vaatas kella ja hakkas muretsema. „Ma olen juba liiga kaua ära olnud."

„Hüppa sisse, ma viin su sinna."

„Aga Tibbles?" küsis Abbey. „Mis siis, kui ta midagi küsib? Ma ei oska hästi valetada."

„Siis ära midagi ütle. Me peame minema, et varakult kohale jõuda."

„Olgu, lähme," ütles Ribby. Ta oli Martha pärast mures. Ta küsis endalt, kuidas see üldse juhtuda võis. Ta tundis end nii süüdi.

Maja juures istus Stephen auto tagaistmele ja nad kihutasid minema, jättes Abbey tolmu pilve seisma.

# KAPITEL 65

Külmas ja niiskes ooteruumis kõndis Teddy edasi-tagasi nagu ootav isa. Iga ootamise minutiga tõusis tema meeleolu. Kuuskümmend minutit. Üheksakümmend minutit. Sada kakskümmend minutit. Temast polnud märkigi. Kedagi polnud näha.

Mitu tundi hiljem kuulis Teddy kolksuvat heli, kui võtmehoidja ukse poole astus. „Vabandage," ütles ta järsult, kui naine temast mööda läks, „ma olen siin juba mitu tundi oodanud."

„Härra, uh, Anglophone. Teie palvel palusin erandit. See lükati tagasi. Tulge minuga kaasa, viin teid vastuvõttu."

Ta astus naisele lähemale ja küsis: „Mida te mõtlete, et keelduti?"

„Proua Balustrade ootab oma karistust," vastas naine ärritunult. „Ma olen hõivatud naine ja on juba hilja, palun järgnege mulle."

Ta tegi, nagu kästi, kuid ei olnud sellega rahul.

✳✳✳

Teddy oli limusiini istudes ikka veel raevus. Ta helistas Four Seasons hotelli ja broneeris sviidi, seejärel käskis juhil end sinna viia.

Teel helistas ta kiirvalimisest Tibblesile.

„Tibbles! Sa pead Angela kohe telefonile tooma, ja kiiresti!"

„Ta on Abbeyga jalutamas. Oota hetk."

Tibbles pani käe telefoni peale, kui nägi Abbyt sisse astumas. Ta küsis temalt Angela asukohta. Abbey ütles, et tema ja Angela olid juba mitu tundi tagasi lahku läinud.

„Härra Anglophone, ilmselt pole preili Angela veel tagasi tulnud."

„No LEIDKE TA ÜLES. Helistage mulle kohe, kui saate teada, kus ta on." Ta lõpetas kõne.

„Abbey, kas sa palud Stephenil sisse tulla? See on kiire." ütles Tibbles.

„Ma pole Stepheni näinud."

„Vaata kogu maja läbi. Ütle talle, et ta kohe minu juurde tuleb."

Abbey vaatas maja ühistes ruumides ringi. Ta uitas ringi, raiskas aega nii sees kui väljas. Pool tundi hiljem tuli ta tagasi ilma Stephenita. Tibbles oli selleks ajaks juba peaaegu plahvatamas.

„Kus ta on?"

„Ma vaatasin kõikjalt. Teda pole kuskil."

„Tee kõik ise. Tee kõik ise," pomises Tibbles. Ta puudutas möödudes tema õlga. „Kui ma ta sealt leian, võtan sulle viiskümmend dollarit palgast maha ja järgmine kord otsid, kui ma palun!"

„Aga, sir," alustas Abbey, kuid Tibbles lõi ukse enda järel kinni.

Tibbles vaatas ka kõikjalt. Stephenist polnud märkigi. Miss Angelast polnud ka jälgegi. Ta naasis majja ja helistas Anglophone'ile.

„Tibbles?"

„Jah, sir, mina olen. Ma ei leia Stepheni ega Miss Angelat."

„Kas nad on koos?"

„Ma ei tea."

„Aga see tüdruk peaks ju teadma. Sa ütlesid, et ta on Angela vari. Anna talle telefon."

„Ta pole käepärast."

„Mille eest ma sulle palka maksan? Leia ta üles ja pane ta kuradi telefoni juurde." Tibbles võttis telefoni konksult ja võttis selle kaasa. Kui ta kuulis ülevalt liikumist, läks ta üles.

Abbey koristas Angela öökapil. Ta võttis kätte raamatu, mille kaanel oli varjujooneline kuju.

Tibbles astus sisse ja surus telefoni Abbey kätte. Ta lasi raamatu maha kukkuda ja see kukkus põrandale.

„Hallo," ütles ta arglikult.

„Abbey," ütles anglophone, „ma vajan su abi, et leida miss Angela. See on kiire. Kus ta on?"

„Ma lasin ta varem välja jalutama. Ta tahtis üksi olla."

„Ja Stephen. Kas sa nägid Stephenit?"

„Ta lõikas enne roosipõõsaid." Tema käed värisesid ja hääl ka.

„Pane Tibbles tagasi," nõudis Anglophone.

„Ta valetab," ütles Anglophone Tibblesile. „Uuri välja, mida ta teab, ja helista mulle tagasi."

„Aga kuidas?"

„Mulle ei ole oluline, kuidas. Iga hinna eest. Uuri välja ja KOHE!" karjus Anglophone telefoni.

Tibbles pigistas rusikad kokku ja tõusis püsti. Ta läks üle toa ja kui ta oli Abbeyga näost näkku, lõi ta talle tagasi.

Ootamatu löök paiskas Abbey tagasi ja ta maandus Ribby voodile. Ta ronis peale, istus tema peale ja hoidis tema käsi ja jalgu. Tema saabaste must lakk kriimustas tekki.

„Räägi!" karjus ta talle näkku. Kui ta ei vastanud, surus ta padja talle näkku ja lasi tal võidelda. Ta tõstis selle jälle ära. Tema silmad. Pehmed, nagu hirve silmad. „Räägi!" Ta surus padja jälle alla ja ta rabeles. Kui ta padja ära tõstis, tunnistas ta lõpuks üles ja ta lasi tal istuda ja hinge tõmmata.

Ta helistas Anglophone'ile, kes teisel pool telefoni rõõmsalt hüüdis. „Hästi tehtud, Tibbles. Su lojaalsus saab tasutud."

Tibbles pani toru hargile ja pöördus siis noore tüdruku poole.

Abbey jäi voodile ja vaatas teda oma silmadega. „Ära vaata mind!" karjus ta ja surus padja talle näkku. Tüdruk võitles algul veidi, kuid siis andis alla. Ta hoidis padja surutuna, kui aeg seisma jäi.

Kui ta padja ära võttis, olid tüdruku silmad lahti. Ta nägi rahulik välja. Nagu ingel.

Tibbles hakkas värisema. Ta haaras öökapist kinni ja märkas põrandal raamatut. Ta võttis selle üles ja tundis kohe ära varjuliselt kujutatud silmad. Need kuulusid tema meistrile. Ta istus hetke ja vaatas raamatu „Kõik, mida sa kunagi tahtsid teada mustast maagiast (aga kartsid küsida)" kaanepilti. Tema mõtted rändasid Rosemary juurde ja tema abipalvesse.

Tibbles avas lõõri ja süütas tule. Ta viskas raamatu tulle ja vaatas, kuidas see põles.

Ta mähkis Abbey Ribby tekki, viskas ta õla üle ja kandis tema surnukeha aeda. Ta kaevas roosipõõsaste alla madala hauda. Kui ta oli maha maetud, pani ta roosid tagasi oma kohale ja piserdas aeda veidi vett. See oli ilus puhkepaik.

Tagasi toas võttis Tibbles duši ja tegi end korda. Siis asus ta miss Angela toas tööle. Ta kattis voodi puhaste linade, padjapüüride ja uue tekiga. Täiuslik.

Kui ta oli kõik oma ülesanded täitnud, muutus vaikus kõrvulukustavaks. Isegi tema enda sammud kajusid valjult tema kõrvus.

Mõne aja pärast ei suutnud ta enam oma hingamise heli taluda. See tundus nii vali, nii lärmakas.

Ta läks oma tuppa tagasi ja pani selga Anglophone'i antud hommikumantli. Ta avas alumise sahtli ja võttis sealt välja püstoli.

Istudes oma lemmiktoolis lemmiksuitsemantlis, lasi ta endale kuuli pähe.

Kodus ei olnud kedagi, kes oleks kuulnud lasku.

Ainult linnud ehmatasid ebaloomulikust helist.

# KAPITEL 66

Rosemary Franklin, Stepheni ema, oli ammu läinud. Ta oli unistanud sanatooriumist põgenemisest, unistanud sellest nii palju kordi. Kui võimalus avanes, kasutas ta seda ja ronis Clean-it-4-U kaubiku tagaossa. Kell oli 4 hommikul ja ta oli teel.

Kaubik sõitis tükk aega kiiresti, tema peidus tagaosas. Niipea kui nad olid haigla väravast väljas, vahetas ta riided varastatud riietuse vastu. Ta oli ka võtnud kaasa teemant sõrmuse ja mõned mündid.

Esimeses peatuses ronis juht Gus välja. Rosemary vaatas, kuidas ta sööklasse sisenes. Kui õhk oli puhas, avas ta ukse ja jooksis minema. Ta peitis end hoonete vahelise välisseina taha. Sealt sai ta vaadata, kuidas Gus sööb, ja oodata, kuni ta lahkub. Ta tundis värskelt keedetud kohvi ja praetud peekonit lõhnavat meeldivat aroomi. Ainult mõte sellest pani tal suu vett jooksma. See oli palju ahvatlevam kui haigla toidu vastik hais, millega ta oli harjunud.

Uks krigises ja ta värises, kui päike taevasse tõusis. Gus ronis vanasse, näperdas raadio, pani päikeseprillid ette ja sõitis minema.

Rosemary jäi veel mõneks hetkeks peitu. Parem karta kui kahetseda. Kui van oli selgelt silmist kadunud, silitas Rosemary oma juukseid. Ta läks söögikohta, kus tellis tassi kohvi ja jõi selle ära. Värskelt keedetud teeäärse söögikoha kohvi maitse oli lihtsalt taevalik. Ettekandja tuli kohe ja valas talle uue tassi. Teist tassi maitses ta aeglaselt.

Kui ta oli valmis minema, viskas Rosemary mõned mündid lauale. Ta teadis, et tal pole piisavalt raha, kuid lootis, et kelner annab talle arve. Rosemary puhkes nutma ja nuuksus kontrollimatult oma käte vahel.

Kelner tuli tagasi: „Kas kõik on korras, kullake?"

Rosemary valetas. „Mu abikaasa peksab mind. Ma põgenesin. See raha on kõik, mis mul on. Ma pean kaduma. Kui ta mind leiab, tirib ta mind tagasi."

Ettekandja ulatas talle salvrätiku. „Kas teil on mõni turvaline koht, kuhu minna? Või kas ma peaksin politsei kutsuma?"

„Jah, mul on poeg, Stephen. Ma pean ainult tema juurde jõudma. Kui te võiksite takso kutsuda ja olukorda selgitada, oleksin väga tänulik. Ma vajan abi põgenemiseks."

„Ma annan teile oma telefoni, helistage ise."

„Sest mu abikaasa helistab kõikidele taksofirmadele maakonnas. Kui neil on mu nimi, leiab ta mu üles." Ta nuuksus jälle salvrätikusse.

Ettekandja ütles, et ta helistas takso ja see on kohe kohal.

„Kas ma võin veel ühe teenet paluda?" Kui tüdruk noogutas, palus Rosemary paar sigaretti ja tikutoosi. Tüdruk täitis tema soovi naeratades.

Kui takso kohale jõudis, tänas Rosemary ettekandjat. „Ühel päeval toon oma poja siia, et ta sinuga tutvuks, kullake." Noor naine naeratas ja viipas, mille Rosemary vastas.

„Kuhu soovite, proua?" küsis juht.

„Theodore Anglophone'i mõisa."

Ta vaatas naist tagasipeeglist ja noogutas.

„Teel sinna võiksite mind viia pandimajja.

Mul on midagi, mida tahaksin müüa. Loomulikult võite taksomeetri jooksma jätta," ütles Rosemary.

„See on teie raha, proua. Siin on pandimaja umbes kahekümne minuti kaugusel. Ma viin teid sinna ja ostan endale tassi teed ja tükk kirsi-jäätisega pirukat."

„Tänan teid väga, Jimmy," ütles ta, vaadates tema fotoga isikutunnistust, mis oli armatuuril.

Jimmy vaatas uuesti tahavaatepeeglisse. Kui naine juuksed tagasi lükkas, peegeldus päikesekiir tema sõrmes olevalt kivilt. Ta põikas kõrvale, et vältida vastutulevat autot. „See on küll kivi, proua."

„Tänan," ütles Rosemary, vaadates kaugusse.

„Oleme kohal," ütles ta.

# KAPITEL 67

V arsti jõudis lennuk Torontosse.

„Ma pean oma ema nägema," ütles Ribby.

Viveca helistas vanglasse ja selgitas, et tal on kaasas Martha Balustrade'i tütar.

Juurdepääs keelati.

„Kohtuotsus kuulutatakse homme kohtumajas. Broneerime hotelli ja magame öö läbi," soovitas Viveca.

„Miks nad ei lase mul teda näha?"

„Nad ütlesid ainult, et vangil ei ole täna külastajaid lubatud," vastas Viveca. „Mis on lähim hotell kohtumaja lähedal?" küsis ta juhilt.

„Hilton on jalutuskäigu kaugusel."

Viveca helistas ette ja broneeris kolm tuba. „Ma kasutan oma kulukontot," ütles ta.

Nad registreerusid hotellis ja leppisid kokku, et kohtuvad fuajees. Sealt lähevad nad koos kohtumajja.

Järgmisel hommikul üritasid Stephen ja Viveca Ribbyle midagi süüa anda. Nad suutsid talle tassi teed sisse anda, aga midagi muud ei läinud alla.

„Ma olen nii rõõmus, et sa tulid moraalseks toeks, Stephen," ütles Ribby.

Angela pilgutas talle silma.

Viveca kohkus Ribby sobimatu käitumise pärast. Ta märkas, et see pani Stepheni ebamugavasse olukorda. Ta maksis arve ja nad lahkusid hoonest. Tänaval oli kohutav müra.

„Liikluskaos. Hea, et saame jalgsi minna. Tere tulemast linna," ütles Stephen.

Nad suundusid kohtumaja poole.

# KAPITEL 68

Anglophone oli veetnud rahutu öö, kuna Tibbles ei olnud teda juhtimas. Tema äraolekul oli Anglophone helistanud koju. Ta oli seda varemgi mitu korda teinud. Tibbles oli alati rõõmuga aidanud, keerates muusikakasti ja hoides seda telefoni juures. Seekord aga ei vastanud ta.

Kui ta teda järgmine kord näeb, on Tibblesil parem olla valmis üks kuradi hea selgitus. Ta armastas seda meest, kuid vahel oli ta ärritavalt hooletu.

Tundide kaupa ärkvel istudes mõtles ta oma pojale ja tütrele. Kus nad olid? Nad pidid olema kusagil linnas. Ta mäletas, kuidas nad teineteisele armunud pilke vahetasid. Nad ei teadnud, et nad on õed-vennad. Ka tema oli tundnud oma tütre vastu tõmmet – enne, kui ta teada sai, kes ta on.

Hetke ajal kujutas Anglophone ette, kuidas ta oma järglasele oma isaduse üles tunnistab. Ta läks veelgi kaugemale, kujutades ette pulmi, siis lapselapsi, kes tema majas ringi jooksevad, karjuvad ja teda taga ajavad. Ta vihkas lapsi. Nad kulutavad kogu tema raha. Ta raputas pead, võttis hotelli toas voodi kõrvalt inetu lambi ja viskas selle seina. See purunes, lambipirn sädeles ja siis kustus. Ei olnud mingit võimalust, et nad seda kunagi kuuleksid. Igal juhul mitte tema suust. Ta ei olnud perekonnainimene. Ega saanudki kunagi olema. Perekonnasidemed tekitasid ainult probleeme.

Ta mõtles Martha raskele olukorrale. Ta oli palunud tema abi.

Hommikul sõi ta oma toas hommikusööki. Kohv oli maitsetu. Ta kutsus oma autojuhi ja nad sõitsid kohtumajja.

# KAPITEL 69

Rosemary pandis sõrmuse. Seejärel külastas ta kirjatarvete poe, kus ostis pliiatsi, paberit ja ümbriku. Teel Anglophone'i mõisa poole kirjutas ta kirja. Kui ta valmis oli, sulges ta ümbriku ja kirjutas esiküljele: „Stephen Franklinile. Isiklik ja konfidentsiaalne." Ta ei lisanud tagasisaatja aadressi.

Anglophone'i mõisas palus Rosemary Jimmyl ümbriku postkasti panna. Ta ei tahtnud riskida Tibblesiga kokku põrgata.

„Kuhu nüüd, proua?"

„Raamatukokku. Ma mõtlen Anglophone'i raamatukokku. Tead, kus see on?"

Ta pööras pea. „Ma viin teid sinna."

„Tänan."

Veidi aja pärast jõudsid nad raamatukokku. Esialgu jäi Rosemary takso tagaistmele, taksomeeter jooksis, ja ta ei suutnud liikuda.

Jimmy küsis: „Kas kõik on korras?"

Rosemary võttis endale käed ümber, kartes välja minna. Kartes tagasi minna. Kartes seda, mida ta kavatses teha. „Kõik on hästi," vastas ta.

Jimmy lülitas raadio sisse. Laulis Elvisega kaasa.

Rosemary avas ukse. Ta pani paar rahatähte tema kätte. „Aitäh, Jimmy. Sa olid suurepärane – ja sul on ka päris hea hääl."

„Aitäh, teist sellist Elvis ei ole." Ta istus taksosse ja sõitis minema.

Kui ta oli silmist kadunud, vaatas Rosemary raamatukogu. See oli kunagi olnud tema lemmikkoht. Tema varjupaik. Ja õhk väljas lõhnas ikka veel imeliselt. Männiõied, oh, männiõied. Ta tundis, et on lõpuks vaba.

See tunne ei kestnud kaua. Varsti hakkasid halvad mälestused jälle peas keerlema. Anglophone tema kohal seismas. Teda piinamas. Must maagia. Loomavere tema peale valamine. Kõik selle neetud raamatu pärast.

Tema käed värisesid, kui ta taskust välja võttis kõverdatud sigareti. Ettekandja oli olnud tõesti lahke, et talle selle andis. Ta süütas sigareti ja võttis pika mahvi. Ta köhis, kuid jätkas suitsetamist, kuni tema käed jälle rahunesid.

Veel rohkem mälestusi kerkisid esile. Mälestused, mida ta oli varjanud, tulid esile nagu suvine torm. Anglophone kasutas teda katsejänesena. Tema ähvardas politseisse minna. Tema ähvardas tappa nende poja. See pidi lõppema, tema piinamine. Tema ähvardas Stephenile öelda, kes ta oli.

Siis sündis plaan. Kompromiss. Rosemary kaob igaveseks ja talle väljastatakse surmatunnistus. Kuna nad olid salaja abiellunud, ei teadnud keegi, et ta oli nime vahetanud. Stephenil oleks eluaegne töökoht, aga ta ei saaks kunagi teada, kes oli tema isa. Ei saaks kunagi teada, et ta oli Anglophone'i varanduse pärija. Vastutasuks saaks Rosemary vajalikku ravi. Tema põletushaavad paraneksid ja kõik kulud kaetaks. Oma poja kaitsmiseks nõustus ta veetma oma ülejäänud elu vangistuses. Teoreetiliselt tundus see tol hetkel teostatav.

Kui ta palus Anglophone'il teda vabastada ja too keeldus, ei jäänud tal muud üle kui põgeneda. Pealegi oli Stephenil õigus tõde teada. Rosemary pidi olema see, kes talle räägib. Ta istus raamatukogu kaarte vahele ja kujutas ette, kuidas tema poeg kirja leiab ja seda loeb. Ema intuitsioon ütles talle, et ta teeb õigesti.

Rosemary tõusis püsti ja viskas sigareti maha. Ta veetis mõnda aega materjalide kogumisega. Puud, oksad, kõik, mis põles. Kõik, mida ta suutis kanda. Ta pani süüteained esiku ukse ette ja süütas need, seejärel lisas suuremad tükid. Ta seisis puidust kaarte vahel, käed laiali, ja ootas, kuni leegid ta ümbritsevad.

Suits oli näha mitme kilomeetri kaugusele, aga kõik, kes oleksid võinud seda märgata, olid kas ära või surnud.

Puidust kaared varisesid kokku enne, kui tuli Rosemaryni jõudis. Kui leegid tantsisid tema äärealas, purustasid kokkuvarisevad rasked talad tema kolju. Enam ei olnud kannatusi. Enam ei olnud valu.

# KAPITEL 70

Kohtumajas kasutas Viveca oma pressikaarti, et saada neid kohtusaali ette, kuigi saal oli täis. Teel oma kohtadele märkas Ribby mõned tuttavad näod, sealhulgas naabrid. Ta vihkas mõtet, et tema ema on kohtu all, rääkimata vanglasse minekust.

Lähme välja suitsu tegema.

Ei, ema tuleb varsti sisse.

Mis seal siis. Ta ei lähe kuskile.

Ha. Ha.

Kohtusaalis valitses kontrollimatu õhkkond. Klatšijad klatšisid. Need, kellel polnud midagi olulist öelda, lisasid ikkagi oma arvamuse. Kui Martha sisse toodi, jäid kõik seisma ja vaatasid teda.

Vang oli hooldamata. Hall ülikond ei sobinud talle üldse. Ta oli kaalus alla võtnud. Ribby arvas, et tema põletusarmidega nägu meenutas kõndivat laipa.

Jee, isegi mina tunnen talle natuke kaasa.

Ribby nuttis.

Martha vaatas oma tütrele otsa ja peaaegu naeratas, kuid siis pööras pilgu kõrvale.

„Kõik tõuske," ütles kohtutäitur. „Selle provintsi kohus on nüüd avatud. Kohtunik Delvecchio juhatab istungit."

Kohtunik tervitas kõiki kohalviibijaid ja istus maha. Kohtutäitur andis märku, et kõik kohtusaalis viibijad peaksid sama tegema.

Ribby vaatas naist, kelle kätes oli tema ema saatus. Isegi sellest kaugusest paistsid naise silmad head, ja Ribby lootis, et naine näitab halastust.

„Martha Balustrade, ma tunnistan teid süüdi kõigis süüdistustes."

Kohtusaalis valitses kaos.

Kohtunik Delvecchio tõusis püsti ja karjus: „Vaikus!" Ta langes tagasi oma toolile. „Ma olen valmis kohtuotsuse kuulutama." Ta tegi pausi. Kõik kohalolijad hoidsid hinge kinni.

„Martha Balustrade, teid mõistetakse kahekümneks aastaks vangi."

Martha jäi vait.

Ribby tõusis püsti ja ütles: „Aga ta ei teinud seda."

„Kord, kord!" ütles Delvecchio ja lõi haamriga lauale. „Kord või ma tühjendan kohtusaali!"

Ole vait, Ribby! Ole vait!

Kui vaikus oli saabunud, pöördus kohtunik Ribby poole. „Ja kes sina oled?"

Jumala pärast, Ribby, ole vait.

„Teie Ausus, minu nimi on Rebecca Balustrade, aga kõik kutsuvad mind Ribbyks. Ma olen Martha tütar."

Kõlasid hääled. Veelgi rohkem kaos. Kohtunik ähvardas taas kohtusaali tühjendada. Ta andis Ribbyle märku jätkata.

Anglophone astus sisse.

„Minu ema on süütu ja ma tean, et see on tõsi."

Ribby, palun.

„Ja kust sa seda tead?" küsis kohtunik Delvecchio.

Hetkeks valitses vaikus, Ribby pigistas ja avas rusikad, nagu Angela talle õpetanud oli.

Ribby kadus ja Angela võttis üle. Ta kobas käekotis, võttis sigareti ja süütas selle. Ta võttis mahvi, viskas sigareti põrandale ja trampis selle jalaga. Ta vaatas kohtunik Delvecchio poole.

„Ta, Ribby, ei tea midagi. Ta on nii ebaküps, et lõi endale minu – oma kujuteldava sõbra – ja ta on juba kolmekümnendates. Ta on pidanud elus palju taluma, sealhulgas elama koos selle halva ema asendajaga." Angela pöördus ja osutas Martha poole.

Martha põskedel voolasid pisarad.

Angela. Ei.

Angela jätkas: „Nii et ma tegin asju, mida tema ei suutnud teha. Kõik."

Kõik kallutasid end ettepoole. Nad kuulasid teda tähelepanelikult. Publik riputas iga tema sõna külge. Ta tundis end võimsana, nagu oleks ta Shakespeare'i näidendis monoloogi esitamas. Ta polnud kunagi olnud Shakespeare'i fänn, aga Ribby luges teda. Ta igavestas teda surmani. „Mis puutub Wheelerisse, siis ta vägistas tädi Tizzy. Mul polnud valikut. Ma pidin ta temast eemale saama. Ta tappis ta."

Angela lõpetas rääkimise. Ta pööras pilgu esmalt Anglophone'i poole, seejärel Martha poole ja siis tagasi kohtuniku poole.

Tema kuulajad olid piisavalt kaua oodanud. „Ma otsustasin laibast vabaneda. Plaan oli sõita temaga tema kaubikuga kaljult alla. Lõpuks ometi. Ta ei olnud midagi väärt. Tizzy pidi enne kukkumist autost välja hüppama, aga ta ei teinud seda. Ta kukkus ka alla."

Martha tõusis püsti. Ta üritas midagi öelda, aga tema advokaat sundis ta vaikima ja tõmbas ta tagasi istmele.

„Kord! Kord!" karjus kohtunik Delvecchio. „Kui kõik ei vaiki, tühjendan kohtusaali."

Angela läks Martha laua juurde. Ta valas endale klaasi vett. Võttis lonksu ja vaatas tagasi kohtunikule, kes ütles: „Me ootame."

„Ma ei saa tavaliselt eriti palju rääkida," ütles Angela. „Igatahes mitte valjusti. See on janu tekitav töö."

Kohtusaalis kostis naer. Kohtunik Delvecchio muutus kannatamatuks ja lõi mitu korda haamriga lauale. Ta tõusis püsti ja avas suu...

Angela katkestas teda. „Ma tunnistan üles ka teisel pool linna toimepandud turvamehe mõrva. Ma tapsin ta enesekaitseks, sest ta üritas mind vägistada."

Mida? Angela?

Sa ei tea midagi, Ribby.

Angela peatus. „Nii et siin ma seisan teie ees. Süüdi kõiges. Ma ei valeta teile. Ma tegin need asjad, aga Rebecca, ma mõtlen Ribby Balustrade, on süütu. Näete, ma suutsin varakult ta enda seest välja blokeerida. Ma suutsin ta täielikult enda üle võtta. Niisiis, kui te tahate kedagi kohtu alla anda, siis peate kohtu alla andma minu. Asi on selles, et ma ei ole isegi olemas. Ma ei ole Ribby. Ma olen Angela."

Anglophone tõusis püsti.

Angela ütles: „Ta kaotas isegi oma süütuse, ilma et ta sellest teadnud oleks. Ta ei tea seda siiani."

Ribby karjatas.

Anglophone trügis oma reast välja ja keskmise vahekäiku. Ta tõstis kepi õhku, kuid ta relv võeti kohe ära ja ta lükati maha. Kui teda kohtusaalist välja tiriti, karjus ta: „Ma olen Theodore Anglophone!"

Keegi ei hoolinud.

„Kord kohtusaalis! Ma ütlesin kord!" karjus kohtunik Delvecchio, lüües mitu korda haamriga. Kui kõik olid vaikseks jäänud, ütles ta: „Selle uue teabe valguses on kohtuasi lõpetatud. Martha Balustrade, te olete vaba. Uus kohtuprotsess algab kohe pärast psühhiaatrilist hindamist. Politseinikud, viige proua Balustrade edasiseks uurimiseks arestikambrisse."

Martha seisis pisarad voolamas, „Aga ma tunnistan end süüdi. Ma aktsepteerin karistuse. Pange mind palun kinni. Laske mu tütar minna."

„Liiga vähe, liiga hilja, kallis emme."

Hammer langes jälle ja kohtunik ütles: „See on kohus ja me mõistame siin mõrvarite üle kohut, mitte halbu emasid. Võiksin teid kohtu solvangu eest karistada. Võiksin teile trahvi määrata kohtu aja raiskamise eest. Valetunnistuse eest. Mõrvarit varjamise eest. Õigusemõistmise takistamise eest. Kas saate aru? Soovitan teil minna ja lasta kohtul teha oma tööd. Kohtuistung on lõppenud. Tühjendage kohtusaal, kohtutäitur." Kohtunik Delvecchio tõusis püsti. Kõik teised järgnesid talle ja vaatasid, kuidas ta oma kabinetti kadus.

Martha vaatas oma tütart, kui politseinikud talle käerauad panid ja ta ära viisid. Angela vaatas üle õla Martha poole ja naeratas. See oli peaaegu nagu see pilk oleks Martha südame seisma pannud, või nii räägiti hiljem. Martha kukkus põrandale ja suri enne, kui kiirabi kohale jõudis.

# KAPITEL 71

Martha Balustrade maeti maha, tema tütar oli kohal. Ribby oli kahe politseiniku valve all, riietatud halli vanglakombinesooni, käed ja jalad seotud. Valvurid panid talle kätte lilled. Ta viskas need kirstule, kui ütles viimased hüvasti sõnad.

Kas see pole Anglophone'i limusiin?

Jah. Ma ei tea, miks ta välja ei tule.

Pärast tema esinemist kohtusaalis on üllatav, et ta üldse siin on.

Ta vaevalt tundis mu ema.

Ma ei tea ikka veel, mida ta üritas teha.

Tal oli õnn, et teda maha ei lastud.

Anglophone oli kohal, kuid otsustas limusiinis jääda. Ta kaalus paar korda väljuda ja austust avaldada. Ta kaalus ka kõike üles tunnistada. Selle asemel, et asjadega silmitsi seista, käskis ta juhil end koju viia.

Ta magas veidi teel ja kui auto maja ette jõudis, märkas ta postkastist välja paistvat ereoranži ümbrikut. Pärast selle lugemist rebis ta selle tükkideks.

Anglophone kutsus oma juhi tagasi. „Vii mind raamatukokku.”

Kui Anglophone kohale jõudis, oli tuli ise kustunud.

Anglophone vaatas mustaks põlenud rususid. See oli kõik, mis Rosemaryst järele jäänud oli. Ta mõistis, miks Stephenil ei lubatud oma ema näha. Miks ta oli sunnitud haiglas sellist kära tegema. Need idioodid olid lasknud tal põgeneda. Ta tundis peaaegu kahetsust, et oli tema palka vähendanud. Peaaegu. Ta pidi helistama haiglasse ja paluma neil tulla siia, et korjata kokku tema jäänused. Nad varjaksid selle, kuna ta oli nende suurim annetaja. Nad hoiaksid selle ajalehtedest eemal. Keegi ei saaks kunagi teada. Lõppude lõpuks oli Rosemary juba surnud. Enesetapuga oli ta tegelikult teinud Stephenile võimatuks kunagi teada saada, kes oli tema isa.

Anglophone oli šokeeritud, kui autojuht ta koju viis. Ta ootas, et Tibbles oleks seal, teda tervitamas, lohutamas, aga tema usaldusväärsest teenrist polnud märkigi.

„Tibbles!” karjus ta.

Tema hääl kajatas kogu majas, aga vastust ei tulnud. Anglophone oli liiga väsinud, et teda otsima hakata. Ta läks oma tuppa, keerutas muusikakasti üles ja jäi mõneks ajaks magama.

Kui ta ärkas, tundis ta, kuidas hirm läbis tema hinge, ja karjus Tibblesi nime. Ta tõmbas ja tõmbas kella nii palju, et see jälle laest alla kukkus. Ikka ei tulnud keegi.

Ta tundis end väga üksi, ja ta oli üksi.

Välja arvatud Tibbles, kes oli surnud oma toas, ja Abbey, kes oli maetud rooside alla.

# KAPITEL 72

Pärast põhjalikku psühhiaatrilist hindamist toimus Ribby kohtuprotsess kiiresti. Ta mõisteti kahekümneks aastaks vangi. Kümme aastat iga mõrva eest, millest arvestati maha juba vanglas veedetud aeg. Tizzy surma peeti enesetapuks.

Ribby nuttis päevi ja nädalaid. Ta ei suutnud vaenulikus keskkonnas toime tulla. Ta elas elu äärel.

„Ta räägib jälle iseendaga," ütles Ribby kambrikaaslane Shona. Shona oli mõistetud süüdi oma abikaasa ja kahe lapse mõrvas.

Vangivalvur tuli olukorda hindama. Ta nägi Ribbyt voodis kükitamas ja kiikumas. Ta noomis Shonat ja käskis tal karjumine lõpetada, vastasel juhul paneb ta ta üksikvangistusse.

„Ära nüüd," ütles Shona. „Ma ei teinud midagi."

„Veel üks sõna ja sa lähed SHU-sse," ütles valvur.

Shona näitas valvurile vastu keelt, kui valvur selja pööras ja minema läks. Ta seisis paar sekundit valvurit vaadates, enne kui ümber pöördus ja Ribby poole vaatas. „Ma vaatan sind, lits!"

Ribby pööras näo seina poole.

„Ära pööra mulle selga, lits!" ütles Shona ja tõukas teda.

Angela tõusis püsti ja haaras Shona kõrist. Ta lükkas ta teise kambri seinani jõuga, mis võttis kambrikaaslase ootamatult. Shona pea lendas tagasi. See põrkas vastu külmi telliseid ja pragunes.

Käed Shona kaela ümber, ütles ta: „Las ma teen paar asja selgeks. Esiteks, sa ei räägi minuga. Teiseks, sa ei puuduta mind. Ja kolmandaks, kui sa teed mõnda neist kahest asjast, mida ma just mainisin, ma tapan su."

Shona silmad ujusid silmakoobastes. Ta üritas vastata, kuid suutis vaid õhku ahmida. Naine nõustus noogutades.

Angela läks tagasi oma voodisse, aga enne kui ta õhukesele madratsile pikali heitis, võttis ta veeklaasi ja viskas selle Shonale näkku. See äratas kambrikaaslase uimast.

Shona levitas Ribby kohta kuulujutte. Ta oli karm naine, kellega ei tasunud jamada. Mõned teised proovisid, aga Angela pani nad kohe paika. Tal oli Ribby nutmine ja ohvrirollist küllalt.

Aastad möödusid. Kambrikaaslased tulid ja läksid.

Angela jäi täielikult kontrolli alla. Teda austati ja kardeti. Aja jooksul sai see koht tema omaks. See oli nüüd tema vangla ja ta kontrollis seda ja Ribbyt. Elu oli elamiskõlblik.

# KAPITEL 73

Mõne aasta pärast tegi Anglophone vanglasse ootamatu külaskäigu. Ta ei külastanud Ribbyt. Selle asemel kohtus ta äsja ametisse nimetatud vanglaülema J. B. Bedfordiga. Bedford oli vana tuttava pojapoeg, kes oli talle teene võlgu.

„Ma tahaksin siia raamatukogu rajada," ütles Anglophone. Anglophone oli nüüd juustega kaetud. Tema keha värises pidevalt ja ta ei suutnud kaua seista.

„See on teist väga lahke," vastas Bedford. „Kuigi ausalt öeldes vajaksid vangid palju muid asju. Ma mõtlen, enne raamatuid."

Anglophone kummardus Bedfordile lähemale. „Tehke nimekiri ja tooge see mulle. Raha pole probleem, aga raamatukogu on hädavajalik ja kiiresti. Ma olen vana mees."

„Muidugi," vastas Bedford. „Kui teil on raha, nimetame selle isegi teie järgi."

„Ei," vastas Anglophone. „Ma ei taha tunnustust. Kuid ma soovin, et kaasaksite ühe vangistatu. Ta saab aidata raamatukogu loomisel ja haldamisel. Tema nimi on

Ribby Balustrade. Ta on kvalifitseeritud raamatukoguhoidja. Muidugi annetan ma kastid täis raamatuid."

Bedford teadis Ribby Balustrade'i. Ta oli karm naine, kes oli oma siinviibimise jooksul tõusnud vangide uueks kuningannaks. Bedford ei teeselnud üllatust, kui ütles: „Ta ei paista küll raamatukoguhoidja tüübist."

„Ribby Balustrade on tõepoolest raamatukoguhoidja tüüp. Kas oleme kokku leppinud?"

„Muidugi," vastas Bedford.

„Oh, ja veel üks asi," ütles Anglophone. „Ta ei tohi kunagi teada saada minu osalusest. Ma mõtlen, kunagi."

„Selge," ütles Bedford.

✳ ✳ ✳

K ui Angela kuulis uudiseid uuest raamatukogust, ei olnud ta sugugi rõõmus. Raamatukogud ja raamatud olid igavad. Ta oli oma maine nimel kõvasti tööd teinud. Ta tahtis säilitada oma staatuse vanglas. Ta pidi hoidma oma mainet. Et säilitada hirmu. Ilma hirmu ta kaotaks kõik, mille nimel ta nii kõvasti tööd oli teinud. Ta ei suudaks Ribbyt kaitsta, kui ta kogu aeg raamatukogus ringi uhkeldaks.

Lugemine on täiesti igav ja kui sa tahad, et ma sind kaitseksin, pean ma siin boss olema.

Kui vangidel on raamatukogu, on neil midagi teha. Asjad lähevad paremaks.

Oh jumal, Ribby, kas sa saad nii loll olla? Tõesti?

Enne raamatukogu ideed oli Ribby isiksus olnud õnnelik tagaplaanil. Nüüd tuli see taas esile. Ribby tundis end peaaegu õnnelikuna.

Ma saan teisi aidata. Tutvustada neile raamatuid. Lisaks saan ma lugeda kõike, mida tahan.

Kogu maailma aeg, et end lolliks igavleda ja end sihtmärgiks teha.

Kõik saab korda. Ma tean seda.

Äratage mind, kui see on möödas.

$$***$$

Ribby seisis kasutamata toa keskel. Varsti pidi sellest raamatukogu saama. Ruum oli piisavalt suur, kuid laes paljad puidust sarikad olid inetud. Sama kehtis ka külmade tellisseinte ja kiltkivipõranda kohta. Seinad sai parandada, katades need raamaturiiulitega ja põrandad vaipadega. Lae puhul oli aga tegemist hoopis teise probleemiga.

Iga päev saabusid kastid, mis olid täis vanu ja uusi raamatuid. Mõned kastid tuli avada kangiga. Kastides olid raamatud köidetud kategooriate kaupa nööriga kokku. Ribby täitis riiulid ja pani kõik korrastusse.

Kui uus raamatukogu valmis sai, seisis Ribby vangivalvuri Bedfordiga kõrvuti. Vangid kogunesid ümber, et osaleda pidulikul avamisel. Toimus lindi läbilõikamise tseremoonia.

Tema kaasvangid sisenesid väikeste rühmadena. Ribby näitas neile ruume. Ta oli uhke laudade ja toolide, vaipade üle. Ja raamatute üle, nii paljude raamatute! Rääkimata lihtsaks juurdepääsuks mõeldud liugredelitest. Üks asi, mida nad muuta ei saanud, olid lae puidust talad. Need olid endiselt inetud, kuid valgustus aitas neid varjata.

Enamik vangidest reageeris raamatukogule positiivselt. Välja arvatud Angela.

Ribby, need naised on äärmiselt ohtlikud. On ainult aja küsimus, millal nad meie järele tulevad.

Ära ole naeruväärne. See raamatukogu muudab kõik.

Ribby kinnisidee uue raamatukogu suhtes andis Angelale kõik põhjused eemale hoida.

Ühel pärastlõunal rääkis Ribby vanglaülemaga raamatuklubi loomisest. Ülem pidas seda heaks mõtteks, kuid kuna neil oli igast raamatust ainult üks eksemplar, oleks traditsioonilise raamatuklubi pidamine keeruline. Ribby küsis, kas ta võib võtta ühendust kohalike raamatupoodidega ja paluda lisakoopiaid. Bedford viskas talle mõned mündid taksofoniks. Tal kulus paar päeva, et saada jaatav vastus, siis saabus annetusena 25 raamatut. Vangla raamatuklubi esimene raamat oli Fjodor Dostojevski „Kuritöö ja karistus".

Kui esimesed 25 eksemplari olid saadaval, rääkisid vangid raamatust. Nad tahtsid seda ka lugeda. Kuu raamatuklubi muutus nädalaseks raamatuklubiks. Vangid seisid järjekorras, et klubiga liituda.

Millal me lõpuks ometi lõbutsema hakkame?

See on lõbus ja me muudame midagi. Vaata teisi vangid. Me teeme siin midagi head.

Sa oled nii hea tüdruk.

Tänan.

Sa oled igavuse kehastus.

Mine ära. Ma ei vaja sind enam.

Vanglaülem märkas vangide käitumises suurt muutust. Ta kutsus Ribby oma kabinetti. Ta tänas teda ettepanekute eest. Uue vanglaülemana tahtis ta end tõestada ja Ribby aitas tal silma paista.

Ta küsis, kas tal on veel ideid, kuidas vangide elu paremaks muuta. Ribby soovitas autorite loenguid. Vanglaülem ütles, et ta tunneb kedagi, kes tunneb populaarse Maine'i kirjaniku. Ribby saatis vanglaülema sõbra kaudu kirja, milles mainis, et raamatuklubi hakkab varsti lugema raamatut „Stand By Me". Varsti hakkasid kirjanikud kogu maailmast annetama raamatuid ja palusid vanglasse tulla oma raamatutest rääkima.

Vanglaülem kutsus Ribby uuesti enda juurde ja küsis, kas tal on veel ideid. Ribby mainis perepäeva, mil vangid saaksid oma lastele ette lugeda. Ta oli tihti näinud, kuidas vangid koos vangivalvuritega ümberringi istudes koos raamatut lugesid. Lapsed nägid liiga hirmulised välja, et rääkida. See oli kogu pere jaoks ebaefektiivne. Ta soovitas raamatukogu ühe osa eraldada, kus üks perekond korraga saaks koos lugeda. Vanglaülem pidas seda suurepäraseks ideeks ja pakkus välja, et proovime seda. Suust suhu leviv kuuldus tõi raamatupoodidest veel rohkem annetusi. Lisati lasteosakond.

Ribby järgmine ettepanek oli õpetada lugema neid vangid, kes seda ei osanud.

Seejärel palus ta annetusi tööotsingunurga loomiseks. Toodi arvutid ja ühendati need WI-FI-ga, et vangid saaksid enne vabanemist oma CV-sid koostada.

Sõna levis kogu vanglasüsteemis. Vanglaülem Bedford sai kiitust ja auhindu. Ta mainis alati Ribby panust.

✳✳✳

Üks raamatukast oli veel lahtipakkimata. Ribby lõikas selle lahti. Tagakaanel oli mehe siluett.

Anglophone.

Kas sa arvad, et ta tegi kõik selle? Ja miks me varem ei märganud, et see oli tema?

Ma ei ole kindel, nüüd tundub see ilmselge. Aga miks ta seda tegi?

Süü? Kahetsus?

Armastus?

Ribby oli redelil, kui Angela pingutas köie puidust sarikate ümber. Ta tegi silmuse ja pani pea sinna sisse. Kui ta oli valmis, hakkas ta laulma:

Hea tüdruk, hea tüdruk!

Ribby seisis kindlalt. Ta võttis köie kaela ümbert ära.

Ei.

Angela pingutas, et kontrolli saavutada, haaras köiest kinni ja pani pea uuesti silmusesse. Kui ta end redelilt ära tõukas, suutis Ribby ühe käega redelipulgast kinni hoida. Köis oli ikka veel kaela ümber, Ribby riputas elu eest.

Angela üritas uuesti end eemale tõmmata, ikka veel lauluviisi lauldes. Selle jõud oli nii suur, et Ribby käsi libises lahti.

Ribby ja Angela ripusid hetke, siis tundus, nagu lendaksid nad valguse poole. Aga köis ei olnud piisavalt pikk. Nad kiikusid edasi-tagasi, siis põrkasid redeliga kokku. Redel paiskus kõrvale ja lendas kaugele seina poole, kus maandus põrkeheliga.

Kiirabi jõudis kohale liiga hilja.

# EPILOOG

Mõni aasta hiljem saabus Stephenile Anglophone'i advokaadi kiri.

Selles paljastati tõde: Stephen oli Anglophone'i poeg ja ainus pärija.

„Midagi huvitavat?" küsis tema naine Viveca.

„Üldse mitte," vastas Stephen ja viskas kirja tulle.

Õnnelik paar istus koos diivanil, samal ajal kui nende tütar Rebecca raamatut luges.

# TSITAAT

„Proua linnapea kaebas, et supp oli külm.
„Ja see on kõik sinu pillimängu pärast," ütles ta.
„No ja siis, hea proua, mis siis sellest?
Hoia oma lobisemine endale, kui suudad," vastas mees."
*CHARLES COTTON*

# AUTORILT

Kallid lugejad,

Tänan teid Ribby saladuse lugemise eest. Loodan, et nautisite seda sama palju kui mina selle kirjutamist!

Ribby saladus sai alguse lühijutuna 2011. aastal. Lugu lõppes sellega, et Ribby sülitas Martha joogisse.

Varsti hakkas Angela minuga rääkima. Ma ignoreerisin teda, öeldes, et projekt on lõppenud, kuid ta ei andnud alla.

Siis tuli Theodore Anglophone.

Nüüd on aasta 2025 ja siin me oleme!

Tahaksin tänada oma korrektoreid ja beetalugejaid – neid on aastate jooksul olnud palju. Viimase, kuid mitte vähem tähtsa tänu saavad minu lõplikud toimetajad LF ja MC – teie kaks naist olete VÄGED!

Tänan ka oma abikaasat ja poega, kes on alati minu jaoks olemas olnud.

Nagu alati – head lugemist!

Cathy

# AUTORI KOHTA

Mitme auhinnaga pärjatud autor Cathy McGough elab ja kirjutab Kanadas Ontarios koos abikaasa, poja, kassi ja koeraga.

# Samuti autorilt:

FICTION

Everyone's Child

**13 Short Stories (which includes: The Umbrella and the Wind;  Margaret's Revelation;**

**Dandelion Wine (READERS' FAVOURITE BOOK AWARD FINALIST))**

Interviews With Legendary Writers From Beyond (2ND PLACE BEST LITERARY REFERENCE 2016 METAMORPH PUBLISHING)

Plus Size Goddess

NON-FICTION

103 Fundraising Ideas For Parent Volunteers With Schools and Teams (3RD PLACE BEST REFERENCE 2016 METAMORPH PUBLISHING.)

+ Children's and Young Adult books

www.ingramcontent.com/pod-product-compliance
Lightning Source LLC
Chambersburg PA
CBHW031205310726
48969CB00001B/219